UM AMOR DE GATO

MELINDA METZ

UM AMOR DE GATO

Tradução de Carolina Simmer

2ª edição

EDITORA RECORD
RIO DE JANEIRO • SÃO PAULO
2025

CIP-BRASIL. CATALOGAÇÃO NA PUBLICAÇÃO
SINDICATO NACIONAL DOS EDITORES DE LIVROS, RJ

M555a Metz, Melinda, 1962-
2ª ed. Um amor de gato / Melinda Metz; tradução de Carolina Simmer. – 2ª ed. – Rio de Janeiro: Record, 2025.
23 cm.

Tradução de: Talk to the Paw
ISBN 978-85-01-11753-3

1. Romance americano. I. Simmer, Carolina. II. Título.

19-57175 CDD: 813
CDU: 82-31(73)

Meri Gleice Rodrigues de Souza – Bibliotecária – CRB-7/6439

TÍTULO ORIGINAL:
TALK TO THE PAW

Texto revisado segundo o novo Acordo Ortográfico da Língua Portuguesa.

Impresso no Brasil

ISBN 978-85-01-11753-3

Para Gary Goldstein, em agradecimiaunto pela oportunidade e inspiração, e em homenagem aos verdadeiros Al e Marie Defrancisco, os melhores vizinhos

CAPÍTULO 1

MacGyver abriu os olhos. Sua barriga estava aconchegada ao cabelo quente e macio de Jamie, seu lugar favorito para dormir. O cheiro de sua humana, um dos poucos que reconhecia naquele novo lugar, era reconfortante.

Mas... ainda havia aquele odor. Não era um cheiro de doença, mas de algo parecido. Mac suspeitava que soubesse o motivo. Detestava pensar nessa possibilidade, mas os humanos eram mais parecidos com cachorros do que com gatos, pelo menos em alguns aspectos. Eles precisavam de outros seres da sua espécie por perto, precisavam de um bando.

Mac não se incomodava nem um pouco em ser o único gato da casa, rodeado de comida, de água, de sua caixa de areia, de seus brinquedos, de sua humana. Jamie não era assim. Mac pensava que ela devia ir atrás de um humano para si mesma, simples assim. Havia um monte de humanos por aí, era só escolher. Mas às vezes Jamie ignorava as coisas mais óbvias. Tipo, ela não entendia que sua língua servia para tomar banho. Não havia necessidade alguma de enfiar o corpo debaixo da água.

Ele parou de ronronar. Agora que tinha percebido o odor, ficava cada vez mais incomodado com o cheiro. Então se levantou, abandonando o conforto da cabeleira de sua humana. Era hora de tomar uma atitude! Mac esfregou a cabeça na de Jamie algumas vezes, para que qualquer um que a cheirasse soubesse que ela tinha dono, pulou para o chão, atravessou a sala de estar e saiu para a varanda telada. Mais cedo, tinha notado um pequeno rasgo na parte inferior da tela.

Mac encarou a escuridão. Devia haver alguém naquele lugar novo que pudesse pertencer a Jamie do jeito que ela pertencia a ele. Mas sua humana seria incapaz de encontrar essa pessoa por conta própria.

Sem problema. MacGyver cuidaria de tudo.

Ele se espremeu pelo rasgo na tela e parou. Aquela seria sua primeira vez no mundo exterior, pelo menos sem uma janela de carro ou a grade de sua caixa transportadora na frente. Haveria perigos lá fora, mas não estava preocupado. Sabia que conseguiria lidar com qualquer problema que aparecesse.

Com as orelhas erguidas e o rabo lá em cima, Mac seguiu para a noite, inspirando a mistura de aromas — molho de tomate picante, cobertura de chocolate, postas de atum e dezenas de outros cheiros de comida. O odor encerado das flores roxas que cresciam na lateral da casa; uma fungada de algo doce e rançoso nas latas de lixo ao longo da calçada; um toque curioso de fezes de rato e o fedor sobrepujante de xixi de cachorro. Mac soltou um silvo de nojo. Era óbvio que havia um cão na vizinhança que mijava em *tudo*. O babacão claramente achava que isso fazia dele o dono do lugar. Só que não.

MacGyver trotou até a árvore que fora a última vítima do cachorro. Então lhe deu uma bela de uma arranhada e, quando terminou, seu cheiro estava muito mais forte do que o do vira-lata. Satisfeito, respirou fundo novamente, dessa vez abrindo a boca e botando a língua para fora. Quase conseguia sentir o gosto do ar.

Jamie não era a única humana na vizinhança a exalar aquele cheiro de solidão. Seguindo seus instintos, Mac resolveu ir atrás do mais forte. Parou algumas vezes para arranhar as superfícies dominadas pelo odor nojento de cachorro, mas logo encontrou a fonte do cheiro que rastreava: uma casinha com telhado redondo.

Tirando o cheiro de solidão, ele gostou bastante dos outros aromas pela casa — bacon, manteiga, um pouco de suor, grama recém-cortada, e nada muito pungente, como aquele negócio que Jamie gostava de borrifar na cozinha, impedindo que ele aproveitasse por completo sua comida. Agora, como fazer sua humana descobrir que havia uma boa opção de companheiro de bando ali? Mac pensou por um instante e decidiu que devia levar algo da casa para sua humana. O faro dela não era nem de longe tão apurado quanto o seu, mas com certeza Jamie saberia o que fazer quando visse o objeto e sentisse a profusão de cheiros.

Não havia uma varanda telada como a de sua nova residência, mas Mac não se preocupou com isso. Seu lábio superior se retraiu enquanto continuava a investigação. O cachorro idiota estivera por ali, com certeza. Ele se forçou a ignorar o mau cheiro, lembrando a si mesmo que tinha uma missão a cumprir. Seus olhos iam de um lado para o outro, procurando, procurando. Então encontraram uma pequena janela redonda parcialmente aberta no segundo andar.

Chegar até lá — sem problema. A elevada árvore ao lado da casa parecia uma escada feita sob medida para ele. Mac rapidamente a escalou, deu uma cabeçada na janela para escancará-la e pulou para dentro. Aterrissou em cima do item perfeito para levar a sua humana. Estava saturado de aromas deliciosos, além de conter o odor de solidão que com certeza faria Jamie perceber que aquela pessoa precisava de um companheiro de bando tanto quanto ela.

Ele pegou o pedaço de pano com a boca, adorando os sabores que acompanhavam os cheiros. Triunfante, pulou de volta para a janela e seguiu pela noite adentro, seu prêmio agitando ao vento atrás de si.

Um miado sonoro e exigente acordou Jamie na manhã seguinte.

— Já vou, Mac — murmurou.

Ela se levantou da cama, praticamente dormindo em pé, e dois passos depois deu de cara com a porta do armário. Bem, pelo menos agora estava quase acordada.

Ah, já sei o que aconteceu. É porque nessa casa nova o armário tinha sido colocado do outro lado da cama, o oposto de onde ficava na casa antiga.

Miaaaauuuu.

— Eu. Já. Vou — disse Jamie para o gato enquanto percorria a curta distância até a cozinha.

Mac soltou outro miado de *eu-quero-comida*. Era como se ele tivesse realizado um estudo para descobrir quais sons em seu repertório faziam os tímpanos dela doerem mais e, agora, utilizava-os para solicitar refeições.

— Já cansei de te falar que, se você aprendesse a mexer na cafeteira, as manhãs seriam muito mais tranquilas para nós dois.

Jamie nem se deu ao trabalho de tentar fazer seu café sem antes servir Sua Majestade. MacGyver a treinara bem demais para isso.

Mesmo precisando desesperadamente de cafeína, Jamie não conseguiu evitar um sorriso quando Mac começou a se esfregar em seus calcanhares assim que ela tirou o saco de ração do armário. Ela achava seu gatinho muito inteligente, mas havia algumas coisas que MacGyver simplesmente não conseguia entender. Como o fato de que a comida chegaria bem mais rápido à tigela se ele não tentasse amarrar os pés dela com o corpo.

— Prontinho.

Jamie conseguiu servir a comida sem derrubar nada na cabeça de Mac. Ela ficou observando enquanto ele cheirava, depois pegava um pouquinho, depois mais um pouquinho. Pelo visto, a Gataré continuava na sua lista de rações aprovadas. Não dava para acreditar que ela estava dando jacaré para seu gato comer. Mas o veterinário tinha dito que carne selvagem fazia bem para ele, e Mac gostava — por enquanto. Jamie se divertia ao imaginar Mac, no auge dos seus quatro quilos, caçando seu café da manhã, se esfregando nas patas grossas de um jacaré até conseguir sua carne.

Jamie deu um passo em direção à cafeteira, uma das poucas coisas essenciais que tinha desencaixotado na noite anterior, e então desabou numa das cadeiras da cozinha, subitamente esgotada. Sua vida inteira estava de pernas para o ar. Depois de pedir demissão do trabalho, ela se mudou para o lugar mais longe possível dentro dos limites dos Estados Unidos. Jamie enlaçou os joelhos. No que estava pensando? Ela tinha 34 anos. Aos 34, você devia estar com a vida ganha, e não fazendo mudanças drásticas. Tinha sido assim com seus amigos. Todos estavam casados agora, todos *mesmo*, e mais da metade tinha crianças — e não bebês. Samantha já tinha até uma adolescente.

— Para com isso, Jamie. Para com isso. Esse tipo de pensamento não vai te levar a lugar nenhum.

Mas por *onde* é que ela deveria começar? Jamie pensou um pouco. Primeiro, precisava levantar. Ela ficou de pé. E agora?

A resposta surgiu na mesma hora. Precisava sair! E isso significava que devia trocar de roupa. Jamie correu para a sala e abriu sua maior mala antes que mudasse de ideia. Pegou sua calça jeans favorita e uma blusa reformada que comprara no Etsy. Ela só a usara uma vez, embora a amasse. Só não era o tipo de roupa que alguém usaria em Avella, Pensilvânia. A peça era *mesmo* meio extravagante, quase toda coral com rosas pretas, mas com longos retalhos de tecido colorido de estampas diferentes costurados na bainha e umas folhas verdes aplicadas aleatoriamente.

Era uma blusa perfeita para Los Angeles, ou pelo menos ela achava que sim. E, se não fosse, quem se importava? Jamie tinha declarado que 2018 seria o "Meu Ano". Fora uma declaração silenciosa, mas mesmo assim era válida. Ela já havia enfrentado o Ano do Homem Egoísta, o Ano do Homem que se Esqueceu de Mencionar que Era Casado, o Ano do Homem Grudento, o Ano do Homem com Medo de Compromisso. E, o pior de todos, o Ano da Mãe Doente.

O Meu Ano não envolveria homem algum. Envolveria usar roupas maravilhosas, mesmo que só ela achasse isso. E para seguir seu sonho, assim que descobrisse qual era. Sua única certeza era que ele não envolvia dar aula de História no Ensino Médio.

O Meu Ano envolveria morar num lugar onde ela não conhecesse ninguém e no qual pudesse reescrever sua própria história aonde quer que fosse. O Meu Ano mudaria sua vida! Jamie balançou a cabeça. Mais um segundo pensando nisso e ela começaria a cantar como se fosse a Maria indo embora do convento em *A noviça rebelde*. Ela pegou a bolsa e foi na direção da porta, mas parou. Talvez fosse melhor pentear o cabelo. E escovar os dentes.

Feito isso, Jamie seguiu para a rua. Seu olhar bateu em algo amassado sobre o tapete. Ela se abaixou para pegar. Era uma toalha de mão branca. Com certeza aquilo não estava ali ontem, e não era seu. Coisas em branco chapado não faziam seu estilo.

Ela foi abrir a porta de tela para jogar a toalha na varada. Não tinha aberto nem dez centímetros quando, de repente, Mac apareceu — com aquelas malditas e furtivas patinhas felinas — e saiu.

Jamie correu atrás dele. Mac nunca saíra na rua. O cérebro dela imediatamente se encheu com dezenas de coisas horríveis que poderiam acontecer.

— MacGyver! — gritou ela. Ele, pasme, continuou correndo. Jamie tentou de novo, sabendo que não ia adiantar. — MacGyver!

— A voz da autoridade — disse alguém, com ar de ironia.

Ela virou e viu Al Defrancisco arrancando ervas daninhas do pequeno canteiro de flores ao lado da escada da varanda. Jamie o conhecera, e a sua esposa, Marie, quando chegou, ontem. Os dois moravam em um dos 23 bangalôs — bangalôs, aquilo soava tão glamoroso, saído da Era de Ouro de Hollywood — que formavam o Conjunto Residencial Conto de Fadas. O lugar foi batizado em homenagem ao estilo arquitetônico da década de 1920 no qual foram construídas as casinhas. Se não fosse pela arquitetura, que dava ao local um status histórico, a vizinhança já teria sido derrubada e substituída por um arranha-céu. Fora um golpe de sorte uma das adoráveis casas ter ficado disponível na mesma tarde em que ela começou a procurar por um lugar novo.

— Ele obedece quando é chamado... às vezes. Quando mostro sachê da Whiskas. Ou quando estou comendo um sanduíche de atum — explicou Jamie a Al.

Pelo menos Mac não tinha ido longe demais, ainda não. Seu tigrezinho amarelo e marrom usava uma das palmeiras perto da fonte do pátio como arranhador.

Havia palmeiras do lado da sua casa! Isso era tão legal. Parecia impossível acreditar que a vida dela era assim agora. Mas era. Graças à herança que a mãe deixara, Jamie poderia passar um ano ali. Nem precisava arrumar emprego. Não neste ano especial. Mas ela não pretendia ficar à toa. Só tinha certeza de que não queria dar aula. Mas descobriria algo que quisesse fazer — e então o faria!

— Al, eu te falei para colocar um chapéu. — Marie saiu de casa e jogou um fedora de palha para o marido. Era uma mulher pequena e frágil, aparentando estar na casa dos 80, assim como Al, mas sua voz era forte e dominante.

O marido colocou o chapéu.

— A voz da autoridade — murmurou ele, apontando o queixo na direção de Marie.

— Aonde você vai? — perguntou ela a Jamie.

— Depois que conseguir apreender meu gato, estava pensando em tomar café em algum lugar. Vi uma Bean & Tea Leaf quando estava vindo para cá.

Marie bufou em reprovação, aparentemente para Jamie, e entrou na casa. Em Avella, todo mundo sabia da sua vida. A cidade não tinha nem mil habitantes. Ela achava que Los Angeles seria diferente, mas, pelo visto, estava enganada.

Jamie olhou para Mac como quem não quer nada. Conhecendo seu gato, sabia que a melhor forma de convencê-lo a voltar para casa era fingir que não se importava com o que ele fazia. Agora, ele estava pegando um sol ao lado da palmeira.

— Não posso deixá-lo aqui. Ele é um gato de apartamento. Não sabe o que é um carro — disse ela a Al. E então acrescentou: — Parece que ele gostou do pátio. Talvez eu devesse comprar uma coleira para passear com ele.

Al deu só uma resmungada em resposta. Jamie pensou em pegar um sachê. Mas Mac tinha acabado de comer. Talvez não fosse a melhor ideia. Quem sabe a vara com penas... Antes que pudesse tomar uma decisão, Marie voltou.

— Café — anunciou ela, oferecendo-lhe uma xícara no corrimão da varanda. — Vinte e sete centavos por café. Deve ser dez vezes mais caro nessa tal de Bean.

— Obrigada. É muita gentileza sua — agradeceu-lhe Jamie.

Ela tomou um gole. Perfeito.

— Leve um para Helen.

Marie entregou uma segunda xícara para Al, que seguiu para o bangalô da vizinha.

— Helen, café! — gritou ele, não se dando nem ao trabalho de subir os dois degraus da varanda.

Alguns segundos depois, uma mulher, talvez dez anos mais nova que o casal, saiu. Helen pegou o café, deu um gole e olhou de cara feia para Marie.

— Você esqueceu o açúcar. De novo.

— Você não precisa de açúcar — rebateu a outra mulher. — Está ficando gorda. — Helen continuou emburrada. — A Nessie continua em forma. Você podia...

— Eu já te falei para não falar da m... — Helen se deteve. — Vou colocar açúcar — declarou, e então notou a presença de Jamie. — Você! É você que é a Jamie Snyder? Eu estava querendo te conhecer.

Tenho um afilhado da sua idade. Você não faz muito o tipo dele. Ele prefere mulheres mais exóticas, não a loirinha simpática. Mas ele também é professor. Vou passar seu número para ele.

Loirinha simpática? Era isso o que ela era? Não era exótica. Sabia disso. Mas loirinha simpática parecia algo tão normal e sem graça. Tudo bem, ela era normal, mas nem tanto. E...

— Seu número? — insistiu Helen.

— Não. Digo, obrigada, mas não quero conhecer seu afilhado. Não quero conhecer homem nenhum — protestou Jamie, as palavras saindo rápido e alto demais para soarem educadas. — É que acabei de chegar, preciso organizar minha vida. — Ela olhou para Mac. Ele continuava pegando sol. — Como você sabe que eu sou... que eu era professora?

Ela tinha quase certeza de que não mencionara isso para Al e Marie no dia anterior, e também não tinha conversado com mais ninguém no condomínio.

— Se estava no seu comprovante de renda ou no contrato de aluguel, essas duas sabem — respondeu Al, voltando para as plantas.

Jamie tinha certeza de que a divulgação dessas informações pelo locador era ilegal, mas resolveu não criar caso.

— O afilhado dela não é mesmo um bom partido para você — disse Marie. — Ele não troca nem uma lâmpada para Helen quando ela precisa. Sempre tenho que pedir ao Alzinho, nosso filho, para ir até lá. Ele vem jantar com a gente todo domingo. — Ela apontou um dedo ossudo para Helen. — E o seu afilhado é novo demais.

— Só cinco anos mais novo que ela — rebateu a outra mulher.

— Meu sobrinho-neto é três anos mais velho. O marido tem que ser mais velho. Os homens amadurecem mais tarde. — Marie se voltou para Jamie. — Talvez você goste dele.

Jamie foi se retirando de fininho. Como se sentisse o desconforto de sua humana, MacGyver se aproximou e soltou seu miado *me-pegue-no-colo*, que era mais baixo e bem mais agradável do que o *quero-comida*. Grata, Jamie o tirou do chão. Ela tracejou o M em sua testa com o dedo. A marca marrom fora um dos motivos para ter escolhido o nome MacGyver.

— Seu afilhado é alérgico a gatos, não é? — gritou Marie para Helen, sua voz cheia de triunfo.

— Vou pegar meu açúcar — murmurou Helen e voltou para dentro de casa.

— Deixe a xícara na varanda quando terminar — disse Marie para Jamie antes de entrar também.

— Eu realmente não quero conhecer ninguém — reclamou ela para Al, já que nenhuma das mulheres prestara atenção no que dissera.

Ele soltou outro resmungo.

— E você acha que isso faz diferença?

Com certeza fazia diferença para Jamie. Ela não ia deixar que o Meu Ano começasse com encontros desconfortáveis com sobrinhos-netos, afilhados ou qualquer outro homem.

— Você falou da Clarissa para ela, não foi? — quis saber Adam assim que David voltou para a mesa.

David não respondeu, apenas deu um gole na IPA amarga que Brian, dono do Palmeira Azul, havia recomendado. Ele geralmente preferia uma Corona, mas aquele não era o tipo de lugar onde se bebiam cervejas normais.

— Nem precisa responder — continuou Adam. — Sei que contou. Daqui eu vi. Posso até dizer o momento exato em que você contou. Você foi até o balcão, sentou ao lado dela e da amiga, fez um comentário engraçadinho, provavelmente autodepreciativo. Ela sorriu. Estava indo tudo bem. A amiga foi ao banheiro, talvez para deixar vocês dois sozinhos. Ela tocou seu braço. *Ela tocou seu braço.* E eu fiquei aqui pensando que as coisas estavam sendo mais fáceis do que você esperava. Então o toque no braço virou uma batidinha. Uma batidinha *de pena*. E eu sabia, eu *sabia*, que você tinha começado a falar da sua esposa morta.

David sentiu os ombros tensionarem, mas forçou um sorriso e ergueu o copo para o amigo.

— Acertou em cheio.

— Desculpe. Eu devia ter falado de outro jeito. — Adam jogou um pretzel na boca. — Mas você não pode sair falando da Clarissa cinco minutos depois de conhecer a pessoa — continuou ele enquanto mastigava. — Não se quiser que role alguma coisa.

— Eu nem sei se quero que role alguma coisa. Já te falei isso.

Sua voz saiu mais irritada do que ele esperava, mas estava cansado de repetir para Adam que talvez ainda não estivesse pronto para "voltar à ativa". Mesmo que já tivessem se passado três anos.

— Bem, sou seu amigo. Eu te conheço desde antes de você ter pentelhos, ou seja, uns cinco anos atrás. E digo que, no fundo, você quer que role alguma coisa, sim, mesmo não tendo certeza.

Adam tentou pegar outro biscoito, mas David afastou sua mão.

— Esse é meu — disse ele.

O amigo tentou por outro ângulo, pegou o biscoitinho e continuou falando.

— Porque, se não rolar nada agora, só vai ficar mais estranho e difícil, e aí, quando você finalmente estiver cem por cento certo de que está pronto, não vai conseguir arranjar ninguém, e vai acabar se tornando um velho triste e solitário.

— Vou acabar me tornando um velho triste e solitário? Parece que você está escrevendo um diálogo para o seu próximo capítulo — disse David.

— Estou falando sério — insistiu Adam. — Já faz tempo demais. Lucy acha que você devia entrar no Tinder.

— É sobre isso que você e a Lucy conversam quando as crianças vão para a cama? Não é de admirar que nunca transem — respondeu David.

— Esses aplicativos têm suas vantagens. Você pode começar devagar. Ir conhecendo aos poucos a outra pessoa antes do encontro.

E pode pensar no tipo de impressão que quer passar. Não estou falando para você nunca mencionar a Clarissa. Mas não nos primeiros cinco minutos. Quer pedir mais? — Ele apontou para o prato vazio.

— Mais? — protestou David. — Eu nem comi nada.

— Vamos pedir mais. — Adam fez um sinal para a garçonete, apontou para o prato, com um olhar de súplica e as mãos apertadas contra o peito. A mulher riu e assentiu com a cabeça. — Vamos pedir mais bebida também. E só saímos daqui depois de criar o seu perfil no Tinder. Sou escritor. Tenho certeza de que consigo dar um jeito de deixar até você interessante. — Ele analisou o amigo. — As pessoas sempre te acham parecido com Ben Affleck, mas não queremos essa vibe de traição e vício no jogo. Além do mais, como é você quem supostamente está se descrevendo, talvez soe arrogante se comparar a um ator famoso. Então vamos colocar só o básico: trinta e três, cabelo castanho, olhos cor de mel, um metro e oitenta e cinco, e o que, uns oitenta quilos?

David assentiu com a cabeça. Seu amigo estava empolgado. Agora, já era.

— Temos que colocar que você é padeiro e confeiteiro. As mulheres vão adorar. Os cupcakes de sorvete com calda quente de chocolate estão incluídos no pacote. Talvez a foto do seu perfil possa ser você sovando massa ou algo assim. Seria como naquela cena de *Ghost*, mas com pão em vez de argila — tagarelou Adam.

— Não quero nem saber por que você viu *Ghost*.

Na verdade, David também já tinha visto. Clarissa assistira ao filme pela primeira vez aos 12 anos e ficara impressionada. Sempre que o via na televisão, parecia ter sido hipnotizada para assistir até o fim.

A garçonete apareceu com outro prato de aperitivos e anotou o pedido das cervejas.

— Certo, o que mais? O que mais? — murmurou Adam. — Pegue seu celular e baixe o aplicativo enquanto eu penso.

David tirou o celular do bolso, porque Adam era Adam e não desistia nunca. Mas só ficou fuçando o aplicativo, sem criar a conta.

— Vamos colocar que você tem um cachorro. Isso mostra que consegue cuidar de outro ser vivo.

Ele agora escrevia num guardanapo.

— Você acha que essas mulheres estão tão desesperadas assim? — perguntou David.

Adam o ignorou.

— Vamos deixar sua obsessão pelo cinema mudo de fora por enquanto, porque isso vai limitar suas opções. Você gosta de caminhar na praia, não é?

David tentou lembrar a última vez que fora à praia. Não tinha ido desde Clarissa. Menos de uma hora de distância, bem menos se o trânsito estivesse bom, e ele agia como se vivesse do outro lado do estado.

— Você não pode colocar isso. É o maior clichê do mundo. Eu não ia gostar de uma mulher que quisesse um cara que diz gostar de caminhar na praia.

Adam sorriu.

— Só queria ver se você estava prestando atenção. Você está gostando, vai, pode falar.

Estava? Era possível. Um pouco. Talvez Adam tivesse razão. Talvez, mesmo que ele não quisesse conhecer alguém, devesse tentar. Tentar mais do que tentara com a mulher no balcão do bar, coisa que fora ideia de Adam.

— Pode ser bom mencionar que fui voluntário da Habitat para a Humanidade — sugeriu ele.

— Gostei. É o tipo de coisa que faz você parecer um cara sensível, mas que também consegue consertar coisas na casa. — Adam anotou a sugestão. — Também é bom falar um pouco de como você gostaria que fosse a mulher que está procurando.

A mulher que estava procurando. Uma mulher que estivesse sempre disposta a experimentar coisas novas. Que acreditasse que sempre havia algo maravilhoso a ser descoberto por aí. Que...

Ele percebeu que estava procurando por Clarissa.

Era como se um dos pretzels salgados tivesse entalado em sua garganta. David não acreditava que aquilo estava acontecendo. Ele lutou para ignorar a dor, mais forte do que poderia imaginar. De repente, parecia que Clarissa tinha morrido ontem.

— Olha, eu sei que você tem razão. Eu realmente preciso me permitir conhecer alguém novo. Mas não estou pronto — disse David. E achou que tivesse conseguido manter um tom de voz despreocupado, mas Adam deve ter notado o sofrimento em sua expressão, pois amassou o guardanapo e o guardou no bolso. — Não estou dizendo que é para sempre. — David passou uma das mãos pelo cabelo. — Mas, por enquanto, não. Sei lá, talvez no ano que vem.

CAPÍTULO 2

Tudo bem, começou o Segundo Dia do Meu Ano, pensou Jamie. Não ia contar o dia da mudança. Não fora um dia inteiro, então, como poderia contar? Além do mais, se fizesse isso, hoje seria o Terceiro Dia, o que significava que já deveria ter bolado um plano. Porém, se estivesse no Segundo Dia, ainda poderia pensar no que fazer.

Ela pegou a bolsa. Parecia algo que uma avó antiquada usaria, mas de um jeito bom, com um monte de flores bordadas e alças de vime. E também era bem espaçosa, grande o suficiente para o caderno em que estava escrevendo — pretendia escrever — seu plano. Jamie não tinha nada contra seu notebook, mas, para listas e planos, preferia papel e caneta.

— Vou dar uma volta, Mac. Não conte a Marie, mas vou à cafeteria. — Ela coçou o queixo do gato. — Deixei umas surpresinhas para você.

Ela costumava esconder alguns petiscos pela casa quando saía, assim Mac tinha algo para caçar.

Jamie conseguiu escapulir pela porta sem o gato tentar sair. E depois conseguiu virar a esquina e sair de vista sem Marie aparecer e perguntar aonde ia. *Bom começo*, pensou. Então decidiu caminhar pelo condomínio, até o outro lado. Estava doida para dar uma olhada nas outras casas.

A primeira da calçada parecia pertencer a uma vilã da Disney, com um telhado pontudo que dava a impressão de que a casinha usava um chapéu de bruxa. As janelas imitavam o formato, e a aldrava na porta era de aço preto, no formato de uma aranha, com grandes olhos de vidro vermelho lapidado. Enquanto Jamie estudava o exterior, uma mulher saiu e pendurou uma enorme bengala doce numa das pernas de aranha da aldrava. Ela usava um vestido verde minúsculo que talvez até pudesse passar por fantasia de elfo. Seu cabelo — curto e escuro, com uma franja a poucos milímetros das sobrancelhas — também parecia fazer parte da fantasia. Quando a viu, a mulher acenou e gritou:

— O Natal é uma época maravilhosa, não acha?

— É, também acho — respondeu Jamie, apesar de ter considerado aquela uma pergunta meio aleatória para setembro.

— Estou começando a decorar. — A mulher prendeu outra bengala doce enorme no pequeno limoeiro de um vaso na varanda. Jamie tentou adivinhar sua idade. Era difícil dizer. — Já fiz até uns biscoitos — acrescentou ela. — Quer entrar e comer um boneco de gengibre?

Jamie tentou lembrar se tinha caído na toca de um coelho ou sido levada por um tornado recentemente. Era como se tivesse entrado num universo paralelo.

— Assustei você? — perguntou a mulher, sorrindo, obviamente sentindo a hesitação de Jamie. — Eu sei que ainda estamos em setembro. Só acho que o Natal é bom demais para durar apenas um ou dois meses. Ah, eu sou a Ruby Shaffer. Esqueci de me apresentar. Aceita um biscoito de gengibre? Está uma delícia.

— Claro. — Jamie se juntou a ela na varanda e também se apresentou. — Acabei de me mudar. Minha casa é depois da esquina.

— Vizinha do Al e da Marie? — perguntou Ruby, e Jamie assentiu com a cabeça. Agora que estava mais perto, dava para ver os fios brancos no cabelo escuro da mulher, então avaliou sua idade em 50 e poucos anos. — São uma peça, aqueles dois! Adoro eles. Marie tenta se fazer de durona, mas quer cuidar de todo mundo que conhece. — Ela abriu a porta e foi mandando-a entrar, e os olhos de Jamie foram tomados por uma profusão de vermelho e verde, prateado e dourado. — Como eu disse, comecei a decoração de Natal — continuou a vizinha enquanto atravessava um caminho estreito entre pilhas de luzes, ornamentos, guirlandas e algumas dezenas de bichos de pelúcia em roupas natalinas.

— Começou? — murmurou Jamie.

— Não sou acumuladora nem nada. De 15 de janeiro a 15 de setembro, deixo tudo guardado num depósito — explicou Ruby. — Sente.

Ela indicou uma das cadeiras da mesa da cozinha. O único sinal de Natal no cômodo era o prato de bonecos de gengibre cobertos de glacê verde e vermelho. Ruby o pegou da bancada e colocou-o na mesa.

— Jamais gostei muito de comer esses bonecos de gengibre — admitiu Jamie. — Fico me sentindo uma canibal.

— Come a cabeça primeiro, aí eles param de te encarar — aconselhou a vizinha, pegando um biscoito e decapitando-o com uma mordida.

Jamie riu e comeu a cabeça do seu biscoito. Estava começando a gostar daquela mulher esquisita. Ela própria também era um pouco estranha, mas sabia esconder isso um pouco melhor, especialmente quando estava na sala de aula.

— Posso te fazer uma pergunta? — quis saber Ruby. — Tem uma coisa que eu pergunto para todo mundo que conheço. É um jeito de conhecer melhor a pessoa assim logo de cara.

— Claro... — respondeu Jamie, hesitante. Por que, sério, o que mais *poderia* falar?

— Qual seria o título do filme da sua vida?

— É difícil dizer, já que ainda não sei o final — comentou ela. — Não sei se é um filme inspirador, assustador ou engraçado.

— Bom argumento — respondeu a vizinha. — Nunca tinha ouvido essa resposta antes.

— No momento, o título seria *O Meu Ano* — declarou Jamie.

Ruby tinha alguma coisa especial. Ela passava a impressão de que você podia lhe contar qualquer coisa sem ser julgado.

— Por quê?

Ruby mordeu um dos pés do seu boneco de gengibre.

— Passei um tempo, um bom tempo, vivendo para agradar as pessoas com quem me relacionava. Em geral, namorados. Aí minha mãe ficou doente, e eu passei a viver em função dela, mas, agora... — Jamie respirou fundo.

— Agora é *O Meu Ano* — completou Ruby. — Que bacana. Meu filme se chamaria *Minhas fantásticas aventuras inventadas*. Porque trabalho como cenógrafa, criando mundos alternativos. Minha imaginação é minha melhor amiga. Sempre encontro uma forma de me divertir com ela. Tenho muitas aventuras na minha cabeça, e algumas de verdade também.

— Então você diria que seu emprego é sua paixão? — perguntou Jamie.

— Uma delas, com certeza — respondeu ela, sem hesitar. — Eu adoro o desafio de, por exemplo, decidir o que certo personagem teria na primeira gaveta de sua mesa de cabeceira. E adoro trabalhar em equipe.... Quero dizer, pelo menos na maioria das vezes. Quando está todo mundo ali, o diretor, os atores, o figurinista, a equipe inteira trabalhando junta para criar algo, é maravilhoso.

É isso que eu quero, pensou Jamie. *Quero falar sobre o meu trabalho assim.*

— E você? Como ganha a vida? — Ruby mordeu o outro pé do biscoito. — Existe alguma palavra para amputação de pé? Decapetação? — Ela balançou a cabeça. — Deixa pra lá. Quero saber de você.

— Eu era professora de História. Do Ensino Médio. Adorava a matéria. Adorava alguns dos alunos. Odiava dar aula e ter que ensinar só o que a turma precisava saber para passar na prova. E os pais? Era impossível lidar com eles. Se o filho tirava nove e meio, eles vinham tirar satisfação perguntando por que não tinha sido dez. Se fosse um oito? Nem em sonho. Os pais surtavam — respondeu Jamie. — Ah, você tem filhos? — acrescentou ela, tarde demais.

— Não. Esqueci de perguntar ao meu ex-marido se ele queria ser pai antes de casarmos. Parti do princípio que sim. Uma idiotice. Quando finalmente descobri a verdade e cada um seguiu seu rumo, já era tarde demais para mim. Não para ele. O babaca agora tem um bebê e um filho de 6 anos. Os homens já têm tantas vantagens. É justo que também tenham um estoque ilimitado de esperma? — Ruby conseguiu falar isso tudo sem respirar, agora tomava fôlego.

Ela não é mal-intencionada, pensou Jamie. *Não quer só saber da minha vida, também está se abrindo para mim.*

— Então, se você não é mais professora de História, o que está fazendo? — continuou Ruby.

— *O Meu Ano* é financiado por uma herança — confessou Jamie. — Estou usando o dinheiro para descobrir o que quero fazer da vida. — Ela tirou um caderno da bolsa. — Meu plano para hoje era fazer uma sessão de *brainstorming*.

Ruby se levantou.

— Vá-se embora, então! Não quero matar sua inspiração. Outra hora a gente conversa mais, a não ser que você tenha me achado a maluca do conjunto residencial.

— Claro que não. A gente se fala depois — respondeu Jamie, guardando o caderno.

— Maravilhosa, essa sua bolsa — comentou Ruby.

Sim, ela com certeza estava gostando da vizinha excêntrica. Prometeu a si mesma que mais tarde exploraria o restante da vizinhança, porque agora estava na hora de colocar a mão na massa. Jamie atravessou rapidamente o conjunto e seguiu até a Sunset Boulevard. Só parou para tirar uma foto do shopping na Gower Gulch.

Não era nada de mais. Tirando a carroça antiga de circo itinerante no fim do estacionamento, o shopping era igual a todos os outros, com aparência abandonada. Os únicos diferenciais eram uma lanchonete Denny's e uma farmácia Rite Aid. Mas ela vinha lendo sobre a história local e sabia que, nos tempos áureos, os caubóis que vinham procurar emprego no cinema se reuniam ali. Só porque ela não queria mais ensinar história, não significava que tivesse perdido o interesse pelo assunto, e a cidade nova tinha um passado bem intrigante. Até fizera um tour no dia anterior. Decidira que precisava de um dia de descanso antes de resolver o que ia fazer da vida dali para frente.

Jamie andou mais alguns quarteirões e parou diante de uma palmeira com glórias-da-manhã roxas enroscadas no tronco. Precisava tirar uma foto. Ela não tinha o hábito de fazer essas coisas. Alguns amigos seus tiravam foto de tudo que comiam e, é claro, um zilhão de fotos dos filhos, mas ela nunca se dava ao trabalho. Talvez porque, em casa, via as mesmas coisas todos os dias. Aqui, tudo era novo.

No momento em que tirou a foto da palmeira, ela notou algo se movendo lá em cima, onde a folhagem estalava. Um rato. Eca.

Mas a foto tinha ficado boa. Flores bonitas, palmeira glamorosa, rato de olhos brilhantes. Um belo contraste. Ela tirou mais algumas, só para garantir, e seguiu para a Coffee Bean. Pediu um Floresta Negra grande gelado, porque, para decidir o que queria fazer da vida, ela ia precisar de açúcar — mais do que havia num biscoito de gengibre — e muita cafeína. Ela encontrou uma mesa vazia, pegou o caderno, abriu numa página em branco, separou duas Varsity roxas, suas canetas favoritas, e... ficou sentada ali.

Açúcar e cafeína, lembrou a si mesma. E tomou dois goles generosos do Floresta Negra. Generosos demais, rápido demais. Agora estava — *ai, ai, ai, ai* — com a cabeça doendo de tão gelado. Ela massageou as têmporas, esperando a sensação passar. E então voltou para o caderno, para a página em branco.

Jamie escreveu as palavras "Meu Ano" no topo da página, mas logo as riscou. Elas soavam bem na sua cabeça, pareciam até nome de filme, mas ficaram meio bobas no papel. Jamie pensou por um segundo, então escreveu: "Coisas de que eu gosto". Era assim que ia descobrir sua paixão na vida. Paixão é aquilo que nos dá prazer, e a gente torce para atrair algum dinheiro.

Ela sublinhou as palavras. E ficou ali sentadinha, encarando o caderno. Então começou a escrever as coisas o mais rápido possível:

Brincar com Mac usando o laser.
Ver filmes antigos.
Coisas reaproveitadas.
Açúcar e cafeína.
O cheiro de chuva no chão quente.
A sensação dos lençóis nas pernas logo depois da depilação.
Lojas de segunda mão.
Cartões-postais antigos com mensagens escritas.
Bonecas antigas — tanto as assustadoras quanto as bonitas.
História — mas não dar aula.
Biografias.
Mulher-Maravilha.

Mulher-Maravilha? De onde ela tinha tirado aquilo? Jamie gostava da Mulher-Maravilha. Certamente não tinha nada contra ela. Mas não esperava que ela fosse aparecer nessa lista.

Seria porque, no passeio do dia anterior, tinha visto uma pessoa fantasiada de Mulher-Maravilha na frente do Grauman's Chinese Theater? Ela sabia que o nome tinha mudado, mas não conseguia se adaptar à mudança. Quando via as pegadas dos famosos, era Grauman's que vinha à cabeça.

Será que a *cosplayer* de Mulher-Maravilha vivia daquilo? Era essa a paixão dela? Talvez. Se você realmente ama e admira a Mulher-

-Maravilha, talvez sua paixão seja ficar o tempo todo fingindo ser a Mulher-Maravilha. Todas as pessoas que posaram com ela estavam sorrindo. Jamie não fizera isso, mas tirara fotos das pessoas tirando fotos com a Mulher-Maravilha, que parecia estar se divertindo com cada segundo de cada encontro.

Ela havia tirado mais fotos nos últimos dois dias do que nos últimos dois anos. Tinha perdido o hábito, apesar de ter sido fotógrafa do jornal da escola no Ensino Médio e de ter feito uns cursos de fotografia na faculdade, só por diversão. Talvez estivesse voltando às origens porque tinha muita coisa nova despertando seu interesse.

Então acrescentou mais alguns itens à lista:

Tirar fotos.
Ver pessoas felizes.
Fazer as pessoas felizes.

E... não conseguia pensar em mais nada. Era impossível que só gostasse de — ela contou rápido — 15 coisas. Mas 15 já era um começo. Jamie releu a lista devagar, procurando por semelhanças, pontos em comum, inspiração.

Pelo visto, gostava de coisas velhas. Filmes antigos. Bonecas antigas. Cartões-postais antigos. História. Lojas de segunda mão. Inclusive as coisas reaproveitadas, pois, em geral, eram coisas velhas. E, assim que pôs os pés no Conjunto Residencial Conto de Fadas, teve certeza de que precisava morar lá, porque era como se o lugar pertencesse a outra era. As casas tinham uma aparência velha até mesmo para a época em que foram erguidas. Dava a impressão de que eram obras de algum mundo encantado, e foram transportadas para cá, como a casinha de bruxa de Ruby. Al e Marie moravam num castelo em miniatura, com torrezinhas, e Helen, numa mistura aconchegante de toca e casa.

Então sua paixão a tinha levado até sua nova casa, apesar de ela não ter percebido isso antes. Será que também poderia levá-la a uma nova carreira?

Algumas pessoas ganhavam bastante dinheiro vendendo coisas velhas no eBay, mas isso não lhe parecia interessante. Jamie não queria ficar estimando o valor das antiguidades maravilhosas que encontrasse.

Ela queria muito saber reaproveitar suas roupas para criar algo como sua blusa favorita, mas não tinha talento para essas coisas. Quando tentava, os resultados eram... catastróficos. Inclusive, uma vez, conseguiu a façanha de grudar dois dedos no cabelo com cola instantânea. E não foi por falta de atenção.

Jamie voltou a encarar o papel. Teve a impressão de que a cabeça estava voltando a doer por causa da bebida gelada, embora não tivesse tomado outro gole.

— Quebrando... a cabeça — murmurou ela com sua voz de Frankenstein.

Seria possível ganhar a vida em Hollywood fazendo uma imitação razoável de Frankenstein? Difícil. Ela fechou o caderno bruscamente e o enfiou na bolsa — outra velharia de que gostava. Voltaria para o *brainstorming* quando sua cabeça melhorasse.

Enquanto saía para o belo dia lá fora, Jamie decidiu que precisava comprar uma coleira para Mac. Ele também merecia explorar a vizinhança nova, era injusto deixar o pobrezinho trancado em casa o tempo todo.

Catioro recebeu David na porta, com a guia na boca e o rabo — na verdade, toda sua parte traseira — balançando.

— Tá bom, filhão, tá bom.

Ele tirou a guia babada da boca do cachorro, prendendo-a na coleira. E, assim que fez isso, Catioro saiu correndo, puxando-o pelas escadas da varanda.

David sabia que devia ser o alfa da relação, não Catioro. E, como alfa, devia passar pela porta primeiro. Mas já tinha se conformado com o fato de que travar essa batalha com um cão gigante várias vezes ao dia é algo que entra na categoria "aceita que dói menos" da vida.

Primeira parada, o cedro ao lado de casa. Catioro lhe deu uma boa mijada, mas isso não significava que tinha terminado. O cão pensava em sua urina como uma commodity preciosíssima, passando o restante da caminhada dispensando um pouquinho ali, um pouquinho acolá, declarando "isto é meu", "isto é meu" e "aquilo ali também é meu".

— Na cerca, não — avisou David enquanto abria o portão. Ele mesmo tinha construído aquela cerca quando adotou o cachorro, usando galhos de árvore retorcidos condizentes com o visual toca-de-hobbit que idealizara para sua casa. — Na cerca, não — repetiu.

Então tirou um pedaço de fígado desidratado do bolso — sim, ele costumava subornar seu cachorro com frequência — e o usou para distraí-lo da cerca antes que conseguisse marcá-la.

O cão foi galopando até o alfeneiro no quintal do chalé vizinho e deu início aos trabalhos. Sua técnica era se reclinar para longe do alvo, o que lhe permitia erguer mais a perna e mijar o mais alto possível. O vira-lata era quase do tamanho de um pônei, mas parecia querer deixar registrado que por ali passara uma fera monstruosa do tamanho de um Clydesdale.

— Bom menino — elogiou David enquanto seguiam pela calçada de pedrinhas.

— Oi, Catioro! — gritou Zachary Acosta do outro lado da rua.

O cachorro saiu correndo na direção do menino. David repuxou a guia até se certificar de que não havia carros por perto, e então se deixou arrastar até Zachary. Catioro imediatamente colocou as patas nos ombros do menino, que lhe deu uns tapinhas nos flancos, sua versão de um abraço entre homens heteronormativos.

Só quando Catioro finalmente tirou as patas do menino, foi que David viu o rosto de Zachary. Havia um círculo vermelho e inflamado no meio de suas sobrancelhas, do tamanho de uma moeda. Ele não fez perguntas, mas teve de se forçar a olhar para o outro lado. Estava muito marcado e era bem simétrico.

— E aê? — perguntou David. Era assim que o garoto costumava falar quando era pequeno, e a frase se tornara parte da linguagem da sua amizade. — Como vai a vida?

— Mesma coisa de sempre, só estudando e tal... — respondeu Zach.

Às vezes era difícil para David acreditar que Zachary estava com 14 anos. Como é que já fazia quase dez anos que começaram a correr juntos pela vizinhança? Completava apenas uma semana que David e Clarissa tinham se mudado, e ele fazia questão de sair para correr pelo menos uns dois dias na semana para queimar as amostras que comia enquanto criava novas receitas. Um dia, quando ia descendo a rua, a porta dos Acosta se escancarou e Zachary saiu correndo em disparada, usando uma camisa dos Oakland Athletics, calças de corrida e tenizinhos da Puma. O menino parecia uma miniatura de David, até a cor dos tênis era igual — vermelho e branco.

— Espera! Espera! Eu vou! — gritara ele.

Sua mãe, Megan, o alcançou antes que chegasse à calçada e o pegou no colo. O menino imediatamente começou a se debater.

— Desculpa, David. É que ele te viu correndo um dia desses e agora só fala nisso. Pensei que ele fosse se contentar com a roupa.

— Ah, bem que eu queria um parceiro de corrida — dissera David.

— Tem certeza?

— Claro. Vamos lá, Zachary.

O menino desde sempre insiste em ser chamado de "Zachary". Nada de "Zach". Megan o colocou no chão, e ele se jogou no vizinho. Desde então, os dois passaram a correr juntos e, nos últimos anos, a passear com Catioro umas três ou quatro vezes por semana.

— Mesma coisa de sempre, estudando e tal... — repetiu David. — Quero detalhes.

Zachary tinha acabado de começar o primeiro ano do Ensino Médio. David tinha certeza de que havia mais a ser dito.

— Esquilo à direita — anunciou o garoto.

David enrolou a guia na mão algumas vezes, já se antecipando. Alguns segundos depois, Catioro viu o esquilo e fez o que seu dono chamava de Deslocador de Ombros, um puxão forte e repentino. O esquilo subiu pela treliça da casa mais próxima, e o cachorro soltou uma explosão de latidos, avisando ao intruso exatamente o que faria com ele caso estivesse livre.

Quando a barulheira terminou, Zachary disse:

— Eu me inscrevi na equipe de corrida. *Cross country*. Eu queria entrar pro time de futebol americano, mas minha mãe ficou enchendo o saco.

Talvez a mãe tivesse razão, pensou David. Naquelas férias, Zachary havia ganhado estatura, mas ainda era desengonçado. David se lembrava dessa fase. O menino mal conseguia atravessar um cômodo sem quebrar nada. Não era a melhor época para ele participar de partidas de futebol americano. Não que David fosse dizer uma coisa dessas a Zachary.

— Você corre desde os 5 anos. É um talento de berço — foi o que disse, se proibindo de encarar a marca vermelha entre os olhos do menino.

Seria mesmo um círculo perfeito? Será que ele tinha levado uma bola de golfe na testa?

David tinha quase certeza de que o pai de Zachary jogava golfe, mas duvidava de que ele levasse o filho junto. O acordo era que os dois se vissem em fins de semana alternados, mas, na maioria das vezes, acabavam se vendo numa noite a cada duas semanas. Pelo que Zachary contava, geralmente iam a algum restaurante da moda escolhido pela namorada da vez do pai, onde não havia nada que o garoto gostasse de comer. Mas, justiça seja feita, Zachary não gostava de comer muita coisa. Sua dieta parecia consistir em pasta de amendoim, salame e aquelas balas vermelhas em formato de peixe.

Os dois fizeram uma pausa quando Catioro parou para cheirar uma nogueira-do-japão. Zachary dizia que ele estava verificando seu "mijo postal". Depois que o cão se reclinou e fez seu xixi, respondendo a alguma mensagem, o grupo pôde seguir em frente. Quando chegaram à esquina — ou ao mais parecido com uma esquina no Conjunto Residencial Conto de Fadas, já que no lugar não havia um ângulo reto que fosse —, Catioro se virou para a esquerda. O alfa sempre indicava o caminho a ser seguido.

Eles só tinham dado alguns passos quando ouviram os berros de Addison Brewer ao celular. Como Zachary, a menina odiava apelidos. Ou bem a chamavam por "Addison", ou eram solenemente ignorados. Sua voz aumentava conforme caminhavam.

— Você disse que ia passar aqui. Mas aqui na cozinha, fazendo bagunça na geladeira, você não está. Nem monopolizando o controle da TV. Você não está aqui. Ah, espera aí. Talvez esteja deixando o banheiro todo cagado, como sempre. Não, não está. Então você furou comigo. De novo. E você não parecia nem um pouco doente na aula de educação física. Dava para te ver pela janela da sala de ciências. Então nem adianta vir com esse papinho.

— Essa menina é doida — murmurou Zachary, virando a cabeça de modo que apenas sua nuca fosse visível da casa dela.

— Vocês estão estudando juntos esse ano? — perguntou David.

— Só na aula de inglês. — Suas palavras eram cheias de desdém.

— Os pulmões dela estão de parabéns. Ela não parou para respirar uma vez durante esse piti aí — comentou David.

Zachary não falou nada, apenas continuou andando com o rosto virado para a rua.

Houve uma leve pausa no discurso da garota.

— O trânsito não pode estar tão ruim assim! Eu cheguei num instante e vim de ônibus. Você disse que ia só passar em casa e cinco minutos depois estaria aqui. O que significa que devia ter chegado uns vinte minutos atrás. Não quero mais saber de você. Estou terminando de verdade. De verdade. Não quero te ver mais nem pintado de ouro. Não quero nem saber. Se estiver por perto, pode dar meia-volta.

Uma das janelas do Bangalô das Rosas, como costumam chamá-lo — por causa das rosas amarelas pintadas nas persianas —, se abriu. Um segundo depois, um celular roxo com uma caveira de pedrinhas brilhantes na capa saiu voando.

Zachary olhou para a casa e voltou a virar o rosto.

— É doida.

— Lembra quando você deu flores de aniversário para ela? — perguntou David.

O garoto olhou para ele de cara feia. Às vezes David esquecia que os adolescentes eram sensíveis. Às vezes lembrava, mas, mesmo assim, não perdia uma oportunidade de provocar Zachary.

— Eu estava no jardim de infância, e foi porque mamãe tinha trazido umas flores do trabalho, trocavam quase todo dia lá.

— Ah, tá — disse David, resolvendo dar um tempo ao garoto.

Os dois passaram pela ponte levadiça e o fosso de água verde azulada. Tinha dias em que ele achava que estava vivendo dentro de um campo de minigolfe. Sua casa fora um presente de casamento da avó de Clarissa. Ela decidira se mudar para um asilo de luxo em Westwood. O Condomínio Conto de Fadas pareceu fofinho demais para David no começo, mas nada que fizesse o casal recusar uma casa 0800 aos 20 e poucos anos. E ele acabou se afeiçoando ao lugar. Agora, tinha tantas lembranças de Clarissa ali que não conseguia se imaginar morando em outro canto.

Pensar em minigolfe o lembrou do círculo no rosto de Zachary, e David deu uma boa olhada antes de se tocar.

O garoto percebeu.

— Eu fiz uma cagada no meu rosto.

— O quê? Eu nem... — Ele se interrompeu. Não adiantava mentir. — Que porra você fez?

— Sabe aquela escova elétrica de limpeza facial com o bagulho que fica girando na ponta?

David fez que sim.

— Minha mãe tem uma dessas. Quando cheguei da escola, resolvi que ia me livrar dessas espinhas. Mas se você passar demais no mesmo lugar, fica desse jeito.

Ele cutucou a marca no meio das sobrancelhas.

Essa era a última explicação que David esperava ouvir. Higiene pessoal não era uma prioridade muito grande para o garoto. Alguns anos antes, quando Zachary começou a feder que nem meia podre, Megan pediu a David que explicasse ao garoto que "homens de verdade usam desodorante", e David que explicasse que o menino nunca fosse fazer mais que aquilo para se arrumar. *Deve haver uma garota na história*, pensou ele, mas ficou quieto. Deixaria Zachary tocar no assunto quando e se quisesse.

— Foi agora isso? — perguntou ele.

— Tem algumas horas já — respondeu o garoto. — Não vou para a escola desse jeito. As espinhas já eram ruins o suficiente.

Ele cutucou o círculo vermelho de novo.

— Primeiro, pare de passar a mão — disse David, e Zachary enfiou as mãos no bolso. — Será que não é bom colocar um pouco de gelo? Talvez ajude — sugeriu ele enquanto os dois iam andando, e, às vezes, quase correndo, atrás de Catioro.

— Já fiz isso. Não adiantou nada — respondeu o garoto, esfregando o círculo.

— Não! — berrou David.

— Desculpe — disse Zachary, afastando a mão.

— Não você. Catioro. Catioro, não! — O cachorro tinha começado a soltar aquelas bolinhas duras que sempre precediam o cocô. E bem em cima do gramado dos Defrancisco. — Marie vai cortar minha cabeça fora. Ou melhor, meu saco.

Ele tentou puxar Catioro para fora da grama. O cachorro revidou com um puxão. Ele tinha encontrado o lugar que queria e já foi se agachando.

David se abaixou, passou um braço ao redor da barriga do cão e foi quase arrastando Catioro até a casa ao lado. Ele não sabia quem tinha se mudado para lá, mas a pessoa certamente devia ser mais tolerante com cocô de cachorro do que Marie. Não que ele não fosse limpar.

Catioro soltou um uivo que deve ter alertado a vizinhança inteira de que ele era em grande parte descendente de cães de caça.

— Deixe de graça, Catioro — disse David. — Como se fizesse muita diferença em qual parte do gramado você caga.

Catioro uivou de novo e, desta vez, recebeu uma resposta, um miado alto e demorado do enorme gato listrado de laranja e marrom sentado na varanda telada. Seus olhos dourados fitos no cachorro, disparando lasers de ódio. Catioro retrucou com um latido.

— Agora chega, valentão.

David pegou um petisco de fígado. A atenção do cachorro imediatamente se voltou para o dono. Ficou chocado por não ter se lembrado do petisco quando Catioro estava prestes a despertar a ira de Marie. Ele jogou o petisco o mais longe possível, e o cachorro saiu correndo, com David e Zachary no seu encalço.

Catioro devorou o petisco. Ele era um viciado, e David, seu fornecedor. Assim, mesmo o cão saindo de casa na frente dele e escolhendo em que direção iam, seu dono sempre seria o alfa. A menos que Catioro descobrisse uma forma de ganhar dinheiro e de ir sozinho ao pet shop.

— Então, o que você acha? Dois dias? — perguntou Zachary. Ele apontou para o círculo vermelho, mas não o tocou. — Não quero perder muitos treinos. O técnico da equipe de corrida parece ser bem rígido.

David sabia a solução para a maioria dos problemas de um garoto de 14 anos. Ele já fora um. Mas cuidados com a pele que deram errado estavam além das suas capacidades.

— Eu acho que precisamos de uma especialista. — E tirou outro petisco de fígado do bolso. — Vamos dar a volta, garotão.

— Aonde a gente vai? — perguntou Zachary enquanto os três seguiam para o outro lado.

— Para a casa da Ruby. Ela era maquiadora antes de virar cenógrafa. Ela vai dar um jeito nisso aí — respondeu David.

O menino parou de andar na mesma hora. Ele parecia tão relutante em se mover quanto Catioro no quintal dos Defrancisco.

— Não vou maquiado para a escola. E eu nem conheço ela direito, de qualquer forma.

— Faz de conta que é efeito especial. E você conhece ela bem o suficiente. Além disso, nós somos amigos — explicou David. Zachary não se moveu. — Vamos ver como fica. Se você não gostar, te ensino o melhor jeito de fingir que está doente. Só vamos precisar comprar um cup noodles de legumes.

Zachary não disse que sim, mas começou a andar na direção da casa de Ruby.

— Cup noodles não parece com vômito.

— Mas faz um barulho parecido. Você só precisa se certificar de que sua mãe está perto o bastante do banheiro para ouvir, e aí começa a jogar a sopa dentro da privada — explicou David.

Zachary riu.

— Legal.

Eles dobraram a esquina, e a casa de Ruby apareceu. David sentiu como se tivesse levado um soco no estômago. Como podia ter esquecido que hoje era 15 de setembro? Era um dos dias favoritos de Clarissa, costumava ser um dos seus dias favoritos. Ela sempre ajudava Ruby com a decoração de Natal.

Ver algo que a deixava tão feliz devia tê-lo deixado contente. Mas parecia que um rombo ia se abrindo sob suas costelas. Pela segunda vez na semana, ele se surpreendeu ao perceber como ainda era pungente a dor do luto.

— Você tá bem? — perguntou Zachary.

— Sim — respondeu David. — Sim — repetiu, para convencer a si mesmo.

Ele estava bem. Mas sabia que aquilo que dissera a Adam na outra noite era verdade. Não se sentia pronto para conhecer outra mulher. Independentemente do que o amigo achava, ainda era cedo demais.

MacGyver deixou Jamie dormindo e foi até a cozinha. Com a pata, abriu o armário sob a pia e soltou um rosnadinho de raiva. Lembrou a si mesmo que precisava ser paciente com sua humana. Como tal, seu nariz não passava de uma protuberância esquisita e inútil no rosto. Mas ele não esperava aquilo. Jamie tinha passado quase dois dias ignorando seu presente. Depois, finalmente, pegou a toalha de mão. Sim, pegou — e borrifou nela uma substância que tirou quase todo o cheiro de solidão que ele queria que ela notasse, usando-a em seguida para esfregar a mesa. Mac soltou outro rosnadinho enquanto fechava a porta do armário.

Paciência, pensou mais uma vez. Não podia esperar que Jamie compreendesse com apenas uma tentativa. Ela demorara um tempo para descobrir onde ele gostava de receber massagem. Logo atrás do bigode. Que delícia. Também levou algum tempo para ela perceber que jamais devia esfregar sua barriga mais de três vezes por sessão. Mac teve de dar uma mordidinha nela para deixar isso claro. Não foi algo que gostou de fazer, mas sua humana precisava ser treinada.

E ele precisaria se empenhar um pouquinho mais para que Jamie entendesse que só precisava do companheiro de bando certo para ser feliz. E estava pronto para o desafio. Faria qualquer coisa por Jamie. Ela não era perfeita, é claro, mas era dele. MacGyver seguiu para a varanda e passou pelo buraco na tela. Antes de tudo, precisava dar um jeito naquela catinga. Foi direto para a palmeira ao lado da fonte e deu-lhe uma bela arranhada, obliterando o cheiro de mijo de cachorro e deixando seu aroma almiscarado no lugar. Pronto. Agora, podia se concentrar na missão.

Mac inclinou a cabeça para trás e usou a língua para jogar ar na boca, sentindo aromas e gostos variados. A solidão estava mais forte no mesmo lugar que duas noites atrás. Ele se perguntou se conseguiria treinar Jamie para utilizar a língua na obtenção de informações sobre o perímetro, incluindo seus presentes. Difícil. Se o paladar dela estivesse funcionando corretamente, a humana jamais comeria toranja. Ele passava longe de Jamie quando ela pegava aquela coisa nojenta.

Não fazia diferença. O nariz e a língua de Mac bastavam para os dois. O gato começou a seguir na direção do cheiro solitário. Lamentavelmente, o fedor de mijo de cachorro ficava cada vez mais forte conforme se aproximava de seu objetivo, tão forte que ele quase desejou ter um nariz humano. Quase. A verdade é que Mac jamais faria tamanho sacrifício. Quando a casa com O Cheiro surgiu em sua linha de visão, ele diminuiu o ritmo e se agachou.

O cachorro que tinha visto mais cedo estava plantado no quintal, aquele vira-lata grotesco, com orelhas compridas e caídas, corpo longo e largo, cabeça desproporcionalmente grande e uma boca que se destacava na produção de baba. Mac sabia que não teria dificuldade em driblar o babacão, mas também sabia que o vira-lata podia latir mais do que babava, e a última coisa de que precisava era uma barulheira enquanto agisse de modo furtivo.

Então decidiu que voltaria mais tarde. Por enquanto, sondaria o terreno. Ele sentiu outro cheiro de solidão e resolveu rastreá-lo. Foi levado a uma casa cuja janela da frente estava tão escancarada que era praticamente um convite. Mac o aceitou, pulando para dentro. Fez um pouso sorrateiro e rapidamente avaliou o recinto.

Mesmo se tivesse produzido um terremoto ao aterrissar, provavelmente não teria acordado a pessoa dormindo no sofá. Seu cheiro era potente, daqueles que Mac viera a associar com humanas que não eram mais crianças, mas que ainda não tinham se tornado adultas. O suor delas exalava um odor especialmente forte, embora quase sempre o tentassem esconder. O cheiro verdadeiro dessa humana no sofá era mascarado por um aroma que parecia uma mistura de maçã, melão e flores, só que mais doce e pungente. Mac ainda conseguia distinguir o odor de raiva que ela exalava, de raiva com um pouco de solidão.

Mas o cheiro que rastreava não vinha dela. Ele o seguiu, saindo da sala e descendo pelo corredor. Encontrou outra menina, jovem. Alguém tão novo não devia ter um odor de solidão tão forte. Ela ainda precisava encontrar o líder de seu bando para sobreviver — pelo cheiro, não parecia ter um, pelo menos não por perto. Mac decidiu dar um jeito naquilo. Ele era um gato com habilidades para dar e vender. Não devia desperdiçar isso. Então pulou na cama e esfregou a cara na menina, uma promessa silenciosa de que voltaria.

Agora, porém, era hora de retomar sua missão primária. Enquanto saía da casa, Mac parou para dar algumas lambidas nas batatas fritas abandonadas perto da garota mais velha. Ele não era lá muito fã de fritas, mas adorava o sal.

Quando voltou para a casa com O Cheiro, o babacão continuava no quintal, cheirando a árvore que Mac precisava escalar para entrar. O cão se agachou, e ele aproveitou a oportunidade para correr até seu alvo. Pegou impulso nas costas do cão distraído e pulou para a janela.

O babacão começou a latir, mas Mac não se importava. A oportunidade de usá-lo como rampa fora perfeita demais para ser desperdiçada. E, de toda forma, os cachorros viviam latindo para qualquer coisa mesmo. Não tinham capacidade mental para discernir quando o latido era ou não necessário.

— Cala a boca, Catioro! — gritou um homem do andar de baixo.

Sua voz não mostrava ansiedade nem medo. Estava claro que não contava com o cachorro para alertá-lo de algum perigo. Um humano sensato, pelo visto. Exceto por ter escolhido viver com um babacão.

Mac não demorou muito para encontrar o objeto perfeito, com aromas ricos e acentuados. Jamie teria de captar a mensagem desta vez!

CAPÍTULO 3

— Tchau, Mac. Na volta trago um mimo para você — gritou Jamie antes de se esgueirar por uma frestinha na porta e fechá-la o mais rápido possível.

Havia algo preto e amarelo enroscado no tapete. Cobra! Ela deu um pulo para trás.

Na verdade, agora que olhava com mais atenção, o objeto não parecia muito com uma cobra. Hesitante, Jamie o cutucou com o pé, e então, já que ele não saiu rastejando nem fez nada que fosse igualmente nojento, se abaixou e o pegou, usando dois dedos como uma pinça.

Era apenas uma meia. Bem, não apenas uma meia. Uma meia preta com Yetis amarelos. Jamie sorriu. Que fofo.

O sorriso foi murchando. Aquela era a segunda vez que encontrava algo na porta de casa que sabia não ser seu. Como aquela meia havia parado ali? Ela ouvira falar dos famosos ventos de Santa Ana em Los Angeles. Eles pareciam fortes o suficiente para carregar bem mais do que uma meia e uma toalha de mão. Mas, desde que chegara, não sentira nem uma brisa, que dirá a famigerada ventania do capeta.

E os dois objetos estavam no capacho. Não na grama. Nem nos dois degraus que levavam à porta. Mas em cima do capacho. Será que alguém os colocara ali? Por quê? Uma meia e uma toalha de mão? Que coisa mais aleatória.

— Jamie, café!

A voz de Al a afastou de seus pensamentos.

— O quê?

— Café — repetiu o vizinho.

Ele estava na varanda, estendendo uma xícara a Jamie. Ela mal tinha saído de casa, e o homem já estava lhe oferecendo café. Será que ele — e Marie — não faziam nada além de ficar na janela, vigiando os vizinhos?

Talvez não. Mas que mal havia naquilo? Um cafezinho quente e gostoso nunca é demais. E era legal da parte deles. A tal da política da boa vizinhança. Será que Al ou Marie tinham deixado aquelas coisas no seu capacho? Talvez achassem que ela precisava de uma toalha de mão. Mas e a meia? Quem sabe o casal tivesse deixado um par, e a outra... desaparecera... vai saber como.

Só havia uma forma de descobrir. Jamie atravessou o quintal e foi até a varanda dos Defrancisco.

— Obrigada — agradeceu-lhe ela, aceitando o café. — Você e Marie têm sido tão gentis. Por acaso foram vocês que deixaram isso aqui no meu capacho?

Jamie ergueu a meia de Yetis.

Al a observou.

— Nunca vi essa meia antes.

— E uma toalha de mão? Uma toalha de mão branca?

O vizinho a encarou.

— Também encontrei no meu capacho um dia depois da mudança — continuou ela.

— Não fui eu, não.

— Será que não foi a Marie?

— Marie! — gritou Al. — Você deixou um pano de prato no capacho da Jamie?

— Uma toalha de mão — corrigiu ela enquanto Marie aparecia na varanda.

— Você quer uma toalha de mão? — perguntou a vizinha.

— Não, mas encontrei uma na minha porta. Achei que você podia ter deixado lá — explicou Jamie.

Marie franziu a testa.

— E por que eu faria uma coisa dessas?

Boa pergunta, pensou Jamie.

— Era só para saber — disse ela. — Talvez o morador antigo tenha deixado cair na mudança, e eu que não reparei. — Mas a meia fora parar lá de outra maneira. Ela a teria visto antes. — Vou ao pet shop. Vocês estão precisando de alguma coisa?

Al resmungou.

— Não está faltando nada, não, obrigada — respondeu Marie e voltou para dentro da casa.

— Já devolvo a xícara — disse Jamie ao vizinho.

Ela começou a atravessar o pátio, mas percebeu que ainda carregava a meia. Então voltou para casa e a enfiou pelo buraco na tela da porta. Decidiria o que fazer com ela mais tarde.

Quando ia voltando para a rua, ouviu Mac dar um miado longo e indignado. Talvez ele ficasse mais feliz na nova casa quando pudesse passear.

Jamie estava parada diante da seção de coleiras no pet shop, encarando-as. O excesso de opções a deixara paralisada.

— Deixa de ser ridícula — murmurou ela. — Você tem muitas decisões importantes para tomar no momento, mas essa definitivamente não é uma delas. — Então corou quando percebeu que um cara alto, carregando um saco gigantesco de ração de cachorro por cima do ombro, entrou no corredor bem a tempo de ouvi-la falando sozinha. — É que eu não consigo decidir se meu gato está mais para super-herói ou maconheiro rastafári — disse para ele. — O que a fez pensar que esse comentário tornaria a situação *menos* constrangedora?

— Você está escolhendo com base na personalidade do seu gato? — perguntou ele. — Você é tão boazinha. Já eu botei uma cor-de-rosa no meu monstro. A gente está competindo para ver quem é o macho alfa, e achei que isso pudesse me dar uma vantagem. É aquela ali. — O homem apontou para uma coleira rosa-claro com estampa de ossos. — Mas se eu quisesse mesmo ferir a masculinidade dele, apesar de já ter feito isso com cirurgia, acho que teria escolhido a cor-de-rosa com corações.

Jamie riu.

— Só tem um problema nesse seu plano para se manter o alfa da relação. Os cachorros são daltônicos.

O que ela estava fazendo? Dando mole para ele? Não devia. Aquele não era o Ano do Cara Muito Bonitinho. Aquele era o Meu Ano.

O homem balançou a cabeça.

— Na verdade, eles só enxergam em menos cores, como as pessoas com daltonismo de verde-vermelho. Eu até baixei um aplicativo que simula a visão do cachorro. — Ele fez uma careta. — A gente pode ignorar isso que eu acabei de falar? Enfim, acho que Catioro consegue sentir o rosa, então fica mais complicado para ele ser o alfa.

— Claro, porque rosa é cor de menina, e mulheres são naturalmente submissas — disse Jamie.

Os olhos do homem se arregalaram.

— Não foi isso que eu quis dizer. Eu... A gente pode esquecer tudo que eu falei?

Ele remexeu o saco de ração, parecendo desconfortável.

— Relaxa, só quis implicar com você — respondeu Jamie. Agora já não fazia diferença se ela *estava* de fato dando mole para ele. Tinha anulado tudo que dissera antes com seu comentário sobre construção social de gênero. — Mas posso apagar essa conversa da minha cabeça se você prometer esquecer que me pegou discutindo sozinha sobre qual coleira meu gato gostaria mais.

— Combinado — concordou o cara. Ele a encarou por um instante, depois bateu no saco de ração. — Bom, vou lá no caixa. — E então seguiu pelo corredor.

Jamie deu uma espiada na bunda dele — bonita —, apesar de ser o Meu Ano e ela acreditar que tratar homens como objetos era tão ruim quanto tratar mulheres assim. Seu foco voltou para a seção de coleiras. No fim das contas, decidiu que uma toda vermelha combinaria muito bem com o pelo listrado de amarelo e marrom de Mac.

Cerca de uma hora e meia depois, ela saiu de casa com o gato nos braços. Um terço desse tempo tinha se passado na fila do caixa e na volta para casa. Os dois terços restantes foram utilizados para colocar a coleira nova em Mac, uma batalha que resultou em miados de resistência (dele) e lágrimas de frustração (dela).

— Olha aí, tá vendo — disse Jamie para o gato quando o plantou no cubículo de grama em frente de casa — que legal? Você está na rua. Eu, na verdade, só queria te agradar, não estava te torturando.

Mac não olhou na cara dela. Nem mexeu a orelha. Claramente ela estava longe de ser perdoada. Tudo bem, tranquilo. Jamie também não sabia se o havia perdoado. Ela tirou uma foto do perfil de Mac e colocou o celular na cara dele, mostrando a imagem para o gato.

— Só para você ficar sabendo, essa aqui é a cara de um gato ingrato.

Ele continuou a ignorá-la.

Respire fundo, disse Jamie a si mesma. Às vezes, para lidar com Mac, precisava recorrer ao Pranayama. Ela resolveu esperar um pouco antes de tentar fazê-lo andar. Ele precisava de mais tempo para se habituar. Em vez disso, Jamie começou a tirar algumas fotos da casa nova. Primeiro, um close da porta, deliberou. Ela sintetizava bem o estilo do lugar. Para começar, não era retangular. As casas dos contos de fadas não tinham ângulos retos. A entrada era oval, com a base reta, e havia fechaduras de aço enormes, maravilhosa e ridiculamente enormes, além de uma aldrava igualmente grande.

Ela fez questão de enquadrar a trepadeira crescendo por cima da porta, então bateu a foto. Será que conseguiria subir no telhado? Adoraria tirar uma foto das telhas dispostas em ondas desniveladas. Mas aquilo podia esperar. Ali embaixo ainda havia muito o que fotografar. Como a janela cheia de painéis sobre a pia da cozinha. *Sim!*

Jamie deu um passo em direção à tal janela. Mac, nenhum. Talvez fosse melhor ter comprado um canguru para bebê em vez de uma coleira. Mas teria levado outra meia hora para enfiá-lo lá dentro. Jamie ficou ali onde estava mesmo e usou o zoom para bater uma foto bem aproximada das fechaduras da porta.

— Olá, madame. Nunca vi a senhora por aqui.

Jamie deu um pulinho. A voz viera de suas costas. Ela se virou, embolando a guia de Mac nos tornozelos.

— Estou morando aqui — explicou com os olhos voltados para o chão, liberando um pé. — Acabei de me mudar — acrescentou, soltando o outro.

— Acabou de se mudar? — repetiu a voz.

Jamie finalmente pôde erguer o olhar. O homem com quem falava devia ser quase um sessentão e achava que ainda estava nos anos 90, a julgar pelo penteado — espetado e cheio de gel, com as pontas loiras. Ele usava calça cáqui, uma blusa azul-clara e um colete de pesca com um número impressionante de bolsos. Um pedaço de pele de carneiro exibia uma coleção de iscas primitivas. Ao redor do pescoço, um cordão com contas de madeira prendia várias ferramentas igualmente primitivas. A única que Jamie reconhecia era um alicate de bico longo.

— Acabou de se mudar, foi? — perguntou o homem de novo.

Ela não conseguia ver seus olhos por trás das lentes azuis e redondas dos óculos de sol com armação de metal, mas tinha a sensação de que ele não os piscara desde que aparecera.

— Aham. Estou morando nessa casa. Estava tirando umas fotos — explicou. — Você também mora aqui?

O homem tirou os óculos e abriu um sorriso. Havia uma certa falsidade na sua expressão, e mais ainda em seu sotaque sulista.

— Mas não era eu quem estava fazendo as perguntas?

— A gente não pode revezar? Eu faço uma pergunta, você faz outra — sugeriu Jamie.

Ela ficou um pouco aliviada quando a porta dos Defrancisco abriu e Al saiu com uma vassoura.

— Seu Al! — exclamou o homem. — A madame aqui tá falando que acabou de se mudar. É isso mesmo, é?

Al fez que sim, depois olhou para Mac, vendo a coleira e a guia.

— Bichinho, coitado — disse ele para o gato, e começou a varrer os degraus da frente.

Mac soltou um miado alto e demorado em resposta.

— Vi ela pra lá e pra cá de cara emburrada, achei melhor dar uma conferida — explicou o homem para Al. Então virou para Jamie e esticou uma das mãos. — Hud Martin.

— Impressão sua — disse ela enquanto o cumprimentava. — Estava com meu gato, na frente da minha própria casa, tirando uma foto.

— Eu sei lá, hoje em dia é cada doido que a gente encontra por aqui...

Hud deixou as palavras pairarem no ar enquanto se afastava.

— Nossa... — disse Jamie, observando-o ir embora.

Al soltou um de seus resmungos.

Ela tirou mais algumas fotos das fechaduras e da aldrava, sentindo uma leve onda de prazer diante da ideia de que aquela casa mágica de conto de fadas seria sua por um ano. Então olhou para seu gato.

— Muito bem, MacGyver. Vamos passear.

Jamie deu quatro passos determinados na direção da janela da cozinha que queria fotografar, mas parou. A guia tinha alcançado o limite. Ela deu um puxão de leve. O rabo de Mac começou a balançar para cima e para baixo.

Ela hesitou. A melhor coisa a fazer era admitir derrota e levar Mac de volta para casa. Mas como? Apanhar o gato agora seria suicídio. Ela sabia muito bem o que aquele balançar de rabo significava. Queria dizer: "Encosta um dedo em mim e eu te dou uma unhada na cara."

Talvez, se o gato soubesse que iam entrar, concordaria em andar com a coleira. Jamie se aproximou o máximo que pôde da porta.

— Mac, Mac, vamos. Vamos, bebê.

Mac não se mexeu. Seu rabo começou a balançar mais rápido.

— Tá bom, eu admito. Foi um erro. Você não gosta de coleiras. Vamos para dentro e eu a retiro. E aí a gente pode brincar com o ratinho. Disso você ia gostar, hein? Você adora o ratinho. — Sua voz se tornava mais aguda a cada palavra que saía de sua boca.

Jamie ouviu a porta dos Defrancisco fechar. Olhou para trás e notou que Al tinha sumido. Ela não o julgava. Estava falando como uma professora de pré-escola maluca. Será que devia tentar tirar a coleira de Mac ali fora? Tinha conseguido recuperá-lo quando fugiu no outro dia. Mas o gato não estava puto naquela ocasião. Quem sabe se...

A porta dos Defrancisco abriu de novo. Sem dar uma palavra, Al jogou algo na direção dela. Jamie pegou o objeto e abriu um sorriso aliviado. Era uma lata de atum.

— Obrigada.

Marie apareceu atrás do marido com um abridor de latas. Ela o passou para Al, que o jogou para Jamie.

— Obrigada de novo — acrescentou ela.

Então abriu o atum, deixou Mac dar uma fungada e seguiu para dentro de casa, torcendo para ser seguida.

E foi.

— Vou ter que pedir sua identidade antes de te vender um desses — avisou David a Lucy quando ela pegou um dos cupcakes que ele deixara esfriando. — A ganache no recheio tem Jägermeister, e vou botar licor de caramelo na cobertura depois que estiverem prontos.

Lucy apenas sorriu em resposta, dando uma mordida.

— Nham.

— É uma encomenda para o Bar da Esquina. Eles querem vender cupcakes alcoólicos, então estou testando combinações — explicou David, passando o saco de confeitar cheio de ganache com Jägermeister para a amiga. — Coma puro se quiser ficar bêbada. É assim que vão servir no bar.

— Você devia fazer alguns de rum e Coca-Cola. Com aquelas balas Gota Cola no topo — sugeriu ela.

— Já fizeram isso — respondeu ele. — Se bem que já fizeram de tudo.

David tinha certeza de que havia um motivo para Lucy visitar a confeitaria durante o expediente dele. E sabia muito bem qual era. Fazia quase uma semana desde que fora ao bar com Adam, e o casal queria ver como ele estava. Ele resolveu facilitar a vida da amiga.

— Estou bem — anunciou. — Você e o Adam não precisam se preocupar comigo.

O rosto de Lucy corou.

— O quê? Eu não... A gente não... — começou ela, mas logo desistiu. — OK, você está certo. Eu queria ver como você está. Adam comentou que você ficou meio mal quando saíram naquele dia.

— Na verdade, não. Só me enrolei um pouco quando fui dar em cima de uma mulher — respondeu David. — E também passei vergonha conversando com uma moça hoje no pet shop. Estou enferrujado.

Lucy pareceu curiosa.

— Você puxou conversa com uma mulher no pet shop... sem Adam insistir? Quero detalhes.

David deu de ombros.

— Ela estava escolhendo uma coleira para o gato, e eu mostrei a que comprei para o Catioro. Eu não dei em cima dela. Sabe quando você começa a bater papo com estranhos no supermercado?

— Quando você diz que está enferrujado, está querendo dizer que perdeu o jeito de conversar com alguém em que tem interesse? — perguntou Lucy. — Aliás, vocês devem ter falado sobre outra coisa além de coleiras, caso contrário, não estaria aí achando que passou vergonha.

Será que ele tinha se interessado por ela? Realmente algo nela que lhe chamara atenção, parada ali, falando sozinha. Algo que o fizera puxar assunto em vez de passar direto.

Lucy deu outra mordida no cupcake.

— Isso aqui está uma coisa dos deuses. Sinto como se eu tivesse que estar sempre dando exemplo para as crianças, comendo só coisa saudável. Outro dia, cheguei ao cúmulo de devorar uma barra de Snickers escondida no armário. Eu me senti uma criminosa. Enfim... o que você disse para ela?

— Basicamente que eu obrigava Catioro a usar coleira rosa para eu ser o alfa da relação.

— É, você foi meio babaca — disse Lucy. — Porque, lógico, se obrigar seu cachorro a usar algo feminino, ele vai ser mais obediente. Mancada. Mas você é bonitinho. E charmoso. Podia ter se redimido.

— Não tinha por que me redimir. Eu não queria nada com ela — protestou David.

— Não parece — insistiu Lucy. — Aposto que ela era gata. — E pegou outro cupcake.

David estava prestes a dizer que não tinha reparado nisso, mas percebeu que poderia fazer um retrato falado — o cabelo cacheado, loiro-caramelo, preso num coque bagunçado, olhos castanhos, covinhas profundas e uma ótima voz. Um corpo legal, cheio de curvas. Mas não ia contar isso para Lucy.

— Ela era bonitinha — admitiu.

— Foi bom você ter falado com ela, mesmo que tenha estragado tudo — disse a amiga. — É assim que você vai pegar o jeito de novo. E é por isso que você devia usar o Tinder. Para treinar. Saia com algumas mulheres. E daí se não der certo? Você nunca mais precisa se encontrar com elas. Mas é assim que você vai se acostumar a ser... — Lucy hesitou.

— Solteiro — concluiu ele.

— Sim. — Ela tocou seu braço. — Sim.

David montou uma caixa de entrega e começou a enchê-la com os cupcakes que já tinha terminado.

— É melhor essa caixa não ser para mim — disse Lucy. — As crianças vão encontrá-la. E já são ruins o suficiente quando comem doces. Não quero nem imaginar como seria se estivessem bêbadas e entupidas de açúcar. — Ela sorriu. — Então vou ter que comer mais alguns por aqui. E, enquanto isso, bem que eu podia tirar umas fotos suas de confeiteiro sexy para o seu perfil no Tinder. Adam disse que vai pensar numa descrição legal para você.

Ela não ia desistir. Nem Adam.

A menos que David contasse a verdade. A menos que contasse que não estava mais conseguindo segurar as pontas. Não, a situação não era tão ruim assim. Tirando algumas vezes. E aquela semana tinha sido bem ruim.

— Não estou pronto, Lucy. — Ela começou a protestar, mas David ergueu uma das mãos para interrompê-la. — No bar, eu quase entrei em pânico. Era como se, de repente, eu tivesse perdido ela há dias, não há anos. E aconteceu de novo pouco depois. Você conhece a Ruby, nossa amiga. Quero dizer, *minha* amiga.

Às vezes, ele ainda falava no plural.

— A que dá aquelas festanças no Natal? — perguntou Lucy.

— Sim. Ela mesmo — respondeu David. — Todo ano ela começa a decorar a casa em setembro, no dia 15. E a Clarissa passava o dia quase todo lá, ajudando na arrumação, fazia isso desde que se conheceram, praticamente. Aí eu estou lá, passeando com Catioro, quando viro a esquina e dou de cara com a casa da Ruby toda decorada. Pronto. Veio aquela sensação de novo. Achei que essa fase tivesse acabado. Demorou muito tempo, mas fazia mais de um ano que eu não sentia uma dor assim, que chega a dar falta de ar. Para, agora, acontecer isso duas vezes numa única semana. Não consigo pensar em me relacionar com outra pessoa enquanto me sinto assim.

Lucy pegou o saco de confeitar cheio de Jägermeister e o espremeu direto na língua.

— Eu vou dar uma de terapeuta agora — avisou ela.

— Pode falar — disse David. Porque não havia nada que pudesse fazer para impedi-la.

— Talvez você esteja sentindo essa tristeza toda justamente porque *está* pronto. O fato de você estar pronto pode te fazer sentir como se estivesse deixando a Clarissa para trás.

Os olhos de Lucy analisaram o rosto dele, em busca de uma reação. David se esforçou para não demonstrar como aquelas palavras o tinham afetado, como pareciam verdadeiras.

— É possível — respondeu ele. E virou uma página do caderno onde escrevia ideias de receitas.

— Vou deixar você trabalhar. — Lucy pegou mais um cupcake. — Mas você sabe que pode conversar comigo sempre que quiser.

— Eu sei. Mas estou bem — afirmou David.

E estava mesmo. Ele gostava do emprego. Tinha bons amigos. E um cachorrão lerdão. Não precisava de mais nada.

Mac escapuliu por sua passagem secreta na porta telada. Sua pele pinicava. Ele ainda conseguia sentir aquela coleira aprisionando seu corpo. Por que Jamie tinha feito aquilo com ele? Geralmente, ela o conhecia tão bem. Mas uma coisa era certa: ela não tinha entendido o que ele quisera dizer com a meia. Não tinha nem tentado! Mac a observara pela janela, viu quando ela jogou a meia para dentro de casa sem dar sequer uma fungada nela. E, mais tarde, jogou-a fora. Ele derrubou a lata de lixo para que ela pegasse a meia de volta, e foi chamado de vândalo. Precisava ter em mente que Jamie era humana e, portanto, incapaz de compreender tudo na vida. Quando ela jogou a meia fora *de novo*, ele a resgatou. Tentaria fazer com que ela a cheirasse mais tarde.

Agora, estava ainda mais determinado a encontrar um jeito de fazê-la feliz, não importava quanto tempo levasse. Queria fazer isso porque ela era sua humana, e ele a amava. Mas Mac também tinha segundas intenções. Se Jamie tivesse outro humano por perto e recuperasse seu cheiro feliz, talvez parasse de fazer merda, como tentar prender o corpo dela ao dele com uma corda enorme. Ele não conseguia nem pensar naquela coleira. Todo mundo sabia que coleiras eram feitas para cachorros. MacGyver parecia um cachorro? Claro que não.

Ele inspirou o ar frio da noite várias vezes, e a sensação incômoda de estar preso, o horror de estar numa col... numa *corda*, desapareceram. Estava livre. A vizinhança era sua e saiu correndo. Tinha muito a fazer.

Mac foi desacelerando o passo, então ficou imóvel ao se deparar com uma coisa estranha num dos quintais vizinhos. Parecia um animal escondido nas sombras, um dos grandes. Mas não tinha cheiro. Mac se aproximou. O animal estranho não se moveu. Mac chegou mais perto.

Ufa, já tinha visto aquela coisa mais de uma vez da janela do apartamento antigo. Mas só a via nos meses mais frios. Por isso não a reconheceu logo de cara. Uma rena de plástico.

Mac foi até ela e a cheirou, só para garantir. Com certeza aquilo nunca estivera vivo. Suas orelhas se contraíram. Alguém estava andando pela casa. Um instante depois, a porta se abriu. Uma mulher saiu. Mac sentiu levemente o cheiro de Jamie nela. Isso o tranquilizou. A mulher molhou a planta ao lado da porta. Então atravessou o quintal. Mac se escondeu nas sombras sob a rena. Ficou observando enquanto ela pendurava algo numa das árvores. O cheiro também era familiar, como a manteiga de amendoim que Jamie comia.

Será que a mulher era a líder do bando dela? Estava deixando comida para alguém. Enquanto ela voltava para casa, ele notou um sinal de... não exatamente de solidão, mas de algo parecido. Então se lembrou da menininha solitária. Talvez aquela humana tivesse aquilo de que a menina precisava. Mac decidiu deixar uma mensagem.

Mas antes precisava encontrar algo para Jamie. Algo que ela não jogaria fora.

CAPÍTULO 4

Um sonoro miado de quero-café-agora invadiu os sonhos de Jamie. Esta manhã, parecia um berro, mais alto e demorado que de costume.

— Mac, pare com isso, precisa desse exagero todo? Até parece que você está morrendo de fome — resmungou ela, quase dormindo.

Mas acabou forçando os olhos a se abrirem. Mac estava sentado em seu peito, encarando-a. Novamente escutou o berro, mas o som — a menos que seu gato estivesse praticando ventriloquia no tempo livre — tinha vindo de outra fonte.

Pela terceira vez escutou o berro. Agora que estava cem por cento acordada, notou que parecia um choro de menina! Jamie cambaleou para fora da cama, se enfiou nas calças jeans usadas, pôs um casaco por cima da camiseta larga que usava para dormir e saiu correndo. Al e Marie já estavam na calçada. Ela foi apressada até o casal.

— O que houve? — perguntou.

— Acho que é a Brewer — respondeu Marie, franzindo a testa.

— Ela... — Jamie foi interrompida por outro gemido. Desta vez, soava algo como "Paaaaula". Então, tentou de novo: — Ela...

Agora, fora interrompida por Hud Martin, que virava a esquina da casa dos Defrancisco.

— Olá, senhores — cumprimentou ele enquanto se aproximava dos três.

O sol brilhava contra as mechas loiro-platinadas no seu cabelo recém-coberto de gel.

Al começou a resmungar de um jeito meio dramático.

— Preciso conversar com vocês. Houve um roubo — anunciou Hud, tirando os óculos para encarar os vizinhos. Jamie tinha certeza de que ele a encarou por mais tempo do que encarara o casal. — Na casa das Brewer.

— O ladrão judiou da menina? — quis saber Marie.

— Você já teve um brinquedo que amava mais do que tudo nesse mundo? — perguntou Hud, seu sotaque falso ficando mais forte e artificial. — O meu era um Strech Armstrong. O da Riley era um My-little-pony. E foi isso que roubaram.

— Paaaaaula — soou o berro outra vez.

— É o nome do pônei, Paula. A Riley está dando voltas pelo condomínio, procurando por ele. Pelo choro dela, deve estar sofrendo mais que saco de peão em dia de rodeio — continuou Hud. — Eu prometi que ia ajudá-la.

Ele ajeitou o alicate preso na corda ao redor do pescoço.

— Levaram mais alguma coisa? — perguntou Al.

— E você está achando pouco, é? — retrucou Hud. — Duvido que a coisa vá parar por aí. O ladrão deve ter vindo ontem só para sondar o terreno, e resolveu pegar o pônei da menina para ver a reação dos moradores.

Ele voltou a encarar Jamie. Ela se forçou a sustentar o olhar dele.

Marie bufou, impaciente.

— Essa comoção toda por causa de um brinquedo. Ela deve é ter deixado ele cair por aí.

— Negativo. — Hud se virou para Marie, encerrando sua competição com Jamie. — A irmã mais velha, Addison, disse que a Riley não dorme sem o pônei. Por isso tem certeza de que a irmã estava com ele na cama ontem à noite. Mas, quando acordaram, o brinquedo tinha desaparecido.

— Então ele caiu embaixo da cama — argumentou Marie.

— Já fiz uma busca completa. Não está lá. — Hud deu uma piscadela para Marie. — Sei que você está de olho em tudo que acontece por aqui. Por acaso não viu nenhuma movimentação estranha ontem à noite, não? Alguém diferente andando pelas ruas?

Marie cruzou os braços.

— Eu, hein, tenho mais o que fazer do que ficar na janela cuidando da vida dos outros.

Jamie sabia que a vizinha passava boa parte dos seus dias fazendo exatamente aquilo, mas ficou quieta.

— Isso quer dizer que não? — perguntou Hud.

Riley soltou outro berro.

— Eu não vou ficar aqui a manhã inteira ouvindo essa barulheira.

Marie se virou e seguiu para casa. Al resmungou, concordando, e foi atrás dela.

Hud os observou por um instante e depois se voltou para Jamie.

— Esses dois não gostam muito de ajudar, hein, madame?

— Tenho certeza de que eles ajudariam se tivessem visto alguma coisa.

Na verdade, Jamie tinha certeza de que, se fosse o caso, a própria Marie teria ido atrás do ladrão.

— E você? Tem alguma coisa para me contar?

Ele suspendeu os óculos de sol outra vez.

— Eu fui para casa logo depois de falar com você — disse ela. — E, de toda forma, eu nem moro aqui há tempo suficiente para saber quem é estranho e quem não é.

— Ainda estava bem cedo quando eu fui embora — comentou Hud. — Por que você voltaria para casa tão cedo?

— Eu ainda tenho muita coisa para desencaixotar e arrumar.

Jamie percebeu que estava na defensiva. Mas, do jeito que ele falou, parecia até que ela era suspeita. Uma suspeita com um álibi duvidoso.

— De onde você veio?

— Da Pensilvânia. Avella.

— Cidade pequena?

— Bem pequena.

— Então você chega aqui do nada, de uma cidadezinha qualquer, e passa a noite *arrumando* a casa em vez de sair para curtir a vida noturna de Los Angeles?

As perguntas vinham rápido, quase antes de ela responder a anterior. Era praticamente um interrogatório. E Jamie estava se irritando. Mas — realmente — por que *não* tinha saído mesmo? Ela devia sair. O Meu Ano não devia ser o Ano para Ficar Enfurnada em Casa.

Essa não era a questão.

— Não é da sua conta como passo o meu tempo. Mas de uma coisa você pode ter certeza: eu não roubei brinquedo nenhum de menina nenhuma.

— Como...

Dessa vez, Jamie não deixou que ele terminasse.

— Preciso dar comida ao meu gato — informou ela, e seguiu para casa, se sentindo um pouco patética.

Ela fazia outras coisas além de arrumar a casa e cuidar de Mac. Ontem, fora ao pet shop e comprara uma coleira — espera aí, isso era para o gato. Mas também tirara fotos. E pensara em mais itens para a lista de coisas de que gostava. Não tinha motivo nenhum para se sentir patética.

Quando já ia entrando, Jamie notou algo no capacho. Outra meia. Dessa vez, uma meia esportiva. Ela a analisou, como se isso fosse ajudar a determinar como aquilo tinha ido parar ali. Era só uma meia comum. Sem estampas bobas, apenas duas linhas azuis no topo.

— O que é isso aí? — gritou Hud.

— Nada — respondeu Jamie sem se virar. E correu para dentro. Não ia permitir que um segundo interrogatório começasse. — Isso está começando a ficar esquisito.

Ela tinha deixado algumas caixas perto da porta, para jogar fora mais tarde. Pegou a menor e jogou a meia dentro dela, depois tirou a toalha de mão do armário sob a pia e a colocou junto. Não sabia por quê. Mas não era como se fossem pedir aquelas coisas de volta. Não tinha nada de valor.

Que motivo alguém poderia ter para deixar essas coisas no capacho dela? Será que era uma brincadeira? Havia algumas crianças no condomínio. Mas seria uma brincadeira bem idiota. Jamie colocou a caixa num cantinho da despensa e fechou a porta. Talvez, se...

Mac acabou com seu devaneio ao dar um miado especialmente manhoso.

— Café, eu sei, eu sei. Vamos lá. — Ela foi para a cozinha e abriu o armário onde guardava a comida dele. — Qual o prato do dia? Truta? Cordeiro? Alce?

Nenhum miado em resposta. Jamie olhou para baixo — nem sinal de Mac. Tudo bem que ele era chato para comer, mas isso não significava que a comida não fosse uma de suas prioridades. O que estava acontecendo? Ela voltou para a varanda. Mac brincava com a meia de Yeti como se fosse feita de erva-de-gato. Ele devia ter revirado o lixo de novo! Será que vinha aprontando porque estava chateado com a mudança? Ele nunca tinha mexido no lixo antes, mesmo quando era um filhote endemoniado.

Mac cravou os dentes na meia e balançou a cabeça violentamente, arremessando a peça para o outro lado do cômodo. Assim que ela aterrissou no piso, pulou em cima dela, rolando pelo chão com a meia presa nas patas. Alguns segundos depois, levantou-se num giro e jogou a meia aos pés da dona. Jamie a pegou e a jogou para longe, esperando que a brincadeira continuasse. Não que Mac fosse se dignar a entreter sua humana, embora gostasse de perseguir coisas.

Mas não o fez dessa fez. Simplesmente foi até a meia, pegou-a e a depositou de volta sobre os pés de Jamie.

— Já que você gostou tanto dessa meia, vou deixar você ficar com ela — decidiu Jamie. Então a colocou na vasilha onde guardava o ratinho, o laser, a pena e praticamente todos os brinquedos para gatos já concebidos. A meia deixara Mac mais feliz que a maioria daquelas coisas. — Pronto, sua meia está a salvo agora.

Jamie deu um tapinha na vasilha e sorriu para Mac.

Os olhos do gato pareciam fuzis. Seu rabo não balançava freneticamente como quando Jamie pôs a coleira nele, mas aquele olhar era certamente um indicativo de que o gato não estava feliz.

— Achei que você não queria mais brincar. Desculpe.

Jamie tirou a meia da vasilha e a jogou para Mac. Ele nem piscou, simplesmente continuou encarando a dona.

Ela piscou devagar. Tinha lido uma matéria que dizia que esse gesto equivalia ao "beijo dos gatos", que era um sinal de amor, um indicativo de que não havia necessidade de brigas ou rivalidades. Quando piscava para Mac, ele quase sempre piscava para ela também. Mas não agora. E parecia até que ele nunca mais piscaria de novo.

— Não sei o que te deixou tão irritadinho — disse ela.

Ontem à noite, Mac se aconchegara contra sua cabeça como sempre fazia, então julgou que ele não estivesse mais irritado por causa da coleira. Jamie tinha lhe dado uma bronca quando ele espalhou lixo pela cozinha inteira, mas pareceu que Mac não estava nem aí. Ele não se abalava nem um pouco com as broncas dela.

E por que é mesmo que ela estava tentando entender aquilo? Mac era um gato. Seu humor era imprevisível.

Então o deixou sentado lá, guardou a meia na caixa com as outras coisas que encontrara no capacho e encheu a tigela de comida dele. Quando voltou, depois de tomar banho e trocar de roupa, Mac continuava sentado na varanda. Era provável que tivesse piscado os olhos nesse meio-tempo, mas fingia que não.

— Vou dar uma volta — disse ela. — Você poderia vir junto, mas, como odeia a coleira, e provavelmente a mim também, vai ter que ficar em casa.

Será que eu falo demais com Mac?, perguntou a si mesma enquanto saía. *Nããão*, decidiu. Se você tem um gato, você fala com ele. Essa é a regra. Ou aquilo só valia para as malucas dos gatos? Espera aí, ela era uma maluca dos gatos? Não, não. Mas, se fosse, já era tarde demais para fazer algo a respeito.

Al tinha voltado para a varanda e estava lavando a janela com algo que cheirava a vinagre.

— Você nunca descansa? — perguntou Jamie.

Parecia que o vizinho estava sempre fazendo alguma coisa fora de casa.

— É o segredo para um casamento duradouro. Nunca passem tempo demais juntos — respondeu ele sem se virar da janela.

Um segundo depois, a porta da frente se abriu, e uma mão magra ofereceu uma xícara de café. Al a pegou. A mão voltou para dentro da casa e fechou a porta.

O vizinho se virou para Jamie e lhe passou a xícara por cima do gradil da varanda.

— Pode ficar com seu café — disse ela.

Ele indicou com a cabeça uma xícara sobre uma mesinha entre duas cadeiras de balanço.

— O meu é aquele ali.

— Obrigada, Marie! — gritou Jamie. Ela pensou ter visto a cortina da cozinha se mexer. Então tomou um gole, tão bom, e disse: — Está um silêncio aqui fora. Será que encontraram o pônei Paula?

Al deu de ombros.

— Talvez. Ou então a menina cansou de gritar.

— Qual é o problema daquele Hud Martin? — perguntou ela. — Ele estava agindo como se tivessem roubado um pônei de verdade e eu fosse a culpada.

Al pegou sua xícara de café.

— Ele nunca superou aquele seriado, acha que ainda faz parte dele.

— Que seriado?

— Detetive alguma coisa.

Al voltou para sua janela.

E a porta voltou a abrir. Marie se aproximava.

— Ele era um detetive no seriado, mas o nome era *O peixe do dia* — explicou ela a Jamie. — Você não o reconheceu?

Jamie fez que não com a cabeça.

— Nunca ouvi falar desse programa.

Helen se pronunciou da própria varanda.

— Você esqueceu o açúcar de novo — disse ela, deixando a xícara no gradil.

— Eu nunca me esqueço de nada — rebateu Marie. E apontou para Jamie. — Ela nunca ouviu falar de *O peixe do dia*.

— Jovem demais — comentou Al por cima do ombro.

— Ele fazia o papel de um detetive que morava na Flórida. Todo episódio, ele se aprontava para ir pescar em algum canto, e aí encontrava um cadáver, ou uma mulher vinha lhe pedir ajuda, e ele começava a investigar o caso — explicou Helen.

— Foi ao ar uns dez anos atrás. Você devia lembrar — acrescentou Marie.

— Uns trinta anos atrás — corrigiu Al.

— Foi na época em que minha sobrinha Valerie casou. Lembra? O cabelo do Jonathan era igual ao do Hud no seriado. Do mesmo jeito que está agora. Era a moda naquela época entre os jovenzinhos. E a Valerie casou... — Marie fez as contas de cabeça. — Em 1989.

— Uns trinta anos atrás — murmurou Al.

A carteira veio na direção do grupo. Ela devia ter uns 40 e poucos anos, com o cabelo preso numa trança grisalha. Suas pernas musculosas indicavam que devia andar muito por causa do trabalho.

— Talvez eu tenha visto algum outro trabalho dele — comentou Jamie. — O que mais ele fez?

— Só umas pontas — respondeu Marie.

— Nada — disse Al ao mesmo tempo.

— De quem vocês estão falando? — perguntou a carteira.

— Hud Martin — respondeu Helen. — Estamos tentando lembrar se ele participou de mais alguma coisa depois que o seriado terminou.

— Ele interpretou um agorafóbico num episódio de *Contratempos*; um suspeito de homicídio em *Assassinato por escrito* (mas não era culpado); um suspeito de assassinato em *Law & Order* (e era culpado); e um amigo do irmão mais velho em *Raymond e companhia* — revelou a mulher, ajeitando a bolsa cheia de correspondência sobre um dos ombros.

— Caramba! Você é fã de carteirinha dele, hein — brincou Jamie.

A mulher corou. E não só nas bochechas. A cor foi até a ponta de suas orelhas e depois desceu pelo pescoço.

— Não sou, não. É que eu participo de umas competições de conhecimentos gerais. Tenho até uma equipe. Os Newton-Johns — explicou a carteira. Ela sorriu para Jamie. — Eu sou a Sheila, a mulher das correspondências. E você é a nova moradora do 185 na rua Sapatinho de Cristal, né? — Jamie fez que sim, e Sheila lhe passou um panfleto de supermercado. — Eu devia entregar só as correspondências, mas sou rebelde.

A carteira acenou e voltou para a rua com uma infinidade de chaveiros coloridos balançando na alça de sua bolsa.

— Ela deve ganhar todas essas competições de lavada — comentou Jamie. — Vocês viram quão rápido ela falou dos papéis do Hud? Não parou para pensar nem um segundo. — Então olhou para Al. — Quando você falou que o Hud nunca superou aquele seriado, quis dizer que ele vai querer transformar o desaparecimento do pônei da menina numa investigação criminal?

— Capaz até de ele mesmo ter roubado o brinquedo, só para encontrar depois — respondeu o vizinho.

Ele amassou uma folha de jornal e voltou para a limpeza da janela.

— E você, Marie, acha o quê? — perguntou Jamie.

— Eu ainda acho que o pônei está embaixo da cama ou em algum canto da casa. Tenho certeza de que aquele lugar é uma bagunça. A mãe passa o dia todo trabalhando. E o pai? Nunca ninguém viu. — Marie estalou a língua, num sinal de desaprovação. — É a Addison que leva e pega a Riley na escola. Não sei o que fazem da vida. Devem ficar vendo TV e comendo porcaria.

Jamie ergueu as sobrancelhas.

— Espero que a coisa não seja tão feia assim.

Ela não sabia mais o que dizer. Tomou outro gole de café.

— À noite, vou mandar Al levar uma travessa de macarrão e uma saladinha para elas — disse Marie.

— Paaaaula! Paaaaula!

— Recuperou o fôlego — observou Al, ainda limpando a janela.

— Espero que a irmã esteja ajudando a menina a procurar. Ou pelo menos dando uma força — disse Jamie.

A garotinha parecia arrasada.

— Paaaaula!

— Vou colocar uns tampões de ouvido — disse Marie a Jamie. — Quer um par?

Ela fez que não com a cabeça.

— Acho que vou dar uma volta, conhecer melhor o bairro — disse Jamie. — Alguma sugestão?

— A Calçada da Fama fica a alguns quarteirões daqui. A verdade é que não tem muita coisa interessante para esse lado da cidade, mas esse é um passeio legal para você fazer durante o dia. E a caminhada é boa. — Marie voltou para dentro de casa.

Jamie já tinha passado pelo trecho da Calçada da Fama em frente ao Grauman's, mas achou que poderia ser divertido andar o restante dela e ver todos os nomes. Além do mais, ela sempre tinha boas ideias quando fazia caminhadas. Talvez pensasse em outros itens para sua lista de coisas de que gostava.

Dez minutos depois, chegou à primeira estrela — Benny Goodman. Ela não sabia muito sobre ele. Um músico de jazz famoso... E só.

Conforme seguia pelo quarteirão, Jamie encontrou uma imensidão de nomes dos quais nunca ouvira falar. Richard Thorpe. Marvin Miller. Genevieve Tobin. A parte dela que amava história quis sair pesquisando sobre todos na mesma hora. *Será que tinham sido felizes?*, se perguntou. Eles com certeza foram bem-sucedidos em suas carreiras, mas será que sentiam que estavam fazendo o que deviam, aquilo que tinham *nascido* para fazer? Ou sequer pensavam nessas coisas?

Era bem provável que houvesse mais de 2.500 respostas para essas perguntas. No passeio que fizera, ela aprendeu que era essa a quantidade de estrelas na calçada. Mas esqueçamos as pessoas com nomes nas estrelas. E aquelas nos carros, trabalhando nas lojas, em restaurantes e escritórios, se fantasiando de Mulher-Maravilha pela Hollywood Boulevard? Será que estavam seguindo seus sonhos?

De repente, Jamie se sentiu uma boba. Aqueles eram pensamentos dignos de uma garota no primeiro ano de faculdade. Ela não tinha mais idade para ficar se preocupando com esse tipo de coisa, se as pessoas eram felizes e realizadas, tentando decidir qual seria sua própria paixão. Porém, se nunca parasse para refletir sobre isso, não estaria... preterindo uma parte de sua vida?

Certo, talvez ela estivesse sendo um pouco melodramática e autocomplacente. Mas esse era o propósito daquele ano, e Jamie sabia que ter essa oportunidade era um privilégio. O que sua mãe lhe dera, na verdade, foi tempo para pensar no que realmente queria para sua vida, e então correr atrás.

Uma placa na vitrine de um estabelecimento modesto demais para levar o nome Escolástica Aplicada chamou sua atenção. PRECISA-SE DE PROFESSORES VOLUNTÁRIOS. Jamie parou, pensando a respeito. Achava que estava certa de que não queria mais lecionar, mas talvez o problema fosse o ambiente escolar. Dar aulas particulares poderia ser diferente. Talvez pudesse se envolver com os alunos de um modo que não conseguia nas salas de aula lotadas, talvez pudesse de fato fazer diferença na vida de alguém.

Num impulso, ela entrou no estabelecimento. Atrás da bancada, um cara arrumadinho de 20 e poucos anos a cumprimentou com um sorriso amigável.

— Oi, tudo bem? Vi a placa na vitrine sobre estarem precisando de professores e queria mais informações — explicou Jamie. — Tenho licenciatura em história — acrescentou ela.

— Maravilha! Vou chamar a Suze para conversar com você. É ela quem cuida dos voluntários. Senta aí.

Ele fez sinal para as cadeiras que ocupavam o vazio da sala e desapareceu pelo corredor. Jamie seguiu para a vitrine cheia de livros. *Ih*, pensou ela quando leu alguns dos títulos. *Como usar dianética*, de L. Ron Hubbard. *Manual básico de estudo*, por L. Ron Hubbard. *Gramática e comunicação para crianças*, por L. Ron Hubbard. *Ah. Não.*

Jamie espiou o corredor. Ninguém à vista. Ela se virou e saiu da loja, resistindo à vontade de caminhar na ponta dos pés. Decidindo que precisava ter uma lembrança daquele momento, atravessou a rua e tirou uma foto do humilde centro de aprendizagem. Não havia nada mais hollywoodiano do que aquilo.

E, se ela tinha uma certeza, era esta: sua paixão não seria trabalhar como voluntária para cientologistas.

— Você comeu minha meia, Catioro? — perguntou David.

Catioro balançou o rabo. Ele balançava o rabo sempre que alguém falava qualquer coisa relacionada a comida.

David tinha lavado roupa na noite anterior e, quando começou a guardar as peças naquela manhã, percebeu que uma de suas meias de Yeti e outra esportiva tinham sumido. Ele não era o cara mais organizado do mundo, mas tentava manter coisas que eram pequenas o suficiente para serem engolidas fora do alcance de Catioro, porque o cão tinha uma tendência a comer tudo que via pela frente. Uma vez, comeu um sabonete inteiro. Além de um mouse pad, uma caixa de giz de cera que tirara da bolsa de Lucy, dois brinquedos de borracha e uma esponja. E conseguiu digerir e cagar tudo.

David se lembrava vagamente de ter colocado as meias no cesto do banheiro, mas sempre fechava a porta para que Catioro não bebesse água da privada. Não parecia provável que o cachorro as tivesse pegado. Mas elas *tinham* desaparecido. Ele voltou a encarar o cão.

— Você comeu duas meias?

O cachorro balançou o rabo mais forte.

— Merda.

David pegou o celular e ligou para a clínica veterinária, contando a Becky, uma das assistentes, um resumo da história.

— Fique de olho nele. Contanto que esteja comendo, bebendo e não pareça abatido, não precisa vir aqui — falou ela. — Eu ligo mais tarde para saber como ele está.

— Não precisa.

— Faz parte do pacote — disse a moça antes de desligar.

Becky fora muito simpática. Ela era sempre simpática. Mas, hoje, pareceu simpática demais.

Porque você é um ótimo cliente, disse David a si mesmo. Catioro já tinha ido bastante à clínica, incluindo três visitas por ter sido atacado por um gambá. A maioria dos cachorros teria aprendido a lição na primeira vez. Ou na segunda. Mas Catioro, não.

Mas talvez o comportamento da Becky não tivesse sido apenas simpático. Talvez ela estivesse flertando. Ela sempre falava assim com ele? Será que a Lucy tinha razão? Será que ele estava pronto para... não, *seguir em frente* não era o melhor termo. Será que ele já se sentia mais à vontade para se envolver com outras mulheres do que se dava conta? Por isso, de repente, viu segundas intenções no tom de voz da

Becky? Por isso tinha puxado conversa com a moça bonita no pet shop? Seria aquele o motivo para seus súbitos episódios de tristeza profunda, porque estava se sentindo culpado ou algo do gênero?

Quantas perguntas. O excesso de introspecção era algo perigoso.

— Quer dar uma volta? — perguntou David ao cachorro.

Catioro partiu feito um raio até a caixa onde ficavam todas as suas coisas, pegou a coleira e voltou correndo.

— Você não me parece nem um pouco abatido — disse David ao prender a guia.

Depois que o cachorro o arrastou para fora, ele decidiu ir na direção da casa de Ruby. Ia provar a si mesmo que conseguia olhar para o lugar sem entrar em pânico.

Não foi surpresa alguma encontrar a vizinha no quintal. Ela estava em cima de uma escada, pendurando flocos brancos nas árvores. Nem as palmeiras escaparam. A decoração de Natal era um processo que durava vários dias.

— Está ficando bem bonito — gritou David.

Ele não foi tomado pela tristeza que sentira quando viu a casa com Zachary, mas talvez fosse porque, dessa vez, estava preparado.

— Ah, obrigada. — Ruby desceu da escada. Ele ouviu um retinido baixinho e percebeu que a mulher usava sapatos de elfo com pontas curvadas, das quais pendiam sinos. Ela também gostava de decorar a si mesma. Clarissa sempre admirou o fato de a amiga ter uma série de ritos para tudo. — O menino foi para a escola direitinho?

Enquanto ela se aproximava, Catioro já foi deitando no chão e virando a barriga para cima, deixando as pernas no ar. Ruby se sentou ao lado dele e começou a fazer carinho.

— Sim, vi ele saindo. Ninguém vai perceber que ele tentou cavar um buraco na testa — respondeu David.

— Aquilo deve ter doído. Não sei como ele não parou antes de ficar tão ruim — disse ela, ainda fazendo carinho na barriga de Catioro.

— Quer apostar quanto que a mãe dele daqui a pouco vai me pedir para conversar com ele sobre sexo?

Ruby riu.

— Diga a ela para fazer que nem meus pais e deixar uma edição de *Tudo que você sempre quis saber sobre sexo* na estante de casa.

— Foi só isso que eles fizeram? — perguntou David.

— Foi o suficiente. Na verdade, era tudo que eu queria saber e um pouco mais — respondeu ela. — Quer entrar? Estou testando uma nova receita de biscoitos italianos com granulados.

— Nunca fiz esses. São aqueles que você mergulha numa calda e deixa secando por algumas horas, não é?

— Esses mesmo — disse Ruby. — Mas já estão prontos para comer.

Ao ouvir a palavra "comer", os olhos de Catioro se arregalaram, e ele se levantou num pulo.

— Eu estava com receio de ele ter comido umas meias minhas, mas, se fosse o caso, não era para ele querer saber de comida tão cedo. Então acho que está tudo certo.

— Ele quer saber tanto que já está babando.

Ruby se levantou e recuou até que seus sapatos de elfo não corressem mais o risco de serem lambuzados de saliva. Ela foi andando em direção à casa.

— E esse pônei aí? — perguntou David.

O cavalinho de plástico rosa e roxo não era lá muito natalino.

— Apareceu na minha porta hoje — disse Ruby. E pegou o brinquedo. — Alguém deve ter deixado aí para eu usar na decoração. Vou enfiar ele em algum lugar. Talvez eu monte uma árvore de brinquedos abandonados. — Ela passou os dedos pela crina de nylon roxa do pônei, que fora cortada em alturas diferentes, depois deu um peteleco num dos cascos danificados. — Não, deixa para lá. Ele não foi abandonado. Deve ter sido muito, muito amado. Vou pensar em algo especial.

— Pare onde está, bonitona. Solte imediatamente esse pônei e dê dois passos para trás.

David sabia que era Hud antes de olhar para trás. Seu sotaque sulista falso era inconfundível. O rabo de Catioro começou a balançar, batendo contra a perna do dono. O cachorro amava todo mundo e esperava ser amado também, apesar de Hud sempre ignorá-lo.

— Isso aqui? — perguntou Ruby, exibindo o cavalo de plástico.

Hud atravessou o gramado e tirou um pedaço de papel de um dos muitos bolsos de seu colete de pesca, desdobrou-o e o mostrou para Ruby e David. Era um desenho em giz de cera de duas bolotas cor-de-rosa e roxas com quatro linhas saindo delas.

— Por acaso a madame está querendo me dizer que esse pônei aí não é igual a esse do desenho?

David enrolou a mão na guia de Catioro. O cachorro estava gemendo alto de animação. Ele sabia que, na cabeça do cão, era só uma questão de tempo até que Hud o notasse e talvez lhe fizesse um afago. Mas o homem nem olhou para Catioro.

— Pode ser que seja o mesmo — disse Ruby, analisando o desenho. — Mas também pode ser que não seja.

— Então a madame não vai cooperar. — O detetive parecia animado.

— Hud, a gente nem sabe do que você está falando — falou David.

— Estou falando de uma garotinha com o coração partido. Estou falando que você é uma ladra desalmada — respondeu o homem.

David trocou um olhar de "hã!" com a vizinha.

— Continuo sem saber do que você está falando, Hud.

— Talvez você não saiba, bonitão — respondeu ele. — Isso vou averiguar depois. Mas sua amiga aqui sabe muito bem. Ela está negando, mas sabe que está em posse de um objeto roubado. Aquele pônei pertence à senhorita Riley Brewer, da rua Terra do Nunca.

— Eu encontrei ele no meu capacho hoje de manhã — disse Ruby. — Achei que alguém tivesse me doado para eu usar como decoração de Natal.

Ela entregou o pônei ao homem.

Hud a analisou por um instante.

— Bom, só me resta aceitar a palavra da madame. — Ele suspirou. — Até que eu possa provar o contrário. A senhora está liberada... por enquanto.

Hud enfiou o pônei no maior bolso do colete e se afastou. Catioro começou a latir, mas o homem não olhou para trás.

Ruby estendeu a mão e consolou Catioro com um cafuné.

— Já conheci muitos atores esforçados. Mas ele é o único que consegue ficar no personagem mesmo depois de anos do fim das filmagens.

— Como será que aquele pônei veio parar aqui? As Brewer moram perto da minha casa — disse David. Uma conexão despontou em sua mente. — Deve ser Paula o nome do pônei. Ouvi a Riley gritar esse nome hoje cedo.

— Eu também, ela passou por aqui com a irmã mais velha. Estava chorando como se tivesse perdido um parente. Pelo visto, perdeu mesmo. Eu sabia que alguém amava muito aquele pônei. Eu podia fazer um estábulo para ele. Para ela ter onde guardar o bichinho e não perder ele de novo. Ou isso é coisa de vizinha maluca? Também não as conheço muito bem.

— Ela vai adorar.

David se perguntou se Ruby se arrependia de não ter tido filhos. Certa vez, Clarissa comentou algo que deu a entender que sim.

Ruby é igual a mim, concluiu ele. Ela tem bons amigos. Gosta do emprego. Tem os passatempos dela, como fazer decorações de Natal. E parecia estar de bem com a vida. Bem o suficiente.

Mac se sentou aos pés da cama da garotinha, seu peito e sua barriga vibrando conforme ele ronronava. Sua mensagem fora passada. Dava para sentir o cheiro da mulher no brinquedo que a menina apertava contra o peito enquanto dormia. A conexão estava feita.

Ele foi de fininho até o pônei e bateu de leve no sininho preso ao redor do pescoço de plástico. O tilintar suave o fez ronronar mais alto, tão alto que sentiu o som reverberar por seu corpo todo. Missão cumprida.

Mac passou mais alguns segundos observando a menina. Seria bom continuar ali, sentindo o gostinho da vitória, mas Jamie ainda precisava de ajuda. Ou talvez ele tivesse se enganado quanto ao companheiro de bando dela. Mac conhecia bem sua humana, mas Jamie o confundia às vezes. O sono dela, por exemplo. Ela não dormia nem um décimo do que precisava, e era sempre à noite. Será que ela não via que aquela era a melhor hora para brincar?

Talvez houvesse algum motivo específico para Jamie não ter gostado daqueles presentes. Algo em que um gato jamais pensaria. Quem sabe o odor deles fizesse o nariz de Jamie arder do mesmo jeito que o dele ardia quando ela usava aquele spray na janela. Mac tinha certeza de que havia outras pessoas cheirando a solidão que gostariam de uma companheira de bando, especialmente uma como Jamie. Ela não dava muito trabalho. Hoje, Mac analisaria os cheiros de várias opções. Só pararia quando encontrasse um aroma que sua humana identificasse, da mesma forma que a mulher identificou no pônei o cheiro de carência da garotinha.

Ele pulou da cama para a janela e saiu graciosamente. Mal inalou o ar de fora e soube que o babacão estava na área. Ele queria se divertir um pouco antes de dar prosseguimento a sua missão. Correr pelas costas daquele idiota tinha sido mais divertido do que brincar com o ratinho. Mac queria se divertir um pouco.

A lua brilhava no céu, então ele se manteve nas sombras, as patas acolchoadas e os reflexos rápidos tornando seus movimentos quase inaudíveis. Não que precisasse tomar cuidado. O cachorro respirava pela boca. Provavelmente não ouvia nada além daquelas arfadas babonas.

Quando Mac chegou à cerca do quintal do babacão, pisou de propósito num galho para chamar atenção. Não funcionou. O cão tinha começado a se lamber. Mac entendia. Até ele se distraía quando fazia isso.

Então pulou em cima da cerca e deu um miado longo e baixo. O babacão ouviu! Ficou de pé na mesma hora. E Mac deu partida. Pulou e atravessou o quintal correndo. O idiota veio atrás, desajeitado.

Mac deu uma, duas voltas no quintal, desacelerando um pouco para o cão achar que tinha alguma chance. Na terceira volta, correu direto para a enorme árvore que utilizava para chegar à janela do segundo andar.

Mac saltou para o galho mais baixo no último momento possível. O cão não conseguiu parar a tempo. Deu com a fuça na árvore. Ponto para Mac!

Bastava de brincadeira por enquanto. Ele tinha de voltar aos trabalhos. Abriu a boca, saboreando o ar, buscando um aroma que combinasse com a solidão presente no de Jamie.

CAPÍTULO 5

Jamie abriu a porta da frente e imediatamente olhou para baixo. Uma cueca samba-canção com estampa de pinguins, uma boxer cinza e uma sunga branca estavam jogadas sobre o capacho. Ela bateu a porta com força e se apoiou contra a parede.

— O que está acontecendo? — choramingou para Mac. — Quem está fazendo isso comigo?

O gato deu um miadinho que Jamie sempre interpretava como "hum". Parecia insinuar que ele estava ouvindo, mas não se importava.

— Ajudou muito, Mac.

Ela podia aceitar que a toalha de mão tivesse sido esquecida pelo morador antigo. As meias... Bem, não tinha uma teoria propriamente dita, mas meias vivem brotando aleatoriamente em todo canto. Talvez seu capacho fosse um portal de peças de roupa, e todas as meias perdidas em lavanderias locais aterrissassem ali. Mas três cuecas...

Hesitante, Jamie abriu a porta, deu uma olhadinha rápida e a fechou novamente. Em uma manhã, três cuecas de uma vez, em tamanhos e estilos diferentes.

— Isso é bizarro. Bizarro e errado. Bizarro e errado e anormal e estranho e esquisito.

Mac deu outro miado de "hum".

— Valeu, Mac — murmurou ela.

Jamie seguiu para o armário da despensa, pegou a caixa com a toalha de mão e as meias, uma pinça de cozinha e voltou para a porta. Não podia deixar três cuecas jogadas na sua varanda, onde todos os vizinhos poderiam vê-las. Ela ia cair na boca do povo — e não de uma forma positiva. Jamie abriu a porta de novo, usou a pinça para pegar a samba-canção, a boxer e a sunga, e colocá-las na caixa. Pensou em lacrar a caixa com fita adesiva antes de devolvê-la para o armário, mas não tinha motivo para acreditar que não encontraria nada no capacho no dia seguinte.

A situação não era apenas bizarra, errada, anormal, estranha e esquisita. Também era um pouco assustadora. Jamie sentia como se tivesse sido escolhida, só não sabia para o quê. Talvez o problema não fosse ela. Talvez fosse o morador antigo. Talvez ele tivesse irritado alguém, e a pessoa resolvera... deixar objetos aleatórios de pequeno porte na sua porta como vingança.

Ou! Isto fazia mais sentido! Talvez o morador antigo — se fosse mesmo um homem — tivesse esquecido aquelas coisas na casa da namorada. Talvez os dois tivessem terminado, e ela estava devolvendo os objetos que tinham ficado lá. Esse podia até ser o motivo por trás de sua mudança! A mulher podia ser uma psicopata, e ele estava fugindo!

Havia duas pessoas que teriam informações sobre o antigo morador. Marie e Helen. As duas já sabiam quase tudo da vida de Jamie antes mesmo de ela chegar. Jamie decidiu perguntar às vizinhas. Ela detestava ir à casa de Marie com as mãos vazias. Mas ainda não dava para preparar nada em casa. Fazia mais de uma semana que morava ali, e ainda não tinha se acomodado direito.

Ela foi checar a cozinha. Vários sabores de comida de gato, é claro. Café, mas o de Marie era bem mais gostoso. Petiscos variados. Ela não podia aparecer com uma tigela cheia de biscoitos de polvilho, mas talvez pudesse fazer uma misturinha. Rapidamente, juntou os biscoitos de polvilho com alguns cookies e um pouco de pipoca doce, acrescentando amendoins com chocolate e uva-passa. Uma variedade esquizofrênica de besteiras... Ela realmente devia começar a comer como gente normal. Vivia pensando que não fazia sentido cozinhar só para ela. Mas isso era errado. Seu estilo de vida não devia ser determinado pelo fato de estar solteira ou não. No Meu Ano, não!

Jamie pegou a tigela.

— Eu voltarei — disse para Mac, fazendo uma péssima imitação de Schwarzenegger em *Exterminador do Futuro*.

Ela encontrou Al tapando uma rachadura minúscula no caminho de pedras que ia da sua casa à calçada. Será que ele a tinha visto usar a pinça para pegar aquelas cuecas? *Não adianta ficar pensando nisso agora*, disse a si mesma.

— A Marie está em casa? — perguntou ela.

— Lá dentro com a Helen — respondeu ele sem erguer o olhar.

— Ótimo. Queria falar com as duas mesmo.

Jamie seguiu para a porta da frente, parando por um instante para admirar a bandeira que voava sobre a torre do castelinho do casal, se perguntando se a estampa era o brasão da família Defrancisco.

Ela ergueu a mão para bater, mas a porta abriu antes que fizesse contato. Realmente, nada escapava a Marie. Jamie lhe passou a tigela de biscoitos.

— Para você. Como agradecimento pelo café. E eu também queria fazer uma pergunta. Para você e a Helen. Al disse que ela estava aqui.

— Pode entrar.

Marie se afastou da porta.

— Nossa, adorei sua lareira! — exclamou Jamie.

Era enorme — pelo menos em relação às dimensões da sala, ocupando a maior parte de uma parede e batendo quase no teto. Era fácil imaginar um monte de cavaleiros reunidos ao redor do fogo. Ou Al e Marie vendo TV no sofá aconchegante e excessivamente estufado.

— Estamos na cozinha. — A vizinha seguiu na frente e indicou uma cadeira à mesa de madeira. — Jamie quer nos fazer uma pergunta — disse a Helen.

— Eu sabia que você ia mudar de ideia! — exclamou a outra mulher. — Já até falei com meu afilhado sobre você. Ele quer te conhecer. Não se preocupe. Vou combinar tudo. Sei de um lugar perfeito para o primeiro encontro.

— Eu já te falei que ele é novo demais para ela. E é alérgico a gato. Isso é um problema gravíssimo. Não é, não, Jamie? — perguntou Marie.

— Sim, sim, sim, claro que é! Um problema gravíssimo. Com certeza.

Ela não ia dispensar uma desculpa pronta para fugir de um encontro arranjado com o afilhado de Helen.

Satisfeita, Marie abriu um sorriso ao botar a tigela na mesa. Helen estendeu a mão na direção dos biscoitos, mas a amiga puxou a comida para fora de seu alcance.

— Você não precisa disso. Se estiver com fome, posso te dar uma maçã. Nessie ainda veste tamanho...

— Eu já disse para você não meter essa pessoa na conversa. Ela que cuide da vida dela. E você, da sua, também. — Helen se inclinou na direção da tigela e encheu a mão de biscoitos. — Ele pode tomar Benadryl e está resolvida a questão da alergia a gato. E as mulheres vivem mais que os homens, então é bom que ele seja mais novo. E ele é professor, até isso eles têm em com... — continuou ela antes de Jamie conseguir perguntar quem era Nessie.

— Eu queria conversar com vocês sobre outra coisa — interrompeu Jamie. — Sobre a pessoa que morava na minha casa antes de mim... Vocês conheciam ele?

— O Desmond — respondeu Marie. — Ele era maravilhoso. Sempre reciclava o lixo.

Será que a Marie ficava futucando o lixo dos outros?, perguntou-se Jamie.

— O que mais? — insistiu ela. — Ele tinha namorada? Por que se mudou?

As mulheres não pareceram estranhar suas perguntas, provavelmente porque também gostavam de ficar sabendo de tudo sobre a vida dos outros.

— Ele foi transferido. Trabalha naquele supermercado chique, o Harvest. Cobram quase cinco dólares por quatro talos de aspargos numa jarra d'água.

— E guacamole de couve. Guacamole é salada de abacate — disse Helen. — Não sei como aquele lugar ainda está de pé. Mas Desmond se mudou para abrir uma nova filial em Austin.

— Eita, bom para ele — comentou Jamie. — Vocês sabem se ele estava namorando alguém? E se por acaso os dois não brigaram feio antes da mudança?

— O namorado dele foi junto — respondeu Helen. — Kyle estava tentando virar roteirista. Mas você sabe como são essas coisas. Ele conseguiu um emprego num festival de filmes lá.

— Eles davam muitas festas?

Ela não sabia por que fizera essa pergunta. Por mais loucas que suas festas pudessem ter sido, ninguém sai deixando roupas íntimas na casa dos outros.

— Eles deram uma festa no pátio uma vez, e todo mundo pediu para mim e o Al ensinarmos a dançar swing — respondeu Marie.

— E o Desmond fez bananas flambadas — acrescentou Helen.

— Deve ter sido divertidíssimo. — Parecia ter sido mesmo. Jamie desejou ter visto Al e Marie dançando. Mas nada do que escutava explicava as aparições estranhas, erradas, anormais, bizarras, esquisitas e assustadoras em sua casa. Ela se levantou. — Preciso ir. Eu só estava curiosa para saber quem morava lá antes de mim, e sabia que vocês duas poderiam me ajudar. Obrigada!

— Vou falar com meu afilhado — disse Helen.

— Ele é jovem demais. Eu ainda quero que você conheça meu sobrinho-neto — argumentou Marie. — E também conheço vários rapazes legais além dele.

— Eu estou bem. Quero passar um tempo sozinha. Obrigada mais uma vez.

Enquanto saía da cozinha, ouviu Helen dizer:

— Se você acha que o seu sobrinho-neto é melhor para ela do que o meu afilhado, está muito enganada. Ele não...

— Sério. Não estou querendo conhecer ninguém. Não estou brincando — gritou ela para as duas.

— Eu só disse que meu sobrinho-neto é uma opção... — continuou Marie antes de Jamie escapar pela porta da frente. E se afastar bem rápido da casa.

— Nenhuma das duas me escuta — disse ela quando passou por Al.

Ele deu um resmungo que dizia *sei muito bem como é*.

Al, o resmungão, não estaria disposto a debater os problemas dela. E o fuso horário dali era três horas mais cedo do que na sua cidade natal. As amigas estariam se preparando para o trabalho, arrumando os filhos para a escola, ou as duas coisas. Jamie virou a esquina e viu a casa natalina de Ruby. As duas só tinham conversado uma vez, mas até que tinha sido legal.

Ela foi direto até a porta de Ruby e bateu. A vizinha atendeu com um sorriso no rosto, e Jamie sorriu para ela.

— Eu devia ter ligado antes, mas não sei seu número.

— Sem problemas. Entre. Fiz biscoitos com granulados, e um confeiteiro profissional disse que eles estão "simplesmente divinos".

Ruby gesticulou para Jamie entrar e guiou-a até a cozinha.

— O que é isso tudo? — A mesa estava coberta de tecidos, lantejoulas, miçangas, botões e fitas em tons de rosa e roxo. — Putzgrila, aquilo ali é um aplicador de strass? — acrescentou Jamie, vendo o que parecia ser um grampeador enorme.

— Igual aos que vendem na televisão — respondeu Ruby. — Você realmente disse "putzgrila"?

— Disse, e não me envergonho.

— Gostei da firmeza na sua resposta. — A vizinha revelou uma caixa de papelão parcialmente coberta com cotelê fúcsia. — Estou fazendo um estábulo para um pônei muito especial. Ele passou por uma experiência traumática recentemente. — E tirou um rolo de tela roxa de cima da cadeira para Jamie se sentar.

— O nome desse pônei por acaso é Paula?

— Isso mesmo. Ele veio parar na minha porta ontem, não sei como — respondeu Ruby enquanto abria espaço na mesa para o prato de biscoitos.

— Na sua porta? — repetiu Jamie. — Também ando encontrando coisas na minha porta. Hoje, foram três cuecas. Estou começando a ficar nervosa.

— Hoje? Quantas vezes isso aconteceu?

A anfitriã virou a caixa-estábulo de lado e começou a medir um dos lados descobertos com o cotelê.

— Quatro. Primeiro, foi uma toalha de mão, depois uma meia de Yetis, então uma meia esportiva e, agora, as cuecas — explicou Jamie. — Achei que talvez tivessem sido deixados para o último morador... Não que isso faça muito sentido.

— É difícil pensar numa explicação plausível... Mas não acho que estejam fazendo isso por mal. Talvez seja uma brincadeira idiota. Tem alguns adolescentes bem travessos aqui no conjunto. — Ruby balançou a cabeça. — Estou falando como se eu tivesse 100 anos.

— Você acha que também foram eles que deixaram o pônei aqui? — perguntou Jamie.

— É possível. — Ruby cortou um quadrado no tecido. — Não consigo pensar em qualquer motivo para aquela garotinha vir aqui. A menos que quisesse ver as decorações de Natal e tenha esquecido o pônei. Mas ela é pequena demais para sair por aí andando sozinha.

— Certo, então vou ficar com a teoria dos adolescentes travessos por enquanto. Podemos seguir para o meu segundo problema?

— Claro. — Ruby lhe passou a tesoura e o cotelê. — Corta outro pedaço igual a esse. — E passou a ela o quadrado que acabara de cortar.

— Tudo bem, mas já vou logo avisando que minhas habilidades artesanais não vão muito além disso — afirmou Jamie. — Então, Marie e Helen são meu outro problema. As duas querem arrumar um namorado para mim, e estão competindo. Apesar de eu já ter dito várias vezes que não estou interessada.

— Marie e Helen. Uma dupla da pesada. Mas elas não podem forçar você a sair com alguém. — Ruby começou a criar uma flor com um pedaço de tule rosa-claro. — Vou colocar flores nas laterais, para parecer tipo uma trepadeira — explicou ela, mas então voltou para o problema de Jamie. — Só porque são duas senhoras de idade, não significa que você precisa ser legal com elas e fazer o que querem.

— Sim, eu sei. É que a Marie está sempre me dando café.

Jamie terminou de cortar o quadrado e o comparou com o modelo de Ruby. O seu tinha ficado menor e agora, em inspeção mais atenta, não parecia exatamente um quadrado. Ela riu de nervoso, exibindo sua obra.

— Dá para cortar mais um pouco e colocar numa das portas do celeiro — disse Ruby. — Pegue um biscoito. É sempre bom.

— Ainda mais antes do almoço — concordou Jamie, pegando um. — Parece um ato tão subversivo e decadente.

Ruby riu.

— Talvez até fosse uma boa ideia sair com esses caras. Você acabou de se mudar para cá. Seria uma oportunidade de...

— Ah, não, você também, não! — gritou Jamie. — Lembra que eu disse que esse é o Meu Ano? — Ruby assentiu. — Então, se o meu foco é descobrir o que eu quero da vida, não posso sair atrás de macho. Os homens, eles me distraem. Passo tempo demais me perguntando se gostam de mim, sendo que nem eu sei se gosto deles. Fico me preocupando em agradar, nem paro para pensar em mim. Agora é a vez de focar em mim. Só em mim. Não posso me preocupar com mais ninguém.

— Entendi. — Ruby começou a moldar uma nova flor com um pedaço brilhante de fita prateada. — Como foi seu *brainstorming* no outro dia?

Jamie suspirou.

— Listei várias coisas que eu gosto de fazer, mas não tive nenhuma revelação daquelas, sabe? — Ela balançou a cabeça. — Como se passar uma hora sentada numa cafeteria fosse mudar minha vida.

— É impossível fazer uma lista de tudo que a gente gosta. Deve ter um zilhão de coisas que você nunca fez, então não tem como saber se gosta delas ou não. Tipo surfar! Você já surfou?

— Você acha que posso trabalhar com surfe?

— A questão não é essa. Só estou dizendo que você devia descobrir se gosta ou não de surfar. — Ruby terminou a flor. Era um botão de rosa maravilhoso. — Você já tentou?

— Não — respondeu Jamie.

A vizinha se levantou da cadeira num pulo e foi até a geladeira. A porta estava coberta com centenas de ímãs, fotos, desenhos, cartões-postais e cartões de visita.

— Onde está? Onde está? — murmurou ela. — Achei! — E pegou um cartão, entregando-o a Jamie. — Você precisa fazer pelo menos uma aula com a Garota Surfista. Ganhei algumas numa rifa. Foi divertidíssimo.

Jamie analisou o cartão. Talvez Ruby tivesse razão. Talvez ela estivesse se limitando ao pensar apenas nas coisas que já experimentara. Talvez houvesse algo por aí que ela amaria fazer, mas sobre o qual nunca nem pensara.

Era bem provável que surfar não fosse uma dessas coisas. Mas e daí? O Meu Ano se tratava de autoconhecimento. Jamie guardou o cartão da Garota Surfista no bolso.

* * *

— Catioro, acho bom você não ter comido minha cueca — disse David.

O cachorro balançou o rabo. Era sempre assim. Qualquer conjugação do verbo "comer" ativava o rabo. David inspecionou a casa com Catioro em seu encalço. Não encontrou nenhum farrapo de pano cinza. Se o animal tivesse comido sua cueca, a teria rasgado primeiro. Não teria?

Ele começou a apalpar a barriga do cachorro. Quando Becky, a assistente do veterinário, ligou para saber como Catioro estava depois da provável ingestão das meias, perguntou se o cão sentia dor ao ser apalpado. Na hora, não parecia. Nem agora. Catioro deitou de costas para o chão a fim de facilitar o trabalho do dono. O cão não parecia sentir nada além de prazer com o carinho na barriga.

Catioro estava bebendo água, comendo, fazendo cocô e obviamente não sentia dores no estômago. Mas, se ele não tinha comido a cueca, onde ela estava? David estava certo de que a deixara no chão do banheiro quando tomou banho na noite anterior. A calça jeans e a camisa continuavam lá naquela manhã, mas a cueca desaparecera.

Ele não conseguia pensar numa explicação além de ela ter sido subtraída pelo cachorro, embora tivesse quase certeza de que tinha fechado a porta do banheiro. Começara a prestar mais atenção a essas coisas desde o desaparecimento das meias. E Catioro não estava se comportando como se tivesse comido algo além de sua ração, de seus petiscos e de seus ossos de couro.

Não é exatamente um caso do Arquivo X, disse ele a si mesmo. A cueca devia estar embolada na perna da calça ou algo assim. E as meias, presas a uma camisa por estática. Elas apareceriam. Ou não. Contanto que não estivessem na barriga de Catioro, como parecia ser o caso, que diferença fazia?

David voltou para a sala e se jogou no sofá. Ligou a televisão. Num reality show de casos jurídicos, a juíza Judy repreendia alguém. Desligou a televisão. A programação da tarde era horrível. Os horários de trabalho de um confeiteiro também. Ele tinha vários filmes baixados, além da Netflix e do Hulu, mas odiava ficar procurando ao que assistir. Tirou *Graça infinita* da mesa. Fazia quase um ano e meio que lia aquele livro. Deixou-o de lado. Eram muitas notas de rodapé — não estava com paciência para esse tipo de coisa agora. Talvez pudesse ouvir música. Mas o controle do som estava longe.

Catioro suspirou alto de sua cama.

— Também me sinto assim — resmungou David.

O que dissera a si mesmo no outro dia? Ele tinha bons amigos. Gostava do emprego. Amava seu cachorro. Isso bastava.

Mas hoje não estava bastando. Hoje, sua vida parecia um terno apertado e incômodo que ele era obrigado a usar. Ele se sentia inquieto e, ao mesmo tempo, não queria se mover.

David se forçou a sair do sofá. Estava começando a se irritar consigo mesmo. Tinha levado Catioro para passear assim que chegou do trabalho, mas, querendo ou não, ia sair para correr. Precisava exercitar os músculos a tal ponto que, quando voltasse para casa, seu único desejo seria desabar na cama.

— Catioro, vá pegar a coleira — disse ele.

Agora não podia mudar de ideia. Depois que o cachorro se animava, era impossível voltar atrás. Alguns minutos depois, os dois saíam de casa. David correu com todas as suas forças, até que o único pensamento em sua mente fosse *continue, continue, continue*.

Mac tentou a porta do armário da despensa. Completamente fechada. Sem problemas. Ele agachou e saltou na maçaneta. Errou o alvo. Agachou de novo, tensionando os músculos, e pulou. Acertou em cheio! As duas patas bateram na barra de metal, que cedeu, fazendo o *clique* que Mac sabia significar sucesso. Ele deu um empurrãozinho na porta para abri-la.

Aquilo de que precisava estava lá dentro. Jamie guardara seus presentes numa caixa de papelão. Mac ainda conseguia sentir o cheiro de solidão e de outras coisas que continham informações sobre os donos, mas estava começando a achar que o odor era indetectável para Jamie. O gato sempre esquecia que os narizes humanos eram basicamente inúteis. Ele pulou em cima da caixa, que começou a balançar. Mas não teve dificuldade em manter-se equilibrado, se inclinando para a esquerda, para a direita. A caixa balançou mais forte — e virou. Mac pulou para longe antes de ela cair no chão com um *paf* gratificante.

O impacto abriu a caixa, facilitando o restante do serviço. Ele pegou a cueca mais próxima com os dentes, trotou até o quarto e pulou na cama. Subiu na barriga de Jamie e depositou a cueca cheia de odores sobre o peito dela, para que ficasse bem próximo ao nariz. Sem acordar, a humana virou a cabeça para o lado.

Mac foi dando patadas na cueca até posicioná-la novamente próximo ao nariz. Jamie girou, virando de costas para a cueca. Até mesmo no sono, ela parecia determinada a não compreender a mensagem que ele queria passar.

Mas Mac também estava determinado. Ele foi para a cozinha, pegando as duas cuecas restantes com a boca e voltou para a cama. Deixou uma bem embaixo do nariz dela e a outra em seu peito, cercando-a com cheiros. Para seu olfato, era um odor tão forte que bloqueava todos os odores da casa e os aromas que entravam pela janela telada. Assim que acordasse, Jamie haveria de sentir os cheiros e entender o que significavam.

Impaciente, ele cutucou a bochecha dela várias vezes com a pata, depois acrescentou o miado que geralmente reservava para o café da manhã. Os olhos de Jamie abriram, mas então ela se virou para o relógio e resmungou.

— Mac, ainda faltam horas para o café da manhã. Tipo, literalmente.

E cobriu a cabeça com o edredom.

Ela não parecia ter sentido nem de longe os odores. Mac meteu as garras no edredom e o puxou até conseguir descobrir o rosto de Jamie. Então jogou a cueca mais próxima bem em cima do seu nariz. Ah, mas ela vai entender é agora!

Mas Jamie tirou a cueca da cara antes que pudesse dar uma boa fungada. E a arremessou para o outro lado do quarto. Então notou as outras duas peças e as jogou para fora da cama.

— Eca, eca, eca, ecaaaa!

Mac soltou um miado de frustração. Ele amava sua dona, mas os humanos eram muito burros. Era tão fácil para ele entender do que ela estava precisando. Por que era tão difícil para ela?

Jamie cambaleou para fora da cama e foi correndo para o banheiro. Mac a seguiu. Ela pegou um lenço umedecido que fazia o interior do nariz dele coçar e o usou para esfregar o rosto. Então seguiu para a cozinha e pegou uma pinça da gaveta ao lado do fogão. No caminho de volta para o quarto, também pegou a caixa, devolvendo as cuecas para dentro dela com o auxílio da pinça.

Mac lembrou a si mesmo que, de certa forma, cuidar de Jamie era igual a cuidar de um filhote. Filhotes não sabiam nem usar a caixa de areia. Sua mãe precisava lhes ensinar por que precisavam cobrir o cocô. Ele teria de encontrar outras formas de mostrar a ela que havia humanos por perto que também precisavam de companheiros de bando.

O gato pulou dentro da caixa e jogou as meias para fora. Se Jamie mexesse nos presentes o suficiente, o cheiro ficaria nela mesmo depois que os guardasse no armário da despensa.

Jamie suspirou.

— MacGyver, pare já com isso. No meio da madrugada. Isso é hora de brincar? — Ela também usou a pinça para guardar as meias na caixa. — Mas será possível que não existe um lugar fora do seu alcance? É, pelo jeito, não. Mas vamos ver agora. — Ela colocou a caixa na última prateleira do armário do quarto e fechou a porta. — Muito bem, boa noite.

Jamie se jogou na cama e se enterrou sob as cobertas.

Mac a observou por um tempo, depois se afastou e escapuliu por sua passagem secreta. Não era preciso sentir o gosto do ar para saber aonde ir. Um cheiro dominava todos os outros. Praticamente ardia de tanta solidão e algo mais forte, uma dor que Mac sentia vibrar em seus ossos. Era um aroma que já sentira antes, mas não lembrava exatamente onde. Era um cheiro que o urgia a agir, e ele saiu correndo.

O cheiro vinha da casa que ele sempre visitava, aquela com o cachorro. O babacão não estava no quintal. Em outras noites, isso seria decepcionante. Atormentar o juízo do babão tinha se tornado seu passatempo predileto. Mas hoje a missão era mais importante. A questão não era só Jamie. Mac sentia necessidade de ajudar a pessoa que produzia aquele odor, que estava sofrendo tanto.

Ele correu até a árvore que sempre usava para entrar na janela do banheiro. Tinha subido metade do tronco quando percebeu que a janela estava fechada. Sem problema. O gato continuou a subir. Quando estava perto o suficiente, pulou para o telhado. Pelo cheiro, havia uma entrada por ali. Ele só precisou de alguns segundos para encontrá-la — a chaminé.

Mac deu uma olhada rápida nas dimensões da passagem. Conseguiria descer por ali. Ele colocou as duas patas da frente num lado do túnel de pedra, as duas traseiras do outro, e começou a escorregar. Antes de chegar à metade do caminho, o babacão resolveu latir. Não fazia diferença. Mac sentia que o humano não estava em casa. Ele podia latir o quanto quisesse. Isso o ajudaria a saber exatamente qual era sua localização na casa. Os cachorros não entendiam as vantagens táticas da discrição. Um dos muitos motivos pelos quais os gatos sempre venciam.

Quando Mac estava quase chegando ao final da chaminé, parou. E esperou. Só esperou. Porque já previa as ações do cachorro. Dito e feito, lá estava ele. Mac sabia o que o babacão pensava: *Gato ali dentro. Por que gato não sai?*

Hum, vamos ver... Por que era uma armadilha? Os gatos sempre consideravam essa possibilidade. Os babões, não. Como esperado, ele enfiou a cabeça na lareira, e Mac aterrissou em sua cabeça, com as garras para fora. O cachorro deu um pinote para trás na mesma hora. *Pá, pá, pá, pá.* Mac executou uma sequência de golpes rápidos na cara dele com uma das patas. O idiota foi correndo em círculos, tentando se desvencilhar. Quando passaram pela escada, Mac pulou da cabeça dele para o corrimão. E o cachorro abestalhado continuou correndo, enquanto Mac seguiu para o segundo andar.

A porta do banheiro estava fechada. Sem alavanca. Uma maçaneta redonda. Essas eram mais complicadas. Para alguns gatos. Não para ele. MacGyver se equilibrou sobre as pernas traseiras e colocou uma pata em cada lado da maçaneta. Então fez fricção até ela girar, voltou para o chão e deu uns empurrões na porta para que ela abrisse.

Imediatamente localizou a fonte do cheiro. Uma camiseta ainda molhada de suor. Humanos e seu suor. Quando ele estava com calor, suava um pouco entre os dedos, e a sensação era refrescante. Mas os humanos produziam uma quantidade ridícula de líquidos. Parecia que a camisa tinha tomado chuva. O corpo de Mac estremeceu de nojo.

O suor tornava o cheiro de solidão do humano tão forte que até Jamie o reconheceria. Mac pegou a camisa com a boca. O gosto de tristeza e sofrimento que saturava o material era quase insuportável, mas aguentou firme e não o largou, mesmo quando ouviu o babacão subindo a escada. Não precisava da boca para vencer a segunda rodada.

A porta do chuveiro estava entreaberta. Ele odiava chuveiros, mas aquele não estava soltando água, então teve uma ideia... Entrou no boxe e esperou ser encontrado pelo babão. O cachorro entrou correndo no cômodo e deslizou pelo chão antes de parar, olhando ao redor com um ar confuso. Claramente não tinha visto Mac, apesar de o boxe ser de vidro. Que patético. Ele miou para chamar sua atenção.

O idiota latiu em triunfo e correu todo desengonçado para o chuveiro. Quase não passou. Mac escapuliu por baixo de sua barriga, se virou e jogou o corpo contra a porta. O boxe fechou com um *clique* satisfatório.

Então saiu correndo do banheiro, se divertindo com os uivos de frustração do cachorro preso. Nem queria brincar aquela noite, mas até que fora divertido. Agora, precisava levar a camiseta para casa. Se Jamie a cheirasse — nem precisaria tocar nela para sentir seu cheiro —, reconheceria que o dono da peça precisava de outro humano tanto quanto ela.

CAPÍTULO 6

David sentiu um frio na barriga quando entrou no The Roost, embora fosse apenas beber com Adam. Mentira. Ele *ia* beber com Adam, sim, mas não era por isso que estava ali. Começaria a usar o Tinder, e precisava de ajuda. Não por ser incapaz de criar sua própria conta e escrever seu perfil, mas, depois disso...

O problema era que passara a vida inteira com Clarissa. Os dois se conheceram numa festa na primeira semana da faculdade. Isso foi na época em que David achava que se formaria em contabilidade ou algo assim. Ele não fazia ideia de qual carreira seguir, mas sabia que, depois da escola, o próximo passo para todo mundo era a faculdade, então seguiu a maré — por um semestre. Depois, largou tudo e passou por vários empregos, a maioria ruim. O David de 18 anos ficaria chocado ao descobrir que se tornaria confeiteiro, apesar de sempre ter gostado de se aventurar na cozinha, de bolar suas próprias receitas.

Clarissa fora o completo oposto. Ela sempre quis ser fisioterapeuta, entrou na faculdade e se formou, conseguiu emprego num asilo, adorava. Estava pensando em abrir o próprio negócio antes do...

Aquele não era o melhor momento para pensar em Clarissa. O problema era que ele passara toda a vida adulta com ela, e agora achava que não conseguiria nem sequer convidar uma mulher para sair. Naquele dia, no Palmeira Azul, as coisas tinham ido bem nos primeiros dez segundos, antes de ele mencionar o falecimento da ex-mulher. David precisava de ajuda — com a parte virtual da coisa — e foi por isso que pediu a Adam que se encontrassem ali. Ele se sentou a uma mesa e abriu o Tinder no celular.

Não estava pronto para fazer aquilo. Não sem beber antes — e beber algo forte, não a cerveja de sempre. Um dos motivos para ter escolhido o The Roost era a variedade de drinques. Adam reclamaria que o lugar havia se tornado chique demais, que era um saco não darem mais pipoca de graça.

Seu gim-tônica tinha acabado de chegar quando o amigo apareceu.

— Por que a gente continua vindo aqui? Esse lugar me deixa deprimido. Eu preferia quando era um barzinho de quinta, agora tem um monte de frescuras. Parece um cenário de Westworld. Bukowski jamais beberia aqui.

— Mesmo se ainda estivesse vivo — completou David antes de Adam continuar com sua ladainha.

— E não tem mais pipoca de graça. Eu adorava aquela pipoca. Era o que ajudava meu fígado a absorver o álcool.

David riu. Ele realmente conhecia o amigo.

— A pipoca era murcha, a gente tem dinheiro para comprar comida. E não vamos beber até estragar nossos fígados porque não somos mais adolescentes. Além do mais, tem AC/DC no jukebox. E ainda continua imundo.

— Certo, tudo bem. Mas só tem hipsters mexendo no jukebox, não tiozões de meia-idade que são fãs de verdade do AC/DC — disse Adam. E notou o drinque de David. — Não quis uma Corona?

— Estou precisando de coragem — explicou ele. — Resolvi entrar para o mundo dos relacionamentos virtuais e preciso de uns conselhos seus. — Adam socou o ar em comemoração. David o imitou. — Você é um idiota, sabia?

— Não mude de assunto. Não estamos falando da minha idiotice. Que é inexistente. Estamos falando sobre colocar você de volta no mercado. — A garçonete se aproximou, e Adam pediu um Rusty Nail. — Lucy me contou sobre a conversa que tiveram. Fiquei surpreso por você...

Ele não terminou a frase.

— No geral, ainda me sinto como antes. Mas resolvi que não quero passar o resto da vida sozinho — disse David.

Ele tinha corrido até não conseguir dar nem mais um passo. Correra tanto que até Catioro se cansou. Quando se arrastou de volta para casa, não tinha forças para nada, como ele esperava. Mas seu cérebro não queria desligar. Não conseguia parar de pensar que não merecia viver daquele jeito. Então ligou para Adam e o convidou para ir ao bar.

A garçonete voltou com a bebida.

— Você fala dos hipsters, mas nós dois sabemos que você só pede esses drinques porque fica se achando um dos Rat Pack.

— Você sabe qual é a bebida favorita da rainha Elizabeth? — rebateu Adam. — Isso mesmo, gim-tônica.

Ele indicou o copo de David com a cabeça.

— Eu respeito muito a rainha — disse David.

— E de Gerald Ford também — continuou Adam. — Eu sei que você está tentando mudar de assunto. A gente não veio aqui para falar de drinques. Viemos falar sobre aplicativos de pegação. Você se inscreveu no Tinder naquele dia?

— Mais ou menos — admitiu David.

— Sabia. Não seja por isso, eu inscrevi você. Passa seu celular aí.

David lhe obedeceu.

— Também inscrevi você. No Esquadrão da Moda. Queria fazer uma surpresa.

— Sossega, não deixei o perfil público — explicou Adam. — Só quis deixar feito. Isso foi antes de você conversar com a Lucy. Seu usuário é homem-do-doce, e a senha é Catioro, com C maiúsculo, o resto minúsculo e um ponto de interrogação no final.

— Homem-do-doce? — perguntou David.

Adam deu de ombros.

— Lucy achou fofo, e ela é seu público-alvo. Mas você pode colocar o nome que quiser no perfil, então não importa. E a gente colocou uma foto sua carregando aquele bolo no Dia das Crianças, que, palavras dela, é “uma gracinha”. Você vai ver que eu fiz o perfil todinho com referências de confeitaria.

Ele lhe devolveu o celular.

David leu o perfil.

— Você me transformou numa receita.

— A Lucy aprovou. Nós dois lemos um monte de perfis, e todos pareciam propagandas. Você está sendo vendido como meigo e criativo, com um senso de humor meio bobo, o que fica evidente quando olhamos para o bolo — explicou Adam. — Só para constar, não acho que você seja meigo. Mas a Lucy acha. Também colocamos uma foto sua dando biscoitos caseiros para o Catioro. — Ele tomou um gole do drinque. — E aí, tudo certo? É só clicar ali em “Concluir”.

David hesitou, encarando a tela por alguns segundos, então clicou. Não se sentia cem por cento preparado, mas também não queria continuar como estava. Não mais.

— Aqui você vê os perfis dos outros. Veja quem está por perto. Se tiver interesse na pessoa, é só clicar no coração ou arrastar para a direita. Se não gostar, clica no X ou arrasta para a esquerda. — explicou Adam.

— Você sabe bastante sobre esse aplicativo — comentou David.

— Você não viu meu seriado? Teve alguns episódios em que o Jess usava o Tinder.

— E uma mulher invadiu o apartamento dele e fez jantar para os dois, não foi? — perguntou David. — Isso logo depois do primeiro encontro.

— As coisas na televisão têm que ser assim. A gente não pode mostrar duas pessoas saindo num encontro normal, bacana. Se não quiser olhar os perfis, eu olho — acrescentou ele, esticando a mão para pegar o celular.

— Estou olhando — reclamou David.

— Você demora muito. Tem que ser jogo rápido. Dar coração não significa que você quer sair com a pessoa. Só quer dizer que tem interesse. Se ela também tiver, vocês partem para a conversa. — Adam começou a clicar e arrastar a tela para a direita ou para a esquerda. — Sim — murmurou ele. — Sim, sim, não, não, sim.

— Calma. Já deu, né? — reclamou David.

— Quanto mais, melhor — argumentou Adam. — É bom ter muitas opções. — O celular vibrou. — Olha, você já deu um *match*. — Ele olhou para o amigo. — Curti. E você? — Adam virou a tela para David. A mulher era bonita, tinha cabelo castanho liso e usava óculos de gatinho. — Ela faz o tipo professora sexy, todo mundo gosta.

— É, pode ser. Sim. Por que não? — respondeu David.

Adam lhe devolveu o celular.

— Mande uma mensagem para ela. Sua missão é conseguir o WhatsApp dela e marcar um *date*. Tenta parecer tranquilo, casual. E não fala da...

— Minha ex-esposa morta — interrompeu-o David.

— Eu não ia falar desse jeito — reclamou Adam. — Mas sim. Isso é algo que você só pode mencionar alguns encontros depois.

— Tudo bem.

David digitou "Oi".

O amigo bufou.

— Você disse "Oi", não foi?

— Qual o problema?

— O problema é que ela deve estar conversando com vários caras. Você precisa se destacar.

David logo mandou outra mensagem e a leu em voz alta.

— Está a fim de tomar um drinque? Sei fazer um cupcake delicioso de mirtilo e Cabernet.

Adam fez que sim com a cabeça, satisfeito.

— Ótimo. Bem adequado. Eu teria falado algo parecido.

— Ela respondeu com uma emoji lambendo os lábios — relatou David. — E disse: "Se esses cupcakes existirem mesmo, eu quero um."

— Agora é só marcar. Sugere um lugar e o horário — orientou Adam.

Na confeitaria Mix it Up, no Los Feliz, amanhã às seis?, enviou David. E recebeu um sim.

— Ela vai me encontrar na confeitaria amanhã, às seis — disse ele. Ele ficou um pouco surpreso. Tudo tinha acontecido muito rápido.

— Mandou bem — elogiou Adam. — Da próxima vez, eu marcaria num lugar neutro. Você não quer que uma maluca fique aparecendo no seu trabalho. Mas ela parece normal — acrescentou logo.

— E a gente só vai comer cupcakes — disse David. — Se eu achar que as coisas não estão indo bem, posso inventar uma desculpa qualquer.

Jamie encontrou uma vaga e deu uma olhada no relógio. Ainda tinha mais de uma hora para flanar. Depois de encontrar uma camisa — ainda úmida de suor — em seu capacho aquela manhã, ela quis sair de casa imediatamente. Então decidiu explorar Venice antes da aula de surfe. Uma aula de surfe! Só de pensar, parecia que alguém estava fazendo origami com seu estômago. Mas Ruby tinha razão. Jamie queria descobrir qual era sua paixão na vida, e era limitante demais pensar apenas nas coisas que já experimentara.

Ela pegou a mochila, trancou o carro e saiu. Seu plano era caminhar pelo calçadão de Venice Beach até chegar ao lugar onde combinara de se encontrar com a Garota Surfista, Kylie, perto do Píer de Santa Mônica. De acordo com todos os guias de viagem, o calçadão era imperdível. Assim que ela pisou no concreto, tirou o celular do bolso. Tudo precisava ser fotografado. A começar pelo cara usando uma sunga dourada minúscula, tomando um suco com uma cobra enorme enrolada nos ombros. Jamie tirou uma foto quando a cobra metia a língua no copo do rapaz.

— Um dólar por foto — disse o cara.

Jamie o encarou.

Ele sorriu.

— Eu não me importo, mas minha cobra é modelo profissional. Ela não trabalha de graça.

Ela riu. O cara, não. Nem a cobra. Jamie tirou um dólar do bolso e deu a ele.

— Muito obrigado — agradeceu-lhe o sujeito, e foi embora.

— Ei, espere! — gritou Jamie num impulso. Ele se virou. — Posso fazer uma pergunta?

— Tem mais um dólar?

Ela pagou.

— Você e sua amiga vivem disso?

— É o que banca meus sucos e um rato duas vezes por mês — respondeu ele.

— E você gosta? É isso que quer fazer da vida? — perguntou Jamie.

— Como não gostar? Estou na praia. Não tenho que bater ponto. Conheço gente nova o tempo todo e fiz muitos amigos por aqui.

Seu rosto parecia brilhar enquanto falava, e Jamie não resistiu e tirou outra foto. Antes de ele pedir, pagou um dólar ao rapaz e continuou andando pelo calçadão. Amigos, pessoas novas, fazia seu próprio horário, trabalhava na rua, todo dia era diferente. *Parecia ótimo*, pensou Jamie. Tirando que havia uma cobra envolvida na história, então não era nem de perto seu emprego dos sonhos. E como alguém assim se aposentava? Talvez ele não precisasse se aposentar, decidiu ela. Quando fosse um senhor de 80 anos numa sunguinha dourada, carregando uma cobra, receberia bem mais do que agora.

Todo mundo que trabalhava ali parecia bem feliz — a mulher fazendo tatuagens de hena, o homem que escrevia nomes num grão de arroz, os caras dançando, dando piruetas no ar, que desafiavam a gravidade. Jamie queria tirar fotos de todos e lhes perguntar um milhão de coisas, mas não trouxera trocados o suficiente. Porém, quando viu um homem barbado com um pôster que dizia CONSELHOS RUINS POR UM DÓLAR preso ao suspensório, não resistiu.

Jamie se aproximou do banco, e ele bateu no espaço vazio ao seu lado. Ela lhe entregou um dólar e esperou. O homem acariciou a barba, pensando, e então disse:

— Vou explicar como ser devorado por um tubarão.

— Ah, não. Hoje, não. Vou fazer minha primeira aula de surfe — reclamou Jamie.

— Então o conselho vai ser pior do que o normal. Vou explicar o que fazer. Vá nadar no fim da tarde ou ao amanhecer. Isso aumenta as chances de o tubarão confundir você com uma presa. Vá sozinha. Use cores chamativas, porque elas lembram a luz do sol batendo nas escamas. E se corte um pouco. Os tubarões conseguem sentir o cheiro e o gosto de sangue a quilômetros de distância.

— Agora estou nervosa — disse Jamie. — Mas acho que posso reverter esse conselho ruim em dicas para não virar comida de tubarão.

Ele lhe deu uma piscadela.

— Não foi para isso que você me pagou, mas tudo bem.

— Posso fazer uma pergunta que não envolve conselhos? — quis saber Jamie.

— Claro. Não precisa pagar.

Ela chegou um pouco mais perto dele.

— Você gosta do que faz? Se pudesse fazer qualquer coisa, continuaria dando conselhos ruins para ganhar a vida?

O homem riu. Na verdade, soltou uma gargalhada. Jamie achava que nunca ouvira um som tão parecido com uma gargalhada antes. E precisava tirar uma foto dele.

— Eu já fiz outras coisas além disso. Sou empresário. É isso que eu amo. Gosto de encontrar novas maneiras de convencer as pessoas a me darem dinheiro e acharem que fiz por merecer.

— Você com certeza fez por merecer. — Jamie se levantou. — Preciso pagar por uma foto?

O homem balançou a cabeça.

— Está no pacote.

Para o cara dos conselhos ruins, criatividade parecia fundamental. Ela achava que também gostaria de ter um emprego na indústria criativa. Quando era professora, se sentia muito censurada ensinando apenas o que cairia nas provas. Não havia tempo para promover atividades que estimulassem o interesse dos alunos pela história. Só precisava gravar determinados fatos nos cérebros deles para que conseguissem passar no vestibular e garantir a continuidade da escola.

Jamie seguiu pelo calçadão, passando por muitas outras oportunidades de gastar um dólar. Ela podia ter enfiado uma nota no biquíni rosa de um cachorrinho ou tirado foto com dois alienígenas de plástico. De acordo com uma placa enorme no formato de uma folha de maconha, poderia até fazer uma consulta médica por trinta dólares que, supostamente, seriam convertidos em créditos na loja ambulante de maconha medicinal ao lado.

Todo mundo por quem passava parecia estar contente e radiante, até ela se deparar com uma moça vendendo quadros. Devia ser difícil ver um monte de gente passando e ignorando suas obras completamente. Jamie se afastou para observar os quadros com mais atenção. A moça nem se deu ao trabalho de puxar papo ou erguer o olhar. Era óbvio que seu trabalho era criativo, mas isso não bastava.

As pinturas eram simples, apenas imagens comuns da praia. Jamie entendeu por que as pessoas não paravam. Paixão era assim mesmo. Só porque você é apaixonado por algo, não quer dizer que seja bom naquilo. Mas isso definitivamente não significa que você deve desistir. Se você tem uma paixão, deve correr atrás dela. Mas a verdade é que nem sempre ela vai ser seu ganha-pão.

Jamie não conseguiu criar coragem para fazer à moça as mesmas perguntas que fizera ao cara da cobra e ao homem dos conselhos. Parecia invasivo demais. No íntimo, ela não queria ouvir o que a mulher tinha a falar sobre seu nível de satisfação com o trabalho. Então se afastou, sentindo um pouco de culpa por não ter comprado nada.

Ela estava começando a ficar ansiosa com tantos estímulos. Um homem de turbante passou de patins, tocando violão ao mesmo tempo, e Jamie não deu muita bola a ele nem à adolescente vestida de sereia que soprava uma bola de sabão depois da outra. Ela acelerou o passo e, dez minutos depois, chegou ao píer em que combinara de se encontrar com Kylie, sua professora de surfe.

Apesar de ter chegado mais cedo, Kylie já estava lá. Sua camisa fúcsia estampada com as palavras Garota Surfista a destacava dos demais. Ela devia ter uns 30 anos e tinha braços torneados como os da Michelle Obama. Jamie respirou fundo e se aproximou.

— Oi. Eu sou a Jamie. Vim para a aula de surfe.

Era meio surreal ouvir a si mesma falando aquilo.

— Pronta para se divertir? — perguntou Kylie. — Porque diversão é minha maior prioridade. Não ligo se você não conseguir ficar em pé na prancha nem uma vez. Quero que saia daqui chapadona.

— "Chapadona"? — repetiu Jamie.

— Surfar dá "onda" — explicou ela. — Os seus níveis de dopamina e adrenalina aumentam, e as ondas, quando quebram, estão carregadas de íons negativos. Contanto que você não fique se preocupando em fazer tudo perfeito no primeiro dia, essa combinação vai fazer você sair daqui eufórica.

— Eu definitivamente não estou esperando isso — disse Jamie. — Seria ótimo me divertir.

— Tudo bem, vou pegar um neopreno para você. Venha.

Kylie fez um gesto para que Jamie a seguisse.

— Isso é roupa de mergulho? — perguntou Jamie. — Está tão quente. Precisa mesmo disso?

— A água deve estar uns 15 graus, então, sim — respondeu Kylie enquanto as duas caminhavam. Ela entrou numa lojinha de surfe e tirou o traje de mergulho e duas sacolas plásticas de trás do balcão. E passou tudo para Jamie. — Coloque as sacolas nos pés. Isso vai te ajudar a passar as pernas. Depois coloque nas mãos, quando for vestir as mangas. — Ela afastou uma cortina com estampa de palmeiras, revelando um provador apertado. — Precisando de ajuda, é só chamar.

Jamie entrou no provador e fechou a cortina. Então ficou só de biquíni e colocou as sacolas plásticas nos pés.

— Ah, tome aqui. — Kylie jogou uma blusa de lycra lá dentro. — Vista por baixo do neopreno para não ficar com assaduras.

— Assaduras?

Jamie estava começando a achar que devia ter pesquisado um pouco sobre o esporte antes da aula.

— Você pode ficar assada por causa da fricção entre o neopreno e a sua pele — respondeu a professora.

Jamie vestiu a camisa verde-limão apertada. Então tentou enfiar um pé na roupa. Puxou de um lado, depois de outro. Nada aconteceu. Puxou mais um pouco. Repuxou. Empurrou. E conseguiu enfiar o macacão até a panturrilha.

— Acho que é o tamanho errado.

— Não está, vá com calma — aconselhou Kylie. — Vai alargar na água.

Jamie tentou de novo. Com os músculos dos braços doendo, conseguiu subir a perna do macacão até o joelho. Então empacou na coxa.

— Esse negócio não pode cortar minha circulação, não? — gritou ela, pulando com o pé livre.

— Olha... Nunca vi isso acontecer, não, mas...

A hesitação e aquele "mas" foram suficientes para Jamie.

— Acho que não consigo sentir os dedos do pé! — gritou ela. — Acho que essa roupa aqui só vai sair se você fizer um corte nela.

A cortina foi afastada, dando a Kylie, ao cara atrás do balcão e a outros dois sujeitos uma visão completa de Jamie em sua camisa de surfe, biquíni e parte do Traje da Morte.

— Ela vestiu a... — começou o cara atrás do balcão, mas não conseguiu terminar. Estava rindo demais. Os dois clientes riam também. Até os lábios de Kylie estavam tremendo.

— Desse jeito não ia passar nunca, doidinha! Você estava tentando passar a perna pela manga — explicou Kylie. Seus lábios continuavam tremendo, mas ela não riu.

— Ahhh... Está explicado. — Jamie se sentia uma imbecil. — Não esperava ficar tão nervosa assim.

O origami no estômago de Jamie parecia ter adquirido a forma de um porco-espinho com milhares de espinhos afiados.

— Vamos do início.

Kylie indicou um banquinho no canto do provedor e fechou a cortina. Então soltou a perna de Jamie das garras do neopreno, ajeitou as sacolas de plástico e começou a passar o pé dela com delicadeza pelo buraco certo. Comparada com a manga, a perna do macacão parecia quase larga.

Cerca de cinco minutos depois, Kylie fechava o zíper do neopreno.

— A gente já está se divertindo? — perguntou ela.

— Bom, se eu tinha alguma remota expectativa de fazer tudo perfeito, ela já foi por água abaixo — respondeu Jamie. — Então acho melhor eu me divertir.

Kylie deu um tapinha nas costas dela.

— É isso aí, doidinha.

— Por que doidinha? — Era a segunda vez que Kylie a chamava assim.

— É como eu costumo chamar os alunos novos — explicou a professora. — Está pronta?

Ela acenou com a cabeça para a cortina.

— Na medida do possível — respondeu Jamie, e Kylie afastou a cortina, fazendo os homens rirem.

— Dê uma voltinha — sussurrou ela para Jamie, que lhe obedeceu.

Os homens lhe deram uma salva de palmas enquanto ela desfilava até a porta.

Saindo da loja, Kylie lhe passou uma prancha de espuma amarela. Jamie achou que receberia uma como a da professora — fina e polida, algo que não parecesse ser feito do mesmo material que um macarrão de piscina. Talvez ela estivesse, sim, querendo que fosse tudo perfeito. Tinha fantasiado algumas vezes que surfava num tubo, toda descolada.

A professora pareceu perceber sua decepção.

— Os novatos sempre começam com uma prancha de espuma. É mais fácil manter o equilíbrio numa superfície macia. E, se... aliás, "quando" você cair, não vai doer tanto se ela acertar sua cabeça. Vou prender seu tornozelo numa cordinha ligada à prancha.

Kylie ergueu uma cordinha turquesa com uma faixa de velcro em cada extremidade.

— Vamos começar pela corrente lateral — disse ela enquanto as duas seguiam para a praia.

— Pela corrente lateral? Não está muito cedo para isso? Essa não é a parte mais perigosa? — perguntou Jamie.

— Só nos rios. No mar, a corrente lateral é a parte em que as ondas quebram perto da costa. O único perigo vai ser quando você pegar sua primeira onda, porque não vai querer mais fazer outra coisa da vida. Nunca mais vai querer sair da água — respondeu Kylie. — As ondas próximas à costa são as melhores para você se acostumar com a prancha, e assim a gente fica longe dos surfistas mais experientes. Em geral eles são chatos, agem como se fossem os donos da praia.

Elas foram em direção ao mar.

— Vamos direto para a água. Como eu disse, nossa ideia é nos divertir, e não acho que ficar treinando os movimentos na areia seja a melhor forma de ensinar alguém a surfar. A gente vai se afastar um pouco da margem. Você precisa segurar a prancha na lateral do corpo, com uma mão em cada borda. Segure dos dois lados — explicou ela. — Mantenha o corpo a um braço de distância da prancha. Você não quer que ela te acerte na cabeça quando derrapar.

— Não. Não, não quero — concordou Jamie enquanto elas entravam no mar.

Clique, pensou. Tinha começado a fazer isso. Quando estava sem o celular e queria guardar um momento, a palavra "clique" vinha à sua mente. E ela com certeza queria deixar registrada sua primeira vez no oceano Pacífico — numa prancha de surfe.

— Certo, agora vire a prancha na direção da praia — gritou Kylie. — Olhe para trás, espere por uma onda boa, grande o suficiente para te carregar. Não vá nas que já estão quebrando.

Jamie analisou as ondas que se aproximavam. Ela não fazia ideia de qual a carregaria.

— O que seria grande o suficiente?

— Com essa prancha, não precisa ser grande demais — respondeu Kylie. — Quando ela chegar, deite e comece a remar com as mãos. Faça isso até sentir a onda te pegar. Lembrando: divirta-se!

Jamie assentiu com a cabeça. Era difícil escolher uma onda e se divertir ao mesmo tempo.

— Aquela? A segunda?

— Está ótima! — respondeu Kylie.

Jamie se posicionou na prancha, pendendo para lá e para cá antes de alcançar o equilíbrio, e começou a remar. A onda a pegou — e a carregou até o fim. Ela caiu no último instante, mas se levantou com uma risada.

— Amei! — gritou ela. — Foi muito legal! Vamos repetir!

No fim da aula, Jamie tinha conseguido levantar na prancha três vezes e estava realmente chapadona. Parecia que tinha bebido champanhe, champanhe e sol; seu corpo todo formigava. O sorriso não saiu do seu rosto por toda a caminhada de volta ao carro.

Embora ainda estivesse certa de que não transformaria o surfe numa carreira, agora tinha mais uma coisa para acrescentar à lista de coisas de que gostava. Não só gostava. Amava! Hoje com certeza tinha sido um dia digno do Meu Ano.

Mac ronronava enquanto amassava pãozinho no cabelo de Jamie. Hoje, sua humana parecia feliz, e novos cheiros indecifráveis a cercavam. Ele poderia passar a noite inteira ali, mas sabia que Jamie ainda precisava de um companheiro de bando. Cachorros e humanos tinham disso.

A culpa não era dela. E havia outras pessoas lá fora que precisavam da sua ajuda. Embora não fossem seus humanos, Mac não podia ignorar a solidão deles, ainda mais quando todos pareciam burros demais para resolver seus problemas. Talvez não fosse burrice. Talvez só tivessem péssimos narizes.

Mac se levantou, espreguiçou-se e pulou da cama. Hora de botar a mão na massa. Ele adentrou a noite e seguiu furtivamente até a casa da garotinha, sentindo necessidade de verificar a situação dela. Espremeu-se por uma fresta aberta na janela e foi até o quarto. O pônei de plástico estava guardado numa caixa que continha o cheiro da mulher. Havia alegria naquele cheiro, e felicidade no da menina. Satisfeito, Mac resolveu partir, mas antes parou perto do sofá. A outra garota estava ali de novo, fedendo a raiva e mágoa. Ela não era pequena, mas também não era grande. Mac se lembrou de quando estava nessa fase. Às vezes, era como se uma loucura tomasse conta de seu corpo, fazendo-o correr em círculos e subir cortinas. Ele abriu a boca e provou o cheiro, sentindo todos os sabores. Ia ver o que podia fazer por ela.

Mas, primeiro, um pouco de diversão. Com o rabo para cima e o bigode se contraindo, Mac seguiu para a casa do babacão. Ele não estava no quintal, mas estava por perto. Mac enfiou a cabeça na portinha do cachorro, deu uma olhada rápida e entrou. Um segundo depois, ouviu o latido escandaloso do idiota. Mac correu para a cozinha e pulou em cima da bancada. Então empurrou um pote até a borda e, quando o grandalhão se aproximou, deu uma última bela patada. Os latidos se transformaram num uivo no momento em que o pote acertou a bunda do cachorro. Um pó branco que Mac não identificou cobriu o pelo dele.

O gato começou a empurrar outro pote.

— Catioro, posso saber o que você está fazendo? — gritou o companheiro de bando do cachorro.

E passos soaram na escada.

O babacão finalmente encontrou Mac — bem na hora em que ele derrubava o segundo pote da bancada. O cão pulou para trás com um uivo. A bomba de Mac errou o alvo, mas fez um *pá* daqueles quando bateu no piso, derramando café para todo lado. Ele sabia que era café pelo cheiro. Aquilo ali era a erva-de-gato da Jamie.

O homem entrou na cozinha.

— Você ficou doido? — gritou ele.

O cachorro se deitou e mostrou a barriga. Que patético. Mas isso deu a Mac a oportunidade perfeita para fugir. Ele saiu em disparada na direção da porta, mas então virou-se e subiu a escada. Pegaria alguma coisa para Jamie. Ele sabia que sua humana sentira o cheiro do homem na camiseta, mas *nada* tinha feito a respeito. Talvez precisasse de um lembrete. Às vezes, Mac precisava lembrá-la até do café da manhã, e Jamie sabia que ele gostava de comer assim que acordava.

Mac decidira que continuaria oferecendo outras opções a Jamie, embora o cheiro daquele homem fosse seu preferido e ele precisasse de uma companheira de bando tanto quanto Jamie, talvez até mais. Mac continuaria levando cheiros para casa e, com o tempo, tinha certeza de que ela saberia o que fazer.

CAPÍTULO 7

Jamie gemeu quando se esticou para pegar a comida de Mac. A aula de surfe de ontem tinha sido espetacular. Mas ela só foi perceber que seu corpo estava um caco quando acordou naquela manhã. Suas costelas doíam, seus braços doíam, até seus dedos do pé doíam. Remar não parecia algo que exigia muita força, mas, agora, Jamie sabia como Kylie tinha conseguido aqueles bíceps. Ela imaginou que os dedos estivessem doendo porque os tensionara para se firmar na prancha, mas não fazia ideia de por que suas costelas doíam. Tinha caído algumas vezes, mas também não era para tanto.

— Eu estou viciada — disse ela a Mac, que se enroscava em seus tornozelos. — Já marquei outra aula. Talvez fosse bom começar a fazer uns exercícios de condicionamento. Levantar peso. — Brincando, Jamie pegou Mac no colo e o ergueu acima da cabeça. O gato soltou um miado irritado, e ela gemeu de dor. — Péssima ideia — disse enquanto o devolvia ao chão.

Mac a olhou de cara feia, mas Jamie sabia como conquistar seu perdão. Encheu a tigela dele com ração de carnes de veado e salmão.

Agora que o problema do gato estava resolvido, ela resolveu focar em si mesma. Sua vontade era ficar de molho numa banheira cheia de sal de Epsom. Não que tivesse isso em casa. Será que sal comum funcionaria? Optou por um banho de espuma. Havia comprado um gel de banho novo, de lavanda e manjericão, numa lojinha ali perto. Delicioso. A dona da loja lhe mostrara o estoque nos fundos e a deixou tirar algumas fotos. Jamie adorou a paixão com que a mulher falava das propriedades das plantas.

Ela começou a encher a banheira com a água mais quente que pudesse suportar, mas logo fechou a torneira. Precisava dar uma olhada na varanda antes. Se não fizesse isso, passaria o banho inteiro se perguntando se havia alguma coisa no capacho.

Jamie foi até a porta e a abriu, então se forçou a olhar para baixo. Havia um chinelo masculino velho, uma escova de cabelo, um boné de baseball e um lenço amassado e úmido. Quem estava fazendo aquilo? O que significavam aquelas coisas? Talvez ela devesse colocar um bilhete na porta avisando que Desmond se mudara. Os objetos só podiam ser para ele. Ou seria uma brincadeira das crianças do condomínio? Ela resolveu perguntar a Ruby se algo além do pônei tinha aparecido em sua porta.

E se não fossem as crianças? Será que aquilo tudo pertencia ao mesmo cara? Será que alguém estava obcecado por ela? Por quê? A cidade estava cheia de modelos e atrizes para um maluco perseguir. A ideia de ter virado alvo de alguém era assustadora. Jamie tentou ignorar esse pensamento. Muito, muito assustadora. E as cuecas eram de tamanhos diferentes, o que queria dizer que...

— Bom dia, madame.

Jamie ergueu a cabeça e viu Hud Martin se aproximando. Então foi até a calçada correndo para falar com ele. Se visse aquela pilha de coisas aleatórias na varanda de Jamie, ele faria perguntas, muitas perguntas. Ela não estava no clima para isso. Só queria um banho de espuma e um livro que a fizesse esquecer tanta esquisitice.

— Bom dia — disse ela, forçando um sorriso. — Vai pescar?

O vizinho vestia o colete de novo.

— Esse é o plano, mas alguma coisa sempre acontece para me impedir — respondeu ele. — Hoje é um calçado desaparecido. — E tirou um caderninho de dentro do bolso. — Uma percata. Tamanho 42. Estampa de mosaico. Você a viu por aí?

O coração de Jamie começou a bater mais rápido. Ela se sentia culpada, apesar de não ter motivo para isso. Será que devia contar a Hud que a percata aparecera em sua varanda? Ela com certeza seria interrogada. Mas se ele visse o calçado por conta própria...

— Na verdade, vi, sim — respondeu ela. Talvez Hud lhe ajudasse a desvendar o mistério. Pelo que Al dissera, o homem vivia procurando algo para solucionar. — Apareceu um igualzinho no meu capacho hoje. — Jamie deu um passo para trás e apontou. — Junto com aquela escova e aquele boné. Ah, e um lenço de papel também.

— Você está me dizendo que essas coisas simplesmente apareceram assim, do nada.

— Simplesmente apareceram assim, do nada — concordou ela. Hud anotou algo em seu caderninho. — Será que você pode devolver a percata? Ou me dizer quem é o dono?

— Você está me dizendo então que nunca tinha visto esses objetos antes?

— Exatamente.

Hud a encarou. Jamie o encarou de volta.

Se Ruby não tivesse aparecido, talvez os dois ficassem se encarando para sempre. O detetive voltou sua atenção para a outra mulher.

— Sua visita tem algum propósito?

— Precisa ter? — perguntou Ruby. Hud lhe lançou um olhar severo. Ele era quase tão bom naquilo quanto Mac. A vizinha suspirou. — Você fala como se eu precisasse de um motivo para andar pelo meu próprio condomínio. Só vim visitar minha amiga — ela gesticulou com a cabeça para Jamie — e perguntar como foi a aula de surfe.

Hud voltou a focar em Jamie.

— Aula de surfe. É uma atividade meio cara, não?

Jamie estava ficando cansada de ser intimidada.

— Se eu estivesse usando produtos roubados para financiar minhas aulas, você não acha que eu teria pegado o outro par da percata?

— Então você pensou no que seria mais lucrativo? — perguntou Hud.

— Preciso de ajuda — disse Jamie para Ruby. — Por favor, me ajude.

— É interessante que vocês duas sejam amigas — continuou Hud antes de a outra mulher intervir. — Já que um objeto roubado também apareceu na casa dessa bonita aí, e ela alegou não saber como isso aconteceu.

— Quer saber de uma coisa? Eu fiquei com pena da menina, Riley, então fiz um estábulo para o pônei. E ela adorou — disse Ruby.

— E isso fez você se sentir bem, não foi?

Hud soltou uma tesourinha do cordão ao redor do pescoço e começou a usar uma das lâminas para limpar embaixo das unhas.

— Eu me senti ótima. Nunca tinha visto alguém sorrir tanto — respondeu Ruby.

— A mente criminosa é fascinante — comentou Hud. — Nós achamos que os fins justificam os meios. Temos pensamentos vingativos. E, muitas vezes, os crimes são cometidos por causa dessas coisas. Porém, para algumas pessoas, o cérebro funciona de um jeito mais estranho, mais doentio. Um criminoso poderia, por exemplo, roubar para ser visto como herói ao devolver aquilo que ele mesmo surrupiara.

— Então você acha que eu roubei um pônei de brinquedo só para fazer um estábulo para ele e receber a gratidão e o reconhecimento de uma menininha? — perguntou Ruby.

— Eu disse isso? — rebateu Hud, arregalando os olhos e se fingindo de inocente.

Não era de admirar que ele nunca tivesse estrelado outro seriado, pensou Jamie. O cara era um péssimo ator.

— Sim, disse — respondeu Ruby.

— E o que que eu vou fazer com um lenço de papel usado? — perguntou Jamie. — Você acha mesmo que existe algum motivo para alguém querer roubar um lenço de papel usado?

Hud continuou limpando as unhas.

— O bandido inteligente sabe que é importante induzir os investigadores ao erro.

Jamie revirou os olhos.

— Vou entrar. Você vem comigo? — perguntou ela a Ruby.

— Claro. Temos muitos crimes para planejar — respondeu a outra mulher.

— Às vezes, criminosos com psicoses parecidas se unem. Sempre acaba em tragédia — gritou Hud para elas.

— Ele é muito sutil, muito Sherlock Holmes.

Jamie abriu a porta para a vizinha.

— Eu quase confessei. Quase admiti que somos a Thelma e a Louise do Conto de Fadas — disse Ruby.

— Preciso de um café. Quer uma xícara? — perguntou Jamie, seguindo para a cozinha.

— É claro.

Ruby sentou-se à mesa, e Mac pulou no seu colo na mesma hora.

— Nossa. Mac geralmente demora para honrar alguém com sua presença — disse Jamie. — Você se importa?

— De jeito nenhum.

Ela coçou o queixo de Mac, e os olhos dele quase se fecharam, entrando num transe de prazer.

— Você encontrou mais alguma coisa na sua varanda? — perguntou Jamie enquanto servia duas xícaras generosas de café e as colocava na mesa.

— Não. Mas você, pelo visto...

— Pois é. Desde a nossa última conversa, recebi uma camisa suada e as coisas dessa manhã. Estou me esforçando muito para não surtar.

Jamie acrescentou duas colheres bem cheias de açúcar no seu café e deu um gole.

— É estranho mesmo. Mas não parece maldade.

Ruby continuou a fazer carinho no queixo de Mac.

— E o ex-detetive de televisão? Ele vai nos entregar? — perguntou Jamie.

A outra mulher riu.

— Para quem? Além do mais, ele está se divertindo demais com o mistério para encerrar o caso. Mudando de assunto, como foi a aula de surfe?

— Que bom que você me deu a ideia. Foi maravilhoso. Já me viciei. E meu corpo está todo dolorido — respondeu Jamie.

— Imaginei que você fosse gostar. E a Kylie é ótima.

— É mesmo, adorei que para ela o que importa é a diversão. E ela parecia estar se divertindo também. Olha só as fotos que eu tirei. — Jamie pegou o celular, abriu a galeria e passou o aparelho para a vizinha. — Acho que meu emprego dos sonhos seria algo assim. Quero que seja divertido, pelo menos um pouco.

— Ficaram ótimas — elogiou Ruby, passando as imagens. — Você conseguiu captar bem a personalidade dela. E adorei essa do cara vendendo conselhos ruins.

— Obrigada.

— Jamie! A Marie chamou você para jantar com a gente amanhã — berrou Al.

— O que ele faz no inverno, quando as pessoas se trancam em casa? — sussurrou ela para Ruby. Então, gritou a resposta: — Maravilha! O que eu levo?

— Nada. Mas a Marie disse para você usar um vestido. Chegue às sete.

— Ih — comentou Ruby.

— Não vai ser tão ruim assim. Eu gosto deles — disse Jamie.

— Eu também. Já fui jantar lá. Mas a Marie nunca mandou o Al me dizer o que vestir. — Ruby tomou um gole de café e sorriu. — Amiga, acho que vão te apresentar alguém amanhã à noite.

— Mas eu falei para a Marie e para a Helen que não quero conhecer ninguém. Falei para as duas! — exclamou Jamie.

— Você não conhece a Marie há muito tempo, mas aposto que já percebeu que aquela mulher faz o que quer.

— Se for isso mesmo, é bem capaz de ela ter convidado o sobrinho-neto. Está sempre falando nele. E a Helen é outra que vive falando do afilhado. Será que fica feio se eu não for? Dizer que estou doente?

— A Marie vai aparecer aqui com refrigerante, biscoitos e canja de galinha para cuidar de você e confirmar se seu álibi é verdadeiro — previu Ruby. — Não tem jeito. Acho melhor você acabar logo com essa história.

Jamie suspirou.

— Tem razão. E é só um jantar com Al e Marie. Não vai ser tão ruim assim.

Vai ser só uma meia horinha, disse David a si mesmo. Ele esperava ficar um pouco nervoso. Fazia muito tempo — muito, muito tempo — que não saía com alguém. Mas não imaginara que estaria suando entre os dedos da mão.

E aquilo nem chegava a ser um encontro. Seria um bate-papo rápido para os dois confirmarem com quem estavam se metendo. Ele dissera a Madison, a adolescente que trabalhava meio expediente na confeitaria, que uma amiga passaria lá. A garota não precisava de mais informações e estaria ocupada com os clientes. Muita gente parava ali no caminho de volta para casa. Da próxima vez, ele marcaria num lugar onde não conhecesse ninguém.

David olhou para o relógio. Dez para as seis. Então levou um prato com alguns cupcakes alcoólicos para uma mesa perto da janela e se sentou. Passou um guardanapo entre os dedos para secar o suor enquanto revisava mentalmente as perguntas que faria para puxar conversa. Bem, tinha bolado algumas delas com a ajuda do Google. "Qual é seu emprego dos sonhos?", "Você prefere cachorros ou gatos?"

e a clássica: "Como foi seu dia?" Talvez usasse a pergunta favorita de Ruby para quando estava conhecendo alguém: "Qual seria o título do filme da sua vida?" Normalmente, David achava fácil conversar com as pessoas, mas aquela situação não era normal.

Ele resistiu à tentação de verificar a foto de Sabrina de novo; não era como se fosse esquecer a cara dela. Os dois trocaram algumas mensagens durante o dia, e ela parecia interessante. Tinha um senso de humor rápido, apesar de não ter entendido uma referência a *Pulp Fiction*, e a gente sempre fica com um pé atrás quando alguém não é perito em *Pulp Fiction*.

A campainha tocou, a porta se abriu, e lá estava ela. Sua foto não era enganosa. Adam lhe avisara que talvez fosse. Mas ela era igualzinha... até sair de trás da bancada diante da porta e exibir o corpo inteiro.

Ela estava grávida. Grá-vi-da. Oito meses? Mais? David não sabia. Mas *muito* grávida, talvez até prestes a parir. O cérebro dele começou a emitir instruções. *Sorria. Não olhe para a barriga. Apresente-se.*

David sorriu. Ficou de pé.

— Sabrina?

Ela sorriu para ele. Um sorriso bonito.

— David?

Ele assentiu com a cabeça, indicou a outra cadeira na mesa.

— Cupcakes alcóolicos, como prometido.

— Que maravilha. — Ela se sentou, pegou um dos cupcakes e deu uma mordida. — Meu namorado ia ter um treco se me visse comendo isso. Ele morria de medo de eu engordar.

— Namorado — repetiu David.

Será que seu primeiro encontro pelo Tinder seria com uma mulher grávida que tinha namorado?

— *Ex*-namorado — corrigiu-se ela. — Ele dizia que não era para eu comer besteira, porque não era saudável para mim nem para o bebê. Mas, convenhamos, ele não queria era que eu engordasse. Acho que ele espera... Acho que ele esperava que eu já saísse do hospital de biquíni. — Ela deu outra bocada no cupcake. — Que delícia.

Pelo jeito, ela tinha terminado há pouquíssimo tempo. Que merda ele estava fazendo ali?

— Você quer um café, um chá ou alguma outra coisa? — perguntou David.

Agir com naturalidade, tomar um café com ela, dizer que tinha sido um prazer conhecê-la e seguir com sua vida. Era essa a merda de encontro que ele teria.

— Café, por favor — disse Sabrina. — Outra coisa que meu namorado, digo, ex-namorado, não queria que eu consumisse. O médico disse que um pouco de cafeína não me faria mal, mas isso não bastou para o Patrick. Ele queria que eu passasse nove meses sem café. Mas ele não estava disposto a abrir mão do seu expresso duplo para me dar apoio moral. Vivia me dizendo que não era ele quem estava grávido, que pouco importava para a saúde o bebê o que ele comia e que eu era doida de pedir a ele que abrisse mão das coisas.

— Já volto — avisou David.

Então enrolou para pegar os cafés, o leite e o açúcar de trás da bancada e voltar para a mesa.

— Acho que eu devia ter perguntado antes — disse Sabrina quando ele se sentou. — Tem muito álcool nesses cupcakes?

— Acho que você precisaria comer uma dúzia deles para bater o teor alcoólico de uma cerveja — respondeu David. — Acho que só se você virasse o saco de confeitar na boca.

Ela passou o dedo na cobertura de um cupcake e o lambeu.

— Nem vou perguntar quantas calorias. Os últimos oito meses e meio demoraram para passar.

— Imagino — disse David.

Ele teve vontade de olhar as horas, mas se conteve. Depois que ela terminasse o café, coisa que, se Deus quisesse, seria rápido, ele daria uma desculpa para ir embora.

Sabrina soltou uma risada irônica.

— Os homens sempre tentam se fazer de bonzinhos e compreensivos. Mas vocês nunca vão conseguir entender como é, nunca, não sei nem por que tentam.

A voz dela se tornara aguda, os olhos brilhavam, histéricos. Ou talvez fosse o excesso de açúcar. Sabrina já tinha partido para o segundo cupcake.

— É verdade, você tem razão — retrucou David, mantendo um tom baixo e tranquilo. — Os homens jamais vão saber como é engravidar.

Ela começou a mastigar com tanta força que dava para ouvir seus dentes rangendo.

— E, agora, você está falando desse jeito todo calmo e acuado, como se eu fosse um animal raivoso prestes a atacar.

Isso mesmo, pensou David. Nada do que ele falava parecia agradá-la, então ele parou para colocar açúcar no café.

— Viu só? Você quer que eu pare de comer açúcar, mas fica adoçando o seu café bem na minha cara — acusou Sabrina.

— Espera aí — disse David. — Eu nem te conheço, não quero nada de você.

— Então você não se importa com o bebê.

Ela terminou o segundo cupcake e pegou do prato dele o que ele estava comendo.

— Olha, claramente esse não é o melhor momento para você engatar num novo relacionamento. Espero que dê tudo cer...

Sabrina nem o deixou terminar.

— Você tem nojo de mim. É impossível ter um bebê sem engordar. Impossível.

— Não vou ficar batendo boca com você. Vou embalar alguns cupcakes para viagem.

David se levantou tão rápido que quase derrubou a cadeira. Ele foi para trás da bancada, a cabeça girando enquanto colocava meia dúzia de cupcakes numa sacola. Será que conseguiria tirá-la dali sem um escândalo? Será que ela surtaria e daria à luz ali mesmo? Isso era possível?

Ele olhou para Madison. A garota o encarou. Ela não ia ajudar.

— Aqui está — disse David quando voltou para a mesa. Ele colocou a sacola na mesa e nem se sentou. — Coloquei alguns de Cabernet. Os outros não têm álcool.

— Eu podia ter escolhido, sabe — reclamou Sabrina. — Li quatrocentos livros sobre gravidez. Sei o que posso e o que não posso comer.

— Sim. Claro.

David deu um passo para trás, erguendo as mãos, se rendendo. Um cachorro, amigos, um emprego de que gostava, tudo isso parecia ótimo. Parecia bom demais.

A campainha tocou, e um homem alto e ruivo com cabelos ralos entrou correndo.

— Que porra é essa, Sabrina? — gritou ele.

Ela empinou o queixo no ar.

— Você me pegou. Estou comendo cupcakes. Alcóolicos. E estou tomando café. Se você se importasse com o bebê, não estaria gritando desse jeito comigo. Você sempre diz que o estresse faz mal para o bebê.

— E eu lá quero saber de porra de cupcake — disse o homem, numa mistura de sussurro e berro. — Estou falando de você sair com outro cara.

— E eu estou errada? — perguntou Sabrina. Ela abriu a sacola para viagem, pegou um cupcake e enfiou metade na boca, com papel e tudo. — Você já deixou claro que não quer ficar comigo. Sou gorda, egoísta e burra demais para o seu gosto.

David se afastou um pouco mais. Madison se inclinou para a frente, de boca aberta.

— Você sabe que isso não é verdade, amor — disse Patrick num tom cantarolado. Ele se ajoelhou ao lado de Sabrina e passou os braços ao redor dela. — Você é perfeita. Totalmente perfeita.

Madison lançou um olhar embasbacado para David. O outro homem se virou para ele também, sua expressão ficando severa.

— Isso é atitude de homem, dar em cima de uma mulher quando ela está vulnerável, cheia de hormônios?

— Eu nem... — David não terminou a frase. Qualquer coisa que dissesse irritaria Patrick, Sabrina ou os dois. — Desculpe.

Ele estava mesmo arrependido. Aquilo tinha sido um erro absurdo, enorme, colossal.

— Vamos para casa — disse Patrick para Sabrina, acariciando sua barriga.

Ela pegou impulso e se levantou. Então sorriu para David como se não estivesse prestes a lhe apunhalar com um garfo poucos minutos antes.

— Você parece um cara legal. Tenho certeza de que vai encontrar alguém que te faça feliz. Mas eu não sou essa pessoa. Criei o perfil quando estava chateada.

— Sem problema.

Ele observou Sabrina e o não ex-namorado saírem da confeitaria. Ficou olhando até os dois sumirem de vista. Então tomou fôlego.

— Ela parece ter transtorno do apego reativo. Ele, transtorno de personalidade dependente — analisou Madison.

Ela queria estudar psicologia na faculdade e diagnosticava todos os clientes.

— O meu diagnóstico é que são dois doidos de pedra — disse David. — Vou para casa.

Seu plano era levar Catioro para dar uma volta, tomar uma cerveja, ver algum esporte, qualquer um, na televisão e não pensar em mais nada até a manhã seguinte. Mas, quando chegou a sua casa, deu de cara com Zachary sentado nos degraus da entrada, com Catioro encostado nele. O garoto parecia preocupado com alguma coisa.

— E aê, mano? — perguntou ele ao se sentar também.

Catioro se levantou e colocou a bunda na cara do dono. David começou a coçá-la.

O garoto ergueu um caderninho com uma estampa felpuda de zebra roxa.

— Encontrei isso na minha porta hoje cedo.

David pegou o caderno e o abriu. A primeira página exibia um aviso escrito em letras garrafais, com canetinha preta: "SE VOCÊ LER ISSO, VAI SER ESQUARTEJADO."

— É o diário da Addison Brewer — disse Zachary.

— Você leu? — perguntou David, devolvendo o caderno.

— Não. Quer dizer, só um pouco. Para ver de quem era — admitiu ele. — Agora não sei o que fazer. Se eu devolver, é capaz de ela me matar, porque vai achar que li tudo.

— Mas você leu — lembrou David.

— Não tudo — disse Zachary. — Pensei em deixar na porta dela, mas e se ela me pegar? Vai me matar. Tem um monte de coisas bem pessoais aqui...

— Coisas que você não leu.

— Não tudo — repetiu o garoto. — Mas ela deve estar doida atrás dele. Mais doida. Talvez você pudesse...

— De jeito nenhum. Eu faria um monte de coisas por você, Zach, mas prefiro não me arriscar a ser esquartejado — disse David.

— E se a gente deixar o Catioro mastigar ele?

O cachorro começou a balançar o rabo quando ouviu seu nome associado a algo que envolvia comer.

— Tenho certeza de que ele adoraria. Mas não. Você tem ideia de quanto custaria para costurar as patas dele de volta? — David pensou por um instante. — Que tal mandar pelo correio? A gente pode imprimir uma etiqueta com o endereço e usar luvas. Assim não vai ter caligrafia nem digitais.

— Genial. — Zachary se inclinou para trás, apoiando os cotovelos no degrau acima do que estava. — Sabe que, nas páginas que eu li...

— Aquelas que tinham texto.

— Eu não li tudo! — reclamou o garoto. — Mas vi algumas coisas que fazem o namorado dela parecer meio idiota.

— Você não precisava ter lido nada para saber disso. — Os dedos de David estavam começando a doer, mas, quando parou de coçar Catioro, o cão lhe lançou um olhar tão pidão que ele retomou o carinho. — Todo mundo aqui no conjunto já ouviu ela berrando com ele no celular. Mas acho que, além do namorado dela ser um babaca, a Addison tem algumas expectativas pouco realistas.

— Não acho que seja demais querer que seu namorado pegue na sua mão na frente dos amigos, que apareça quando diz que vai aparecer ou que se lembre do seu aniversário. Até eu me lembro do aniversário dela — argumentou o garoto.

Zachary tem uma quedinha pela Addison, percebeu David. Ele suspeitava que o incidente da marca vermelha na testa tivesse a ver com alguma garota, mas jamais imaginaria que seria Addison Brewer. Não que ela não fosse bonita. Mas, como o próprio Zachary dizia, a garota era um pouco histérica. Fazia mais ou menos um ano que se comportava assim. Mas talvez fosse porque seu namorado era um embuste.

Ele olhou para Zachary. Será que o garoto sabia que tinha uma quedinha pela vizinha?

— Mando um bilhete com o diário? — perguntou Zachary. Então se empertigou. — Acabei de perceber uma coisa. Você não acha que a Addison vai desconfiar se receber o diário pelo correio se ela não anotou o endereço nele? Pode ser que ela ache que está sendo perseguida por algum doido.

— Verdade... Já sei! A Ruby está fazendo um estábulo para o pônei de brinquedo da Riley. Vou ver se consigo deixar o diário com ela... aí, quando ela for lá de novo, pode enfiar o caderno embaixo do sofá ou em outro canto, sei lá. Desse jeito, a Addison nunca vai saber que alguém leu as coisas dela.

— Genial. — Zachary se inclinou para trás de novo. — Valeu.

— De nada — disse David. — Quer levar o Catioro para passear comigo?

Ao ouvir a palavra "passear", o cachorro entrou correndo pela sua portinha, que era redonda, para combinar com a entrada circular *à la* Hobbit.

— Pode ser.

Enquanto Catioro voltava com a guia na boca, o celular de David vibrou. Ele olhou a tela. Adam. O amigo não desistiria até saber como tinha sido o encontro com Sabrina.

— Preciso atender — disse ele a Zachary. — Vá na frente com Catioro. Eu encontro vocês.

— Beleza. — Zachary tirou a guia da boca do cachorro e a prendeu na coleira, então Catioro o arrastou quintal afora. David notou que o cão não deixou Zachary sair primeiro pelo portão.

Ele atendeu ao celular. Nem se deu ao trabalho de dizer "alô".

— Ela estava grávida. E tinha namorado — anunciou.

— Não deixe isso te desanimar — disse Adam quando conseguiu parar de rir. David ouviu a voz de Lucy ao fundo, e de Adam contando a ela o ocorrido. — A Lucy quer escolher a próxima, porque nós dois somos péssimos nisso.

— Preciso de um tempo para me recuperar — disse David. — Parece até que eu protagonizei uma cena dramática de novela mexicana.

— Nada disso — respondeu Adam. — Um tempinho para você é um ano. A Lucy vai olhar uns perfis e encontrar alguém legal.

Ele desligou antes que David pudesse recusar a oferta.

CAPÍTULO 8

Jamie se deitou de barriga no chão para tirar uma foto de Ruby e Riley olhando para o estábulo de Paula. Ruby decidira que uma das laterais deveria ficar aberta, como nas casas de bonecas. A expressão no rosto das duas era muito parecida — uma mistura de animação e concentração enquanto discutiam o que colocar na baia de Paula. Será que o pônei deveria ter uma cama, feno macio e dourado feito ouro, ou talvez algo feito de nuvens cor-de-rosa?

— Que tal assim? — perguntou Ruby. — Uma cama com dossel, mas com feno dourado em vez de um colchão.

— E um travesseiro de nuvem cor-de-rosa!

A menina bateu palmas, depois fez Paula aplaudir com as patas da frente.

Ruby tirou sua mala da cama de Riley e a colocou ao lado delas.

— Eu trouxe um monte de materiais diferentes. Vamos ver o que a gente pode usar para fazer o dossel.

Sorrindo, Jamie tirou mais fotos das duas analisando uma echarpe fininha com estampa de flores. Cor-de-rosa e roxas, é claro. *Ruby deve fazer a mesma coisa com os diretores*, pensou ela. Presta bastante atenção ao *que eles dizem e pensa na melhor forma de realizar suas vontades*. Era óbvio que a amiga encontrara sua paixão e a transformara em seu ganha-pão. E de quebra ainda a utilizava para fazer uma garotinha imensamente feliz.

A porta do quarto de Riley se escancarou de repente, e as três se viraram na direção do som. Addison, a irmã mais velha da menina, surgiu com seu diário em punho. Jamie sabia que era seu diário porque, no caminho até lá, Ruby tinha lhe contado que um garoto da vizinhança o encontrara na porta de casa, e sobrou para ela esconder o caderno pela casa de Addison para que ela não soubesse que alguém tinha lido suas intimidades.

— Riley, você disse que não tinha mexido no meu diário.

Addison balançou o caderno na direção da irmã.

— Não mexi — choramingou a menina.

— Então como é que ele foi parar atrás da poltrona, com seu caderno de colorir da princesa Sofia e sua varinha mágica? — questionou Addison.

— Não mexi — repetiu Riley.

— Eu estou sempre encontrando coisas em lugares onde não me lembro de tê-las colocado — disse Ruby, rapidamente. — Outro dia, encontrei um saco de ervilhas congeladas, que já *não estavam* mais congeladas, na minha gaveta de meias. Sério, na minha gaveta de meias.

— Também vivo deixando as coisas em lugares esquisitos — acrescentou Jamie. — Talvez você tenha deixado o diário em cima da poltrona, e ele caiu.

— Talvez — murmurou Addison. — Mas você não mexa nele, não importa onde esteja, ouviu, Riley? — disse ela antes de sair.

— Não mexi. — A menina levou a echarpe até a bochecha, então a passou pelas costas do pônei. — A Paula gostou dessa.

— Ótima escolha — elogiou Ruby. — Eu e a Jamie precisamos ir embora. Tenho que ajudá-la a se arrumar para um encontro.

— Não é um encontro — disse Jamie a Riley, sentindo-se boba por se justificar para uma menina de 4 anos.

— Acho que você devia manter a mente aberta, Jamie — rebateu a vizinha.

Ruby pegou sua mala, afagou o cabelo de Riley e deu um tapinha em Paula.

— Riley, eu vou fazer o dossel. Se a sua mãe deixar, você pode passar lá em casa amanhã e escolher o material para as nuvens e o feno.

— Deixa que eu levo ela depois da escola — gritou Addison da sala. — Ela só precisa voltar antes das sete. É quando a mamãe volta para casa, e ela gosta de jantar em família quando consegue chegar na hora.

A irmã mais velha parecia até animada. Devia ser difícil ter que cuidar da irmãzinha por tanto tempo, mesmo sendo uma menina tão fofa quanto Riley. A presença de Ruby fazia bem às três. Addison ficava com tempo livre. Riley recebia atenção. E Ruby aproveitava a companhia de uma criança. Jamie lembrou que a vizinha pareceu triste quando mencionou que não conseguira ter filhos.

— Combinado, então — disse Ruby. — Até amanhã, coisa fofa.

— Tchau! Obrigada por me deixarem vir também — acrescentou Jamie.

— Tchau! — respondeu Riley, olhando para o estábulo de Paula como se já pudesse ver a cama com dossel lá dentro.

Jamie e Ruby mal saíram da casa e ouviram um grito. Elas voltaram correndo.

— O que foi isso, gente? O que é que está acontecendo? — gritou Ruby, olhando de uma irmã para a outra.

Addison jogou o celular no chão.

— O que está acontecendo é que meu namorado é um... — Ela olhou para a irmãzinha. — Ele não é muito legal. Acabou de me mandar uma foto no McDonald's com os amigos, e tem uma garota que trabalha lá, a Olivia, que estuda com a gente, praticamente sentada no colo dele. E ele está adorando. Mandou a foto para um monte de gente. Acho que nem percebeu que mandou para mim também. Mas não importa. O fato é que ele é um... Ele não é legal.

— Há quanto tempo vocês estão juntos? — perguntou Jamie enquanto Ruby levava Riley de volta para o quarto.

— Dois anos. Isso sem contar os intervalos de tempo entre um término e outro — respondeu ela. — Eu não conto porque a gente sempre volta.

— Faz sentido — disse Jamie.

— A Riley pediu para avisar que o grito assustou a Paula, mas que o pônei passa bem — anunciou Ruby, voltando para a sala. — Não vou mentir, Addison, esse seu berro fez meu coração parar por um segundo. Parecia mais um grito de alguém sendo esfaqueado do que de alguém chateado com o namorado.

A garota pegou o celular.

— Vou falar para ele que vai terminar pegando câncer se continuar vivendo à base de hambúrgueres gordurosos e Asepxia — disse ela.

— A gente precisa ir — avisou Ruby. — Não esquece de levar a Riley lá para casa amanhã.

— Pode deixar — falou Addison, os olhos grudados no celular.

— Eu estava pensando na melhor forma de dizer para ela que está perdendo tempo com esse menino — comentou Jamie quando as duas saíram da casa. — Mas tudo que eu pensei em falar pareceria sermão, sendo que eu mesma sou perita quando o assunto é ficar presa em relacionamentos abusivos.

— Quem nunca? — perguntou Ruby enquanto seguiam para a casa de Jamie. — Eu devia ter percebido que eu e meu ex não queríamos as mesmas coisas antes de nos casarmos. Tirando que agora ele tem filhos, então talvez ele até *quisesse* as mesmas coisas, só não comigo. — Ela abanou uma mão no ar. — Enfim, só vou me estressar se continuar pensando nisso. Preciso parar. É melhor eu me concentrar no estábulo da Paula. Acho que consigo fazer os suportes do dossel com madeira.

Jamie sabia muito bem que era melhor fingir que algumas coisas nunca aconteceram. Ela não gostava de ficar se lembrando do

Sr. Grudento ou do Sr. Esqueci de Mencionar que Era Casado nem dos seus outros erros amorosos.

— Com madeira? Tipo marcenaria? Mas você é cheia dos talentos, hein.

— Eu esculpi uns animaizinhos para um filme. É isso que eu amo no meu trabalho. Estou sempre aprendendo coisas novas — disse Ruby. — Sou viciada em aprender.

— Também gostaria de algo assim. Era chato ficar ensinando a mesma coisa o tempo todo. Obrigada de novo por me sugerir o surfe — acrescentou ela. — Você não tem mais nenhuma sugestão, não, para me ajudar nessa busca por realização pessoal? E por um salário? — Esse era o foco dela agora. O futuro, não o passado.

— Olha, não sei se consigo te ajudar com a questão do salário, mas fiz uma aula de teatro improvisado bem legal uma vez. Tem umas turmas no The Groundlings. Foi lá onde a Melissa McCarthy começou. Cheri Oteri, Lisa Kudrow, Julia Sweeney, Kristen Wiig, Jennifer Coolidge... Tantas mulheres maravilhosas. E homens também. Foi muito divertido — respondeu Ruby.

— Parece meio assustador — comentou Jamie.

— Você não vai morrer. Posso dar uma olhada no seu armário? — perguntou ela quando as duas chegaram à casa de Jamie, e seguiu para o quarto com Mac logo atrás.

— Claro. Não tenho muitos vestidos. Na verdade, estou numa fase de achar que nada no meu guarda-roupa combina comigo. Já aconteceu isso com você?

— As minhas roupas parecem ter sido compradas por alguém com transtorno de personalidade múltipla. Mas gosto de ter opções. — Ela abriu as portas do armário e começou a passar os cabides. — Ah, o vestidinho preto básico. Bonito, mas não é muito apropriado para usar num jantar com os vizinhos. — Ela continuou olhando. — Pior que, fora ele, só tem esse aqui para você usar, que parece roupa de enterro.

— Na verdade, é roupa de enterro mesmo. Usei ele no enterro da minha mãe — admitiu Jamie, estendendo a mão para tocar a manga do vestido tubinho azul-marinho.

— Desculpe — murmurou Ruby.

— Relaxa. Será que uma saia deixaria a Marie feliz? — Jamie pegou uma saia lápis com estampa xadrez bege e marrom que costumava usar nas reuniões de pais e mestres. — Não é nada de mais, mas talvez seja a única opção.

— Preciso reservar um dia para levá-la às compras — disse a vizinha. — Podemos ir a The Way We Wore, para começar. Tem umas peças vintage maravilhosas lá. Mas, para esse jantar, use a saia. Com isso. — Ela pegou uma camisa de cambraia simples. — Embaixo disso. — E puxou um suéter listrado de verde e branco. — Com esses sapatos, que eu quero para mim.

Ruby pegou as botas peep-toe de cano curto favoritas de Jamie, um grande investimento que ela fizera anos antes.

— Eu nunca teria pensado nessa combinação — disse ela. — Você tem mesmo um olhar artístico. Quem será que a Marie vai me apresentar hoje? Ela vive falando do sobrinho-neto... Você o conhece?

Ruby fez que não com a cabeça.

— Não queria estar no seu lugar, no meio de uma das competições da Marie e da Helen. Se bem que uma vez elas resolveram descobrir quem fazia o melhor pão de soda e foi maravilhoso, durou mais de um ano. Até a Nessie, irmã da Helen, se meteu. Não que as duas tenham trocado uma palavra sequer. Foi tudo por intermédio da Marie.

— Já ouvi a Marie falar dessa Nessie, mas não sabia quem era — confessou Jamie.

— É a irmã gêmea da Helen. As duas cresceram aqui. Os pais se divorciaram quando elas tinham 11 anos. O pai se mudou para uma casa do outro lado do condomínio. A mãe continuou na vizinha à dos Defrancisco. Nessie (Clitemnestra, se você entender algo da literatura grega) foi com o pai. Helen ficou com a mãe. As duas nunca mais se falaram.

— Que triste — disse Jamie.

— Pois é. Muito triste. Nem imagino como seria parar de falar com a minha irmã. Queria que a gente morasse mais perto. Ela vive em Nova Orleans.

— Eu queria ter uma irmã. Ou um irmão. Agora que minha mãe morreu, não tenho família. Bem, sabe como é, só uns parentes distantes para quem mando cartões de Natal, nada além disso.

Jamie notou que Mac tinha entrado no armário e estava encarando a caixa com os objetos do capacho. Ela o pegou e o colocou na cama, fechando logo a porta para ele não voltar. O gato soltou um miado irritado, mas Jamie o ignorou. Havia momentos em que MacGyver precisava ser ignorado.

— E o seu pai? — perguntou Ruby.

— Acidente de carro. Quando eu tinha a idade da Riley. Quase não me lembro dele.

— Que difícil — disse a vizinha, apertando o ombro de Jamie.

Ela resolveu mudar de assunto. Não queria ficar triste antes de um encontro às cegas na casa do Al e da Marie.

— O que é frustrante é que eu tentei fugir da Marie. Eu falei não. Na verdade, se não me engano, minhas palavras exatas foram "Não, não, não. Não". Então talvez esse jantar seja só um jantar — disse ela.

— Mas foi muito suspeito esse convite... — disse Ruby. — Olha, a Marie nunca falou para mim do sobrinho-neto dela, então não faço ideia de como ele seja. Mas eu cheguei a conhecer o afilhado da Helen. Mas nós não interagimos muito. Era um cara meio sem graça. Não falava nada de interessante.

Mac começou a ronronar alto, e Jamie viu que ele se enroscara na roupa que as duas tinham acabado de separar.

— Não preciso de acessórios. Tenho pelo de gato. — Ela o cutucou. MacGyver pulou da cama e saiu do quarto bufando, com o rabo erguido. — A Marie tenta arrumar namorado para todo mundo? Ou eu sou especial?

— Ela tentou isso comigo há alguns anos, mas, antes de você, fazia tempo que não arrumava alguém novo.

— E a Helen? A Marie nunca tentou arrumar um namorado para ela, não? — perguntou Jamie.

— Até onde eu sei, não — respondeu a vizinha. — Mas a Helen, ao contrário da gente, consegue bater de frente com a Marie, e às vezes até ganha.

— Imaginei...

— Preciso ir. Ainda tenho muito biscoito de Natal para assar — anunciou Ruby.

— Pois é, já estamos no finalzinho de setembro. É melhor se apressar — brincou Jamie.

— Quero saber os detalhes amanhã! Ou hoje. Pode passar lá em casa se quiser.

Ruby seguiu para a porta.

Jamie a segurou pelo cotovelo.

— Você não quer ir ao jantar comigo? Juro que te ajudo com os biscoitos de Natal depois. Se quiser, faço um milhão de fornadas. A Marie não vai se importar. Tenho certeza de que ela fez comida para um exército.

— No mínimo. É bem capaz de ela mandar o Al entregar quentinhas com as sobras — concordou Ruby. — Mas não vou aparecer sem ser convidada. A Marie me mandaria embora.

Ela devia ter razão. Jamie já descobrira que a vizinha da casa ao lado não tinha qualquer problema em dizer o que pensava, sem se importar em ser educada.

— Seja otimista — encorajou Ruby. — O cara que ela convidou pode ser legal. E ele não precisa estragar o seu Meu Ano. Você pode usar ele só para uma foda.

Seja otimista, como disse a Ruby, pensou Jamie enquanto batia à porta dos Defrancisco algumas horas depois. Marie atendeu. Ela balançou a cabeça enquanto convidava Jamie a entrar.

— Bem, você colocou uma saia. Mas xadrez não combina com listras. Ficou um pouco desleixada.

Descolada, Jamie queria corrigir. Ela estava adorando a combinação moderninha que Ruby escolhera, mas não adiantaria discutir com a Marie. Em vez disso, deu o buquê de flores que comprara como presente para a anfitriã. Dessa vez, recebeu um aceno de cabeça em aprovação.

— Al, pega um vaso aí — gritou Marie.

O marido apareceu no corredor, pegou as flores com um resmungo e desapareceu na cozinha. Marie indicou o sofá na sala — vazia! —, e Jamie se sentou, aliviada. O alívio só durou alguns segundos, então a campainha tocou.

— Nosso contador quebrou o pulso. Ele tem vivido à base de comida enlatada, então eu o convidei para jantar quando nos encontramos no mercado hoje mais cedo — explicou a anfitriã, indo atender a porta.

Hoje mais cedo. Sei, pensou Jamie. Por isso que a Marie mandou o Al me pedir *ontem* para usar vestido. Ela se perguntou quão bem a vizinha conhecia o contador e o que a fazia pensar que os dois combinariam. Se é que havia alguma coisa. Talvez Marie achasse que para Jamie, com a idade avançada de 34 anos, bastaria apenas que o sujeito estivesse vivo.

Mas o homem que ela trouxe para a sala parecia mais interessante que isso. A mãe de Jamie o descreveria como "bem-apessoado". Peso mediano. Altura mediana. E tinha se arrumado, usava paletó e gravata com calça cáqui passada. Será que Marie tinha imposto um código de vestimenta para ele também? Jamie notou que ele não parecia surpreso com sua presença.

— Essa é a Jamie. Ela acabou de se mudar para a casa aqui ao lado. Veio da Pensilvânia. É professora de história — disse Marie.

— É, mas não pretendo mais dar aula, pelo menos não até restaurar minha saúde mental — brincou Jamie.

Marie franziu a testa, mas o homem sorriu. Ele tinha um sorriso transformador, que fazia seu rosto passar de normal para muito bonito.

— Esse é o Scott. Ele é nosso contador faz oito anos, desde que o pai dele se aposentou — continuou a anfitriã.

— Muito prazer — disse Scott, então virou-se para Marie. — Eu trouxe isso. Obrigado pelo convite. — E passou uma caixa de chocolate a Marie.

Educado, notou Jamie. Mas eu não esperava menos de alguém escolhido pela Marie.

A anfitriã colocou a caixa de chocolate sobre a mesa de centro.

— Vou ajudar o Al com os drinques — anunciou ela, deixando os dois sozinhos.

— Como você quebrou o braço? Ou já está cansado de responder isso?

— Cansado, não, mas é um pouco vergonhoso — respondeu Scott. — Caí da minha prancha de *bodyboard*.

— Não tem nada de vergonhoso nisso — argumentou Jamie. — Todo mundo cai de vez em quando. Acabei de fazer uma aula de surfe e caí muito. Às vezes não conseguia nem me levantar direito.

— Surfe? Você sabe que nós somos inimigos mortais, não sabe?

— Como assim?

— Os surfistas se acham os donos do pedaço. Acham que, para entrar no *line up*, você tem que fazer por merecer — explicou Scott. — E eu até entendo. É difícil aprender a ficar em pé na prancha, enquanto o pessoal do *bodyboard* chega lá e consegue pegar um tubo praticamente no primeiro dia, deitado numa esponja.

— A prancha que eu usei parecia uma esponja também. Minha professora disse que ia ajudar meu equilíbrio. E, mesmo assim, eu caí, então acabou que o material nem ajudou tanto. Mas foi maravilhoso, eu amei — disse Jamie.

Marie voltou. Com Al logo atrás, carregando uma bandeja cheia de taças de martíni com um líquido dourado.

— O que é isso? Martíni de pera? — perguntou Jamie.

— Que heresia. São Sidecars — brincou Scott. — Até o açúcar colocaram nas bordas — disse ele enquanto Al lhe passava um copo.

O anfitrião deu um grunhido de satisfação.

Jamie bebericou o seu.

— Hum. Estou me sentindo numa das festas do Gatsby.

— Com certeza serviriam algo assim em East Egg — concordou Scott.

Talvez Ruby tivesse razão. Scott parecia ter potencial. Ele entendia de surfe e literatura, e tinha um sorriso bonito. Ela não queria compromisso agora. Com certeza não queria um namorado. Mas talvez ele pudesse ser seu contatinho para transar — e para servir de companhia de vez em quando, quem sabe dar alguns passeios na praia — durante o Meu Ano. Nada sério. Nada que a distraísse de seus objetivos.

— Você se divertiu — disse Ruby ao abrir a porta para Jamie várias horas depois.

— É, até que sim... — admitiu Jamie.

— Foi o sobrinho-neto? — perguntou a vizinha enquanto as duas seguiam para a cozinha. Ruby era o tipo de pessoa que fazia a cozinha de sala de estar.

— Não. O contador deles. — Ela passou uma embalagem de alumínio para Ruby. — Quentinha. Eu disse ao Al que ia fazer uma para você.

— Eles serviram drinques? Aposto que serviram. Al adora dar uma de bartender. Uma vez, tomei um Grasshopper completo, com raspas de chocolate e tudo, e um French 75 com uma casquinha de limão espiralada perfeita. O cara tem talento.

— A gente tomou Sidecars. Eu nem consegui identificar. Só percebi agora que não sei quase nada de coquetéis — confessou Jamie.

— Mas por que a gente está falando de bebida mesmo? Se você se divertiu, o contador deve ser no mínimo simpático. — Ruby abriu o saco, cheirou e sorriu. — O frango à Kiev da Marie, né?

— Acertou. E esse bolo que ela chama de Túnel de Ganache, feito...

— ... Feito numa daquelas fôrmas Bundt — completou Ruby. — Mas por que a gente está falando de comida? Eu quero saber é do cara.

Ruby fechou o saco.

— Até que ele parece ser um cara bacana. Inteligente, interessado, educado, sorriso bonito — respondeu ela.

— Eu falei para você ir de coração aberto! — exclamou Ruby. — Você deu seu número para ele?

— Dei. — Jamie sentiu um sorriso se expandir em seu rosto, e tentou disfarçar. — Mas não vou me empolgar. Tenho outras prioridades que não envolvem romance.

— Você está dizendo isso para mim ou para si mesma? — perguntou a vizinha. Ela abriu o saco de novo e pegou um potinho. — Eu já comi, mas preciso provar isso aqui. Você se importa?

— Claro que não.

— Ele não precisa necessariamente ser um obstáculo na sua jornada de autoconhecimento esse ano. Pode ser um passatempo. Como o surfe.

Ruby se recostou na cadeira e conseguiu tirar um garfo da gaveta sem se levantar.

— Bom, vamos ver se ele vai ligar — disse Jamie.

— Ele vai ligar — garantiu a vizinha.

— Putzgrila. No segundo que você parou de falar, o celular vibrou. Jamie tirou o celular do bolso.

— Ainda não acredito que sou amiga de uma pessoa que fala "putzgrila"— disse Ruby.

— Ele mandou uma mensagem.

— Então não está fazendo joguinho, fingindo que não está interessado. Ótimo.

Ruby comeu um pedaço do frango.

Jamie leu a mensagem. E leu de novo. E leu de novo. E leu mais uma vez.

— E aí? O que foi que ele falou? — perguntou a vizinha.

Ela comeu mais uma garfada do frango enquanto Jamie passava o celular para ela. Não conseguiria ler aquilo em voz alta.

Ruby leu, engasgou, pegou um guardanapo e cuspiu o frango.

— A Marie teria um tr... Eu nem sei qual seria a reação dela se visse essa mensagem.

— Ela não vai ver. Vou me livrar disso agora mesmo.

Jamie pegou o celular de volta. Apagou a mensagem. Mas seria impossível apagá-la da sua mente: *O gesso está me deixando meio restrito, mas não quero restringir seu prazer. Você tem alguma amiga gostosa para se juntar a nós? Estou livre mais tarde.*

Mac não sabia bem como interpretar o cheiro de Jamie aquela noite. Ele inspirou o ar pela boca, tentando captar mais informações, mas não adiantou muito. Não fazia ideia de que tipo de presente daria a sua humana dessa vez.

Mas ele se sentia inquieto. Não queria dormir. Então faria uma inspeção pela vizinhança. Ele sabia que havia outros humanos precisando de sua ajuda.

E o babacão precisava de mais uma lição de humildade.

CAPÍTULO 9

— Pronto, gostei dessa aqui — anunciou Lucy. — Ela diz que é viciada nos quizzes bobos do BuzzFeed. Adorei. Odeio essas pessoas que colocam no perfil "que gostam de aprender sobre novas culturas e ler Proust". Não que ela pareça fútil. Ela colocou que o filme favorito dela é *Brilho eterno de uma mente sem lembranças*. E não fez nenhuma lista de coisas que não suporta nos homens. Nem uma lista quilométrica com um bando de exigências.

— Você contou para a Lucy que preciso de um tempo para me recuperar da moça que se esqueceu de me contar que estava grávida? Ah, eu falei que ela tinha namorado? — perguntou David a Adam.

Os três estavam na varanda do casal, com a babá eletrônica ligada. Lucy estava com medo de que a filha mais nova, Maya, de 3 anos, tivesse um pesadelo e eles não ouvissem, embora os gritos da menina fossem poderosos o suficiente para levantar um defunto.

— Mas isso já faz dias — disse Lucy, ainda analisando os perfis. — Se depender de você, nunca mais marca um encontro.

— Às vezes me sinto como se fosse o filho mais velho de vocês — confessou ele.

— Um bebezão bobão — disse Adam. — É assim mesmo que a gente pensa em você.

— Nós queremos a sua felicidade — acrescentou Lucy. — Achei outra boa. Diz ela que já comeu sorvete de foie gras num restaurante de gastronomia molecular. Gosta de experimentar coisas diferentes para "desenvolver novas vias neurais". Mas sua comida predileta é a batata frita do McDonald's. Ela parece inteligente, aventureira, pé no chão...

— Vamos ver a foto.

Adam estendeu a mão para pegar o celular.

Lucy não deixou.

— A foto é o de menos. Você me ama por causa da minha aparência? — perguntou ela ao marido.

— Existe uma resposta certa para essa pergunta? — quis saber David.

— É claro. — Adam olhou para Lucy. — Eu amo tudo em você.

— Ah. — David tomou um gole de Corona.

— Mas ela é bem bonita, sim. Só não acho que isso devia ser a coisa mais importante.

Lucy virou o celular para o marido, que se inclinou para a frente.

— Aprovada — disse Adam.

— Então, o que eu falo? — perguntou Lucy para ele.

— Eu sei conversar — reclamou David.

— Tá bom, o que você quer dizer? — perguntou ela.

— Na verdade, sei conversar quando eu quero, mas não estou com vontade agora — retrucou David, se sentindo muito cansado de repente. Já fazia mais de uma hora que os três analisavam perfis.

— Do que foi que você não gostou? Eu encontro outra — falou ela.

David passou a mão pelo cabelo. Só acabaria com aquilo saindo com alguém. Com quem quer que fosse. Ele não podia desistir dos aplicativos de namoro depois de um único encontro bizarro. O perfil daquela mulher era interessante. E ele realmente não estava a fim de passar o resto da vida sozinho.

— Me dá aqui esse celular.

Lucy lhe obedeceu, dando um gritinho de alegria. David leu o perfil, olhou as fotos e mandou uma mensagem curta, dizendo que esperava desenvolver novas vias neurais experimentando aplicativos de namoro e bolando receitas de cupcakes, mas nada de foie gras.

— Se rolar entre vocês, podiam ir ao cinema de filmes mudos — sugeriu Lucy. — Seria um primeiro encontro inesquecível.

— Inesquecível de tão chato — disse Adam. — Você sabe que eu adoro ir ao cinema, mas aquelas caras e bocas do cinema mudo... — Ele apertou os lábios e piscou os olhos, numa representação caricata de alguém apaixonado. — Filme sem diálogo não dá.

— Falou o escritor — rebateu David.

— Fala sério, nem a Clarissa iria com você.

Por um instante, o único som que se ouviu foi o de Maya respirando na babá eletrônica. David viu Lucy lançar um olhar para o marido que dizia *não acredito que você falou isso*.

— Não vou levar ninguém para ver filme nenhum — disse ele, quebrando o silêncio. — E se ela for apaixonada por cinema mudo mas a gente pegar ranço um do outro? A gente vai se esbarrar direto. Não quero ser obrigado a deixar de frequentar um dos meus lugares favoritos.

— Otimismo é tudo. — Adam deu um tapinha no ombro do amigo. — Você teve *um* encontro ruim, isso não quer dizer que todos vão ser uma merda.

Adam tinha razão. Se ele marcasse um encontro com essa moça, não teria como ser pior do que o último. Tinha?

Jamie se sentou no modesto teatro da Faculdade Comunitária de Los Angeles. A próxima turma no The Groundlings só abriria daqui a alguns meses, mas ela encontrou um curso de teatro que estava começando agora, então resolveu se inscrever. Novas experiências! Uhu!

Mas sua barriga não estava tão animada assim com a ideia de atuar na frente de outras pessoas. *Barriga, você também não estava animada com a ideia de surfar*, lembrou Jamie.

Pelo visto, ela não era a única que estava nervosa. Uma mulher algumas fileiras adiante mordia a unha do dedão, e um homem na casa dos 70 a alguns bancos de distância batia o pé no chão freneticamente. Jamie sorriu para ele.

— Por que você decidiu se inscrever nesse curso?

Ele tomou um susto, então sorriu.

— Meu sonho é ser ator, me mudei para cá só para isso.

— Faz muito tempo? — perguntou Jamie, tentando esconder sua surpresa. — Eu acabei de me mudar para Los Angeles.

O homem riu.

— Uns 52 anos — respondeu ele. — Na época, eu ainda tinha cabelo e achava que minha cara ficaria bem nas telonas do cinema.

— E o que aconteceu? — perguntou Jamie.

— Fiz um monte de testes. Até contratei um agente. Muita gente dizia que gostava de mim. Demorei um tempo para perceber que todo diretor de *casting* diz isso para os agentes. — Ele riu de novo. — Consegui um comercial. Quero dizer, um infomercial. Costumava entrar no ar entre as quatro e as cinco da manhã. Tenho uma fita cassete como prova. Com o tempo, percebi que o sonho de virar ator em Hollywood não se concretizaria. Virei farmacêutico. — Conforme ele falava, suas palavras saíam cada vez mais rápido, até quase acompanharem o ritmo de seu pé inquieto. — Isso porque, felizmente, ouvi o conselho dos meus pais quando disseram que eu tinha que cursar algo que desse dinheiro para me garantir. Mas, agora que me aposentei, achei que seria legal fazer o curso, só por diversão mesmo. E também para sair um pouco de casa, para minha esposa não acabar pedindo o divórcio. Pensando aqui com meus botões, talvez eu me desse melhor com o curso de pintura em aquarela, mas não é como se alguém fosse se importar com minhas habilidades cênicas.

Ele finalmente parou para tomar fôlego.

— É a primeira aula — disse Jamie. — Todo mundo deve estar nervoso. Eu estou.

O homem se aproximou e apertou a mão dela.

— Clifton.

— Jamie. Prazer te conhecer.

A porta se abriu, e uma mulher baixinha de cabelo castanho-claro comprido entrou.

— Bem-vindos à aula de Introdução às Artes Cênicas — disse ela. — É ótimo finalmente conhecer vocês. Por que não começamos logo? Vamos começar nos apresentando e dizendo por que estamos aqui. Eu começo. Meu nome é Ann Purcell. Estou aqui para compartilhar com vocês meu amor pelo teatro. Sou uma das fundadoras do Grupo de Teatro Jornada, em Los Angeles, do qual já fui atriz e diretora. E é isso. Quem é o próximo?

Jamie decidiu ir primeiro em vez de ficar esperando em agonia, então disse a todo mundo que tinha se inscrito no curso porque estava procurando novas experiências. A mulher roedora de unha disse que era roteirista de programas de televisão e achava que um curso de teatro a ajudaria a apresentar seus projetos de um jeito mais carismático. Clifton repetiu praticamente tudo que contara a Jamie — falando ainda mais rápido. O infomercial dele era o mais próximo que qualquer um na turma havia chegado de um trabalho de atuação profissional.

— Muito bem, pessoal. Muito bem — disse Ann depois que todo mundo falou. — Adorei que todos parecem ter um espírito aventureiro. Vamos começar fazendo um exercício de improvisação que acho excelente para trazer as emoções à tona. Vocês vão se surpreender com quão longe podem ir com o direcionamento correto. Jamie, quer começar de novo?

— Claro... — concordou ela, ignorando o frio na barriga.

— Ótimo. Suba aqui.

Jamie parou ao lado de Ann. A turma não parecia tão grande quando ela se apresentou, mas, de repente, vendo de cima do palco, era como se milhares de pessoas a estivessem encarando.

— Certo, vamos fingir que você está num cemitério, visitando um túmulo. Por enquanto, vamos utilizar nossa vivência como inspiração, é mais fácil assim. Você pode falar ou não. Só se imagine lá. Pode começar!

Ann se afastou até a coxia, deixando Jamie sozinha.

É claro, o primeiro túmulo em que pensou foi o da mãe. Ela fingiu colocar flores sobre a lápide, depois encarou o piso de madeira, esperando alguma coisa lhe ocorrer.

— Oi, mãe — disse ela, e notou que sua voz soava trêmula, não só pelo nervosismo, mas pela emoção. Só falar a palavra "mãe" em voz alta bastava para seus olhos arderem e o interior do seu nariz comichar. Era uma sensação inesperada. — Então, estou em Los Angeles! Surpresa! Graças a você. A herança. Estou tirando um ano para... me encontrar. Para decidir o que quero da vida. Sei que você diria que sou capaz de fazer tudo que quiser, mas nós duas sabemos que não é bem assim. Mas adivinha só? Eu surfei. E amei. Então, estou experimentando outras coisas que nunca tinha pensado em fazer. Como isso aqui. Uma aula de teatro. Então, obrigada. Obrigada, mãe.

Para sua surpresa, lágrimas tinham começado a escorrer por seu rosto. Jamie usou as palmas das mãos para secá-las, então olhou para Ann.

— Acho que acabei.

A turma começou a aplaudir.

— Muito bom — disse a professora. — Você realmente se entregou, se permitiu. E se surpreendeu, não foi?

— Não achei que fosse chorar — admitiu Jamie.

— Isso faz parte do teatro. Deixar que seus sentimentos tomem conta. Certo, quem é o próximo?

Jamie correu de volta para seu lugar. Clifton fez joinha para ela, e Jamie se forçou a assentir com a cabeça. Fora fácil se entregar, como dissera Ann. Voltar para a realidade era mais complicado. Aquelas emoções todas continuavam se debatendo dentro dela.

— Ehh, eu... eu já volto.

Jamie se levantou, foi cambaleando até o corredor e saiu.

Ela se apoiou contra a parede do teatro e respirou fundo algumas vezes. Apesar de só ter feito um exercício de atuação, já tinha quase certeza de que aquela não era sua praia. Gostava de guardar seus sentimentos, até se deparar com o lugar e a ocasião apropriados para os expressar, como num cinema escuro, vendo um filme triste que não era nada parecido com sua vida, ou tomando vinho na banheira. Jamie resolveu ir embora. Mandaria um e-mail para a professora depois.

Cerca de meia hora mais tarde, estava subindo a rua de casa, desejando ficar de conchinha com seu gato. Nem sempre Mac gostava de abraços, mas ele parecia entender quando sua humana precisava de um, dignando-se a permitir o contato.

Ela estava enfiando a chave na fechadura quando alguém chamou seu nome. Ao olhar para trás, deu de cara com Helen na calçada.

— Você deu uma chance para o amigo da Marie!

— Não de propósito — defendeu-se Jamie. — Ela me convidou para jantar. E não me disse que ia ter mais gente.

— Tudo bem, mas agora é minha vez — disse Helen.

— Não. Sério, Helen. Não — avisou Jamie, sendo o mais firme possível. — Eu teria recusado se a Marie tivesse me perguntado. Na verdade, eu *recusei*. Você ouviu. Eu disse para vocês duas que não queria conhecer ninguém.

Marie apareceu na varanda.

— O Scott disse que você não respondeu a mensagem dele — acusou ela.

Sim, bem, ele é um galinha escroto, pensou Jamie, mas ficou quieta.

— É que eu não quis magoá-lo — mentiu. — Tenho dificuldade em falar que não estou interessada. Achei que ele entenderia o recado se eu não respondesse.

E também se o bloqueasse, acrescentou ela mentalmente.

— E por que você não quer falar com ele de novo? — quis saber a vizinha.

— Eu te avisei que não quero conhecer ninguém agora, Marie — respondeu Jamie, se esforçando para manter o tom de voz calmo.

— É muito injusto você não dar uma chance para o meu afilhado — disse Helen, atravessando o gramado na direção de Jamie.

— Helen, se ela não gostou do Scott, com certeza não vai gostar do seu afilhado — argumentou Marie. — Eu sei. Conheço os dois. — E apontou um dedo para Jamie. — E você tem que deixar de ser besta. Você acha que existe homem perfeito? Porque não existe.

Parecia que a vizinha não tinha ouvido uma palavra do que ela disse.

— Que bom saber disso. O problema deve ser eu mesmo. Viu, Helen? Sou exigente demais. Nem adianta tentar me juntar com seu sobrinho. Até mais.

Jamie deu as costas às vizinhas, abriu a porta o mais rápido que pôde, encontrando refúgio em casa.

Antes de se trancar lá dentro, ouviu Helen dizer:

— Acho que meu afilhado é perfeito para ela. Ela só não vê isso porque ainda não conheceu ele.

— Ainda! — gritou Jamie depois de bater a porta. — Você escutou isso, Mac? "Ainda!" Estou ferrada.

O gato se aproximou, e Jamie o pegou no colo. Ele esfregou a cabeça no queixo da dona e começou a ronronar.

— Com um gato desse, quem precisa de macho? — disse Jamie a MacGyver

Mesmo assim, três dias depois, lá estava ela, entrando no Sorella, um pequeno restaurante italiano perto de casa, procurando por um homem parecido com o da foto que Helen lhe dera do afilhado. A mulher simplesmente não parava de insistir que era injusto Jamie ter conhecido o amigo de Marie e não querer dar uma chance ao afilhado dela. Depois de hoje, as duas estariam quites e parariam de interferir na sua vida.

Ela viu dois homens sentados sozinhos. Um tinha cabelo escuro e porte atlético, e o segundo era loiro com traços aristocráticos, um nariz aquilino e lábios finos. O loiro era o afilhado de Helen. O outro homem parecia mais amigável. Para começar, não estava analisando o cardápio como se estudasse para uma prova no dia seguinte, e sorriu ao vê-la, um sorriso bonito, que destacava as ruguinhas nos cantos dos olhos.

Espera aí. Ela o conhecia! Não *conhecia*, conhecia. Mas tinham conversado no dia em que ela foi comprar uma coleira para Mac no pet shop. Jamie teve o desejo louco de se aproximar e sentar à sua mesa. Ele pareceu legal naquele dia, engraçado. Mas Scott, a escolha de Marie, também parecia legal e engraçado, e vejam só no que deu.

A recepcionista se aproximou, e Jamie disse que estava com o cara na mesa dos fundos. O afilhado de Helen não ergueu os olhos do cardápio nem quando ela parou à sua frente.

— Charles? — Finalmente, o homem ergueu a cabeça, mas continuou calado. — Oi, eu sou Jamie. Você é o afilhado da Helen, não é?

— Sim. Oi.

Tão caloroso, pensou Jamie. Mas talvez ele também não quisesse conhecer alguém. Era fácil de imaginar Helen enchendo o saco do afilhado até que ele concordasse em jantar com Jamie. Ou, talvez, Charles fosse tímido.

Ela se sentou.

— Helen me contou que você é professor. Eu também dava aula.

Jamie tinha certeza de que a vizinha passara essa informação para ele, mas era uma boa forma de puxar conversa.

— Mas, agora, você está tirando um ano para se encontrar.

Charles não gesticulou aspas ao dizer as palavras "se encontrar", mas seu tom de voz fez isso, falando como se a ideia fosse ligeiramente ridícula.

— Pois é. Eu estava cansada da vida de professora, e tive a oportunidade de vir passar um ano aqui — respondeu Jamie. — Quero arrumar um emprego, mas, por enquanto, estou experimentando coisas diferentes. Fiz até uma aula de surfe um dia desses.

— A maioria de nós não pode se dar a esse luxo — comentou Charles.

Ele parecia meio amargurado.

— Sim, é verdade. Sei que tenho sorte — admitiu Jamie. — Recebi uma pequena herança da minha mãe, por isso pude vir.

— Bom, você sabe quanto ganha um professor — disse ele. — Já que você vive na mordomia — outro termo que poderia ser passível de aspas; esse foi dito com deboche —, acho que devia pagar a conta hoje.

— Claro. Sem problema.

Ela não conseguiu pensar em mais nada a dizer, ou pelo menos nada que gostaria que chegasse aos ouvidos de Helen.

Uma jovem garçonete numa blusa esvoaçante e saia cheia de babados se aproximou.

— Vão querer o que para beber?

Antes de Jamie conseguir falar, Charles começou:

— Eu quero o bife ancho com trufas brancas de aperitivo, e acho que uma garrafa do Vega Sicilia Unico.

Ele não se deu ao trabalho de perguntar a ela se queria dividir um aperitivo, e Jamie tinha quase certeza de que aquele vinho estouraria seu orçamento. Que príncipe. Os olhos dela se voltaram para o homem do pet shop. Sua acompanhante acabara de chegar, e ele se levantou para cumprimentá-la, provavelmente dizendo algo legal sobre sua aparência.

— E o que você quer beber? — perguntou a garçonete. — Adorei seus brincos, aliás.

Jamie sorriu. A garçonete era mais simpática — e mais educada — que o cara com quem estava saindo.

— Obrigada, eu...

— Acho que também vou querer uma bruschetta — interrompeu-a Charles.

* * *

— Vocês já escolheram? — perguntou a garçonete.

David e Annabelle se olharam e riram.

— *Ainda* não — admitiu Annabelle.

— Provavelmente porque ainda não abrimos o cardápio — acrescentou David. — Desculpa.

— Sem problema. Eu volto daqui a pouco — disse a garçonete, e foi embora.

David não conseguia acreditar em como a conversa estava fluindo com facilidade. Os dois falavam de amenidades, indo de cinema a corridas na praia, depois a gibis. Ela adorava Sakai, mas admitia que era em parte porque gostava de como as orelhas do coelho em *Usagi Yojimbo* formavam um coque de samurai perfeito.

— Só mais uma coisa antes de abrirmos o cardápio — disse Annabelle. — Até você precisa admitir que *Finder* não é algo para se ler todo dia. Notas de rodapé não são a minha praia numa segunda-feira.

— Tudo bem, seu argumento é válido. Há dias em que só quero *Calvin e Haroldo* — respondeu David.

— A *comfort food* do universo de livros em quadrinhos — concordou ela, e os dois sorriram. — Agora, vamos fazer o pedido antes que nos expulsem.

Eles resolveram dividir uma entrada, porque ambos adoravam mexilhões grelhados. Quando o prato chegou, Annabelle tirou um frasco da bolsa.

— Vou colocar um pouco de MinMil em alguns. Posso?

Ela ergueu uma sobrancelha escura. David gostava da forma como se arqueavam. Faziam-na parecer um pouco perversa, mas de um jeito bom.

Ele estava prestando atenção nas sobrancelhas dela. Estava *admirando* as sobrancelhas dela. Não conseguia se lembrar da última vez que prestara tanta atenção numa mulher.

— Claro — respondeu. — O que é MinMil?

— Você nunca ouviu falar? É maravilhoso. Na verdade, se chama Minerais Milagrosos. Faz quase um ano que eu tomo e... Tudo bem, sei que algumas pessoas dizem que não funciona, mas, sério, para mim, funcionou. MinMil mudou a minha vida. Eu costumava ter umas alergias alimentares horríveis. Sair para jantar? Era um pesadelo. Mas, agora, como tudo que eu quiser.

— Legal. Tem gosto de quê?

David pegou um garfo e soltou um mexilhão da casca.

— Prove. — Annabelle salpicou um pouco sobre o mexilhão no garfo dele sem esperar por uma resposta. — Quase não tem gosto. E faz muito bem à saúde. Não serve só para curar alergias. Também ajuda a diminuir a gordura no fígado. É ótimo para controlar a glicose. E elimina várias toxinas, o que significa que deixa a pele bonita e, mais importante, reduz a frequência das dores de cabeça, previne tumores benignos e até câncer, e impede a degeneração celular.

— Uau.

Annabelle parecia mais animada falando sobre MinMil do que sobre qualquer outra coisa. Ele comeu um pouco do mexilhão — e teve que se forçar a engolir. O pó tinha um gosto salgado, amargo e metálico, além de algo que ele não sabia como descrever, mas tinha certeza de que jamais colocaria aquilo na boca de novo. David tomou um longo gole de água.

— Viu, você nem percebe — disse Annabelle. Ele assentiu com a cabeça, bebendo o restante da água. — É muito importante eliminar o máximo possível de toxinas do corpo — continuou ela. — Aliás, existem três tipos de toxinas. Você sabia disso? — E seguiu falando sem esperar por uma resposta. — Duas são internas, chamadas *ama* e *amavisha*, e a outra é ambiental, chamada *garavisha*. A *ama* é decorrente da digestão ruim, quando você come coisas como frituras, restos de comida ou toma coisas geladas. — Ela se inclinou para a frente e colocou a mão sobre a dele. — Eu como isso tudo. Você tem noção de como eu gosto de sorvete? Adoro. E foi o MinMil que acabou com as minhas alergias, anulando o *ama*. Já a *amavisha* vem de...

Annabelle continuava falando, mas David não conseguia se concentrar. Era como se tivesse entrado em outra dimensão. Quem era aquela mulher que não parava de tagarelar sobre os benefícios miraculosos dessa mistura de minerais? Ele voltou a prestar atenção por alguns segundos. Agora, ela falava sobre como as flatulências eram causadas pela tal da *amavisha* e como as pessoas paravam de peidar quando tomavam o suplemento.

Ele disse a si mesmo para lhe dar outra chance. Ela era a mesma pessoa com quem tivera uma conversa ótima 15 minutos atrás. Ainda tinha as sobrancelhas travessas, aquele cabelo castanho-escuro espesso e o corpo em forma. E daí que ela se empolgava um pouco quando falava de algo que realmente a ajudara? David pegou um mexilhão livre de MinMil e fez menção de mordê-lo. Annabelle se inclinou para a frente e salpicou um pouco do mineral sobre ele antes de chegar à sua boca.

— Você vai ver. Amanhã, já vai sentir diferença. Talvez fique um pouco enjoado ou até passe um tempinho no banheiro — explicou ela. — Mas, depois disso, vai se sentir tãããão bem. Adoro falar do MinMil para as pessoas. Comecei até a revender para meus amigos. E aí alguns deles começaram a vender também. A ideia não era ganhar dinheiro, mas — ela se inclinou para a frente e apertou a mão de David — ficamos cheios da grana. Estou até pensando em pedir demissão do trabalho. Uma das minhas amigas até já fez isso. Está dando supercerto. O salário dela agora é o dobro do que quando era cabeleireira, e ela trabalhava num salão chiquíssimo, com todos os benefícios.

Isso não é um encontro, percebeu David. *É um convite para um esquema de pirâmide.*

Ele fez tudo que podia para encerrar logo a noite e ir embora. Comeu rápido, sem falar muito. Annabelle estava tagarelando pelos dois, contando uma história atrás da outra sobre amigos que tiveram benefícios financeiros e de saúde por causa do MinMil. Ele recusou a sobremesa e o café, dizendo que precisava chegar cedo à confeitaria no dia seguinte, o que era verdade, mas teria ignorado esse detalhe se o encontro tivesse continuado no ritmo do começo.

Pelo menos os dois tinham se encontrado num restaurante. David não precisava se preocupar em levá-la para casa e recusar um convite para entrar. A casa dela devia estar cheia de panfletos sobre os tais Minerais Milagrosos, e David teria de escutá-la falar sobre cada um deles. Então apenas a acompanhou até o carro, onde ela lhe deu um beijo na bochecha e disse que não via a hora de saírem de novo. Ele respondeu algo evasivo e seguiu para casa. Foi andando, já que o restaurante só ficava a alguns quarteirões de distância.

David parou em frente ao Bode Sedento e resolveu entrar. Uma bebida cairia bem. Ele encontrou um banco vazio no bar e pediu uma Corona com tequila. Nada como uma bebida para levantar o astral, e era exatamente disso que ele precisava.

— Nossa, não bebo isso aí desde a época da faculdade — disse uma mulher ao se sentar no banco recém-desocupado ao lado dele. — Por acaso vocês têm aquele coquetel de energético com Contreau? — perguntou ela ao barman.

Curioso, David a encarou. Olhos castanhos, cabelo loiro encaracolado. Ela parecia vagamente familiar.

— Eu sei, eu sei. Eu devia ter vergonha de pedir uma bebida dessas na minha idade. Sabe como é que chamam esse drinque lá na França?

— Royale com queijo?

A mulher soltou uma risada, achando graça.

— Quase. Um *retreau*. Calma aí — disse ela. — Eu já esperava que fosse acabar assim, mas o que *você* está fazendo aqui? Digo, sozinho. Você parecia estar se divertindo tanto no restaurante.

David a encarou.

— Desculpa. Foi uma pergunta muito indiscreta. Sou inconveniente às vezes. Mas não tanto quanto o cara que estava comigo lá num encontro às cegas, onde você obviamente não me viu — continuou ela. — Cerca de dois segundos depois de eu chegar, ele basicamente me forçou a aceitar pagar a conta, depois pediu duas entradas, uma com trufas brancas, que não me ofereceu, e uma garrafa de vinho caríssimo, que também não dividiu comigo, e o prato mais caro do cardápio. E ainda por cima ficou surpreso quando eu quis ir para casa assim que o jantar acabou.

— A mulher que estava comigo, também num encontro às cegas, tentou me convencer a participar de um esquema de pirâmide — disse David. — No início, ela parecia tão legal. Parecia gostar das mesmas coisas que eu. Se bem que, agora que parei para pensar, a gente só falou de coisas que estavam no meu perfil do Tinder. Isso nem passou pela minha cabeça na hora. Achei que estava rolando uma química. Aí a máscara dela caiu.

— Que merda... O jeito é beber e fingir que nunca aconteceu — disse ela. E estendeu uma das mãos. — Meu nome é Jamie, e o seu?

— David.

— A gente já tinha se visto antes — continuou ela.

— No pet shop! Você estava falando sozinha! — exclamou David.

Jamie sorriu.

— E você ficou se gabando por forçar seu cachorro a usar uma coleira rosa.

— Eu pedi desculpas por essa história do rosa — lembrou ele. — O que seu gato achou da coleira?

— Odiou. E me odiou por tentar colocar a coleira nele — respondeu Jamie. — Olha, se você não estiver a fim de conversar depois do seu encontro infernal, fico aqui quietinha com a minha bebida e te deixo em paz.

— Não, sinto como se tivesse acabado de encontrar um velho companheiro de guerra — respondeu David. — Então, você costuma sair em encontros às cegas?

— Foram só dois, nos últimos dias. Porque sou uma trouxa e não consigo dizer não para minhas vizinhas idosas. Mas agora cada uma já me apresentou um, então estou livre. E você? — perguntou ela enquanto o barman servia os drinques.

— Deixa por minha conta esses aqui — disse David. — Você já gastou demais essa noite.

— Obrigada. É muita gentileza sua. Mas, se pedirmos uma segunda rodada, fica por minha conta — disse Jamie. — Se bem que não é boa ideia tomar dois disso aqui. — Ela tomou um gole. — Hum. Tem gosto das balinhas de goma com vodca que eu comia na faculdade.

— Parece que você se divertiu bastante na época — comentou David.

Jamie riu.

— Sim. E até que eu consegui aprender algumas coisas. E você?

— Não fiz faculdade. Quero dizer, fiz só um semestre — respondeu ele, receoso de que ela fosse uma dessas pessoas que acham que quem não tem diploma é burro. — Sou confeiteiro. Fui aprendendo na prática mesmo, além de sempre ter ajudado minha mãe a fazer docinhos no Natal.

— Você gosta do que faz? — Ela parecia interessada de verdade.

— Gosto. Não me imagino fazendo outra coisa.

— Viu? É isso que eu quero. Algo assim, que me dê vontade de ir trabalhar. Você tem vontade de trabalhar, não tem?

— Na maioria das vezes. — David tomou um gole da bebida. — Mas não se eu beber demais na noite anterior. O que você faz que não tem vontade de fazer?

— Eu era professora de História. No início, eu até gostava bastante. Mas comecei a odiar o ambiente escolar. Eu comia biscoito compulsivamente depois do almoço para não surtar e largar tudo.

— Era ruim a ponto de você se viciar em biscoito? Que bom que conseguiu sair dessa vida.

— É sério. E agora estou tentando me encontrar. Sei que isso parece idiota e autocomplacente. O cara com quem saí hoje deixou isso bem claro. Talvez eu devesse colocar em outras palavras o que estou fazendo. Mas, enfim, resolvi dedicar esse ano a mim mesma, e o que mais quero é encontrar algo que faça com que eu me sinta como você se sente na confeitaria. — Ela tomou um gole da bebida. — Mas chega de falar de mim. E você? Marca muitos encontros pelo Tinder?

David fez que não com a cabeça.

— Esse foi o segundo desde... desde sempre. O primeiro foi uma semana atrás. A mulher estava grávida, bem grávida, e tinha um namorado, que apareceu enquanto a gente tomava café.

Jamie gemeu.

— Eita. Talvez o seu tenha sido pior que o meu primeiro. O cara parecia bacana. De verdade. Eu não queria nem conhecer ele, porque esse é o Meu... deixa pra lá. Enfim, achei que a gente tinha se dado bem. Fiquei empolgada para sairmos de novo. Uma hora depois, ele me mandou uma mensagem. Achei que a gente tivesse as mesmas intenções. Só que não. Ele queria que eu arranjasse uma amiga para um *ménage à trois*.

O barman lançou um olhar interessado na direção de Jamie. David se moveu para tirá-la do campo de visão do homem.

— Não sei nem o que dizer — admitiu ele. — Na verdade, tenho muito a dizer, só não sei o que seria melhor. Vou optar por "que babaca".

— Bem, para ser justa, ele estava com o braço engessado e alegou que estava com medo de eu não ter "prazer" o suficiente. — Ela arrastou a palavra, transformando-a em "prazeeeer".

— É, eu tinha razão. Babaca — disse David. E terminou sua bebida.

— Quer outra? — perguntou Jamie. — Eu ficaria feliz em pagar. Você fez por merecer.

— É uma oferta tentadora, mas não. Pego às cinco no trabalho. E confeitaria e embriaguez são uma receita para o desastre. Apesar de eu já ter bolado umas receitas geniais assim. Pena que quase nunca me lembro delas.

— Também vou embora. Mas antes... — Ela fez sinal para o banheiro feminino com a cabeça. — Obrigada pela bebida. Você conseguiu restaurar um pouquinho da minha fé nos homens.

— Você também restaurou a minha. Digo, nas mulheres — declarou David.

Enquanto ele saía do bar, se perguntou se devia ter esperado por Jamie, talvez pedido seu número. Mas ela lhe agradecera a bebida, o que acabou encerrando a conversa.

De qualquer forma, depois daquele encontro — depois dos dois encontros —, ele estava pronto para passar um tempo a sós com Catioro.

Mac se sentou no peito de Jamie, encarando-a. A mistura de cheiros que ela emitia era confusa. Sua humana parecia estar sentindo muitas coisas ao mesmo tempo. E ela sempre colocava roupas novas antes de dormir. Hoje, apenas se jogara em cima das cobertas. Havia algo errado. Ele teria de se esforçar mais para completar sua missão e encontrar um companheiro de bando para Jamie. Os humanos eram esquisitos. Às vezes precisavam de outro ser da própria espécie para compreendê-los de verdade.

Mac partiu. Hoje, havia um cheiro semelhante ao de Jamie no ar, uma mistura de solidão, raiva e algo mais. Era quase um convite. Ele seguiu o aroma, chegando ao mesmo lugar em que estivera tantas vezes. A casa do babacão e do homem solitário. Talvez o convite que o humano exalava significasse que ele percebera que precisava de uma companheira de bando. Como Jamie tinha o mesmo cheiro, era possível que ela finalmente tivesse entendido que Mac lhe arranjara um excelente humano para ser seu companheiro. Mas era melhor continuar levando presentes de outros companheiros em potencial, para o caso de ela discordar dele. Isso acontecia às vezes. Mac nunca conseguia convencer Jamie de que sua comida devia ser fornecida na exata hora em que ele a solicitasse, não importando quantas vezes.

Jamie e o homem eram suas prioridades. Mas ele também precisava cuidar da adolescente que cheirava a raiva, tristeza e frustração. Humanos — são tão dependentes.

CAPÍTULO 10

Na manhã seguinte, Jamie abriu a porta para pegar o jornal ainda vestindo as roupas amassadas da noite anterior. Como podia ter apagado depois de só um drinque? Talvez ela tivesse se forçado a dormir cedo para esquecer seu encontro horroroso. Mas a noite até que melhorou um pouco quando encontrou com aquele cara, o David, no bar.

Ela levou um segundo para perceber que Hud Martin estava sentado nos degraus de sua varanda, dando nós numa linha de pesca. Ele se virou para a porta e sorriu, seus olhos escondidos por trás dos óculos escuros, como sempre, embora o dia estivesse nublado.

— Olá, madame — cumprimentou ele. — Você quer me contar de onde veio isso aqui?

Hud deu um tapinha na pilha de objetos ao seu lado. Ela também nem percebera aquele monte de coisas.

Jamie se abaixou para analisar a pilha — outra cueca boxer; duas camisas, uma muito maior que a outra; uma sunga laranja fluorescente; um cortador de pelos de nariz; uma meia roxa estampada com tacos; uma escova de dente velha e um cinto de couro com uma fivela prateada com a palavra BEIJO.

— Nunca vi nada disso antes.

Hud não respondeu. Só ergueu as sobrancelhas.

Jamie revirou os olhos.

— Se eu roubei essas coisas, por que largaria tudo na minha varanda? Não é preciso ser um gênio do crime para saber que itens roubados devem ser escondidos.

Ele não respondeu. Continuou ajeitando sua linha de pesca.

— Se você quiser investigar isso, será ótimo. Estou falando sério. Como eu já disse, várias coisas estranhas andam aparecendo no meu capacho desde que me mudei — disse Jamie, tentando preencher o silêncio. — Minhas teorias são: alguém tem uma pendenga com o Desmond, que morou aqui antes de mim, talvez um ex-namorado rancoroso. Ou estou sendo perseguida por um maluco, o que não parece muito provável. — Ela precisou parar para respirar. — De verdade, estou começando a ficar assustada. Se você conseguir descobrir o que está acontecendo, serei eternamente grata. Mesmo.

Hud prendeu a linha no colete, se levantou e apoiou um pé no degrau de cima.

— Interessante como você nunca mencionou essas teorias antes.

— Por que eu faria isso? — rebateu Jamie, irritada. — Você deixou bem claro que suspeitava de mim desde o primeiro dia. Ou que eu e a Ruby estávamos conspirando juntas.

— Tento manter a mente aberta até pegar o bandido. E eu sempre pego. Mas também não ignoro as provas. E você parece ter em sua posse muitos objetos que não lhe pertencem, conforme admitiu.

— Não tenho "posse" de nada. Essas coisas simplesmente apareceram aqui — explodiu Jamie.

— Na sua casa — respondeu Hud.

— Sim, na minha casa. Que você resolveu visitar sem ser convidado.

Jamie sabia que não valia a pena se irritar. Ele era só um ator velho tentando reviver seus anos de glória. Mas ela estava ficando de saco cheio das insinuações dele e daquele colete de pesca idiota. O maior contato que a peça já tivera com a água devia ter sido numa piscina.

Hud concordou com a cabeça.

— Já vou. Mas estou de olho.

Jamie o observou até ele virar a esquina do quarteirão. Não acharia estranho se o vizinho montasse um posto de vigilância na calçada de sua casa.

Chegara a hora de ela mesma descobrir o que estava acontecendo. Passaria a madrugada vigiando a varanda. Amanhã cedo, já saberia exatamente quem estava trazendo aquelas porcarias para sua casa.

Jamie acordou assustada. James Corden estava na televisão, mas a última coisa que ela se lembrava era de estar vendo o programa do Colbert. Pelo visto, dormira durante o expediente. Ela se levantou e se alongou, tentando aliviar as dores nas costas. Seu sofá era ótimo para descansar, mas não para dormir.

Ela correu até a porta e abriu uma fresta. Nada no capacho. Ótimo, não perdera a entrega da noite. Jamie foi até a geladeira, pegou uma garrafa grande de refrigerante, ignorando os copos, e puxou uma cadeira até as janelas da frente, onde tinha uma bela vista do gramado que levava até sua casa.

Mas, antes mesmo de se sentar, viu algo correndo pelo gramado.

— O quê?

Jamie deixou a garrafa cair sobre o dedão do pé e ignorou a pontada de dor. Era Mac! Lá fora! Mais tarde, descobriria como ele tinha conseguido fugir. Agora, veria o que ele estava aprontando.

Ela saiu e seguiu o gato pela vizinhança adormecida. Mac correu até uma casa que a fazia pensar em hobbits. Sem hesitar, ele se dirigiu até a portinha do cachorro. Mas não entrou. Em vez disso, se posicionou na lateral. Alguns segundos depois, Jamie ouviu latidos frenéticos, e a cabeça de um cão — uma cabeça bem grande — apareceu na portinha. Mac deu quatro patadas velozes bem no focinho dele, fazendo-o ganir e voltar para dentro da casa.

Meu gato é um demônio, pensou Jamie, hipnotizada enquanto Mac pulava numa árvore alta, subia até uma janela semiaberta e desaparecia lá dentro. Menos de um minuto depois, ele voltou — com algo na boca.

— Ah, não — sussurrou Jamie. — Ah, não. Mac é o ladrão. Ele é um gatuno.

O gato atravessou o gramado correndo, pulou por cima da cerca e aterrissou no chão. Então foi até Jamie e colocou algo aos seus pés. Era um suporte atlético. Parecia úmido. Seu bichinho de estimação acabara de lhe entregar um suspensório genital usado recentemente por um homem estranho.

— Nós não vamos levar isso para casa — disse ela, séria. — Você é um gato feio. Feio.

Mac começou a ronronar alto. Ele nunca ficava chateado quando ela lhe chamava de feio. Às vezes, como agora, parecia até gostar.

Jamie olhou para o suporte. O que ia fazer com aquilo? Jogar de volta no quintal? Isso devia bastar.

Com cuidado, ela pegou a peça, mas, antes que conseguisse lançá-la, foi iluminada por uma luz ofuscante. Quando apertou os olhos, viu que Hud apontava uma lanterna em sua direção, a maior lanterna do mundo.

— É assim que você não sabe nada sobre os roubos, madame? — perguntou o detetive.

— Não fui eu! — gritou Jamie. — Foi ele!

Ela apontou para baixo; mas Mac já tinha desaparecido.

— Você vai apelar para a inimputabilidade por doença mental? — perguntou Hud. — Isso quase nunca funciona, meu bem. E no meu testemunho vou deixar claro que tivemos muitas conversas lúcidas.

— Meu gato. Ele deve ter fugido. Mas foi o que eu quis dizer — explicou ela. — Foi meu gato que pegou isso. — E balançou o suporte atlético no ar. — Ele deixou essa coisa na minha frente, e eu só fiz apanhar. E aí você apareceu com essa lanterna dos infernos. — A luz ainda estava focada nela. Jamie protegeu os olhos com uma das mãos. — Será que não tem como diminuir essa luz?

— Sou eu que estou fazendo as perguntas — disse Hud. — Quantos, exatamente...

A porta da casa abriu, iluminando o exterior com uma luz amarela suave.

— O que é que está acontecendo aqui?

A voz do homem parecia familiar. Jamie se virou e apertou os olhos na direção dele, mas não conseguia enxergá-lo direito. Talvez seus olhos tivessem sofrido algum dano permanente por causa da lanterna industrial de longo alcance.

— Tenho provas irrevogáveis da identidade da ladra do conjunto residencial Conto de Fadas — anunciou Hud, sua voz triunfante. — Peguei ela. Do mesmo jeito que pegaria um peixe se esse maldito trabalho me deixasse chegar ao rio.

O homem riu.

— Você não cansa de dizer isso? Quantos episódios foram?

Ele abriu o portão e entrou no círculo de luz criado pela lanterna.

— David? — exclamou ela.

— Jamie? — Era *mesmo* David, que parecia tão surpreso quanto ela. — O que você está fazendo aqui?

— Eu moro aqui. Não *aqui*, é óbvio. Mas no conjunto — respondeu Jamie. — Faz algumas semanas que eu me mudei.

— Você conhece a madame? — perguntou Hud. — Ela mentiu para você sobre a localização da residência dela?

— Eu não menti. A gente só não falou sobre isso — reclamou Jamie. — Ele também não me contou onde morava.

A portinha do cachorro bateu, e um cão enorme numa coleira cor-de-rosa apareceu. Ele se aproximou lentamente do dono. David o empurrou de volta para o quintal e fechou o portão.

— Fique aí, rapaz — disse ele. Então olhou de Hud para Jamie. — Vocês podem me contar o que aconteceu?

— Dê uma olhada no objeto nas mãos dela — sugeriu o detetive. — Acredito que tenha sido roubado, provavelmente de você. Eu a peguei no flagra.

Jamie percebeu que ainda segurava o suporte atlético. E o jogou no chão.

— Meu gato entrou pela janela do seu banheiro e pegou isso.

— É óbvio que você treinou o animal para ser seu cúmplice — acusou Hud. Ele se virou para David. — Precisamos acionar a Organização Internacional Protetora dos Animais, além da polícia. Ela também conseguiu envolver Ruby Shaffer nos crimes, uma mulher que nunca apresentou tendências criminosas.

— Espera aí. Um gato? — perguntou David, olhando ao redor.

— Ele saiu correndo. Nem devia estar fora de casa. Mac não costuma sair — explicou Jamie, apressadamente. — Ele deve ter encontrado um jeito de escapar. Preciso dar uma olhada na casa.

— Eu vou cuidar desse caso — disse Hud para David. Então, segurou o cotovelo de Jamie, que o afastou.

— Não tem caso nenhum para você cuidar — disse ela, irritada.

— Então eu posso fazer uma busca na sua residência para ver se encontro outros objetos roubados? Com ou sem a ajuda do gato e da Sra. Shaffer.

David se abaixou, pegou o suporte atlético e o enfiou no bolso.

— Não importa o que aconteceu exatamente, não foi nada grave. Eu não quero prestar queixa, então a Jamie está certa, não tem caso nenhum — disse ele a Hud.

— Você está claramente pensando com a parte errada do seu corpo — rebateu o detetive. — Vou procurar as outras vítimas para ver se elas também pensam assim.

Hud se afastou, assobiando.

Jamie e David se encararam sob a luz fraca que vinha da casa.

— Obrigada pela ajuda. Juro que o meu gato... — Ela balançou a cabeça. — É ridículo demais para eu repetir.

— Você quer entrar para tomar um café ou algo assim? — perguntou David.

— Seria bom eu me sentar para ter essa conversa com calma — admitiu Jamie.

— Vamos.

Ele abriu o portão. Jamie entrou e imediatamente deu um passo para trás, perdendo o equilíbrio sob o peso de duas patas enormes.

— Catioro, chão! — ordenou David. O cão manteve as patas em Jamie e lhe deu uma lambida que foi do queixo ao cabelo. — Desculpe — disse ele. Então, segurou a coleira do cachorro e o puxou para longe.

— Não tem problema. Não sou uma dessas pessoas que gostam de gatos e odeiam cachorros. — Jamie fez carinho na cabeça do cão e foi quase derrubada pela abanada de rabo frenética que se seguiu. — Pode ir na frente, Catioro — disse ela. E então: — Catioro? Que nome é esse?

— É de um meme — explicou David.

— Ah — disse Jamie enquanto eles entravam na casa. — Interessante e nada criativo ao mesmo tempo — brincou ela.

— E qual foi o nome genial que você deu para o seu gato?

— Floquinho — respondeu Jamie, tentando não rir, mas fracassando. — Não, na verdade, o nome dele é MacGyver. Mas parece que eu devia ter escolhido Robie, em homenagem ao...

— Ao gatuno que o Cary Grant interpretou em *Ladrão de casaca* — completou David.

— Isso mesmo! Adoro aquele filme, especialmente as cores fortes. Aquele verde nas cenas noturnas. — Ela sorriu. — Eu me empolguei. Sou apaixonada por Hitchcock, em preto e branco ou colorido.

— Se você gosta de cinema, tem que gostar de Hitchcock — disse David. — A gente vê a influência dele em tantos diretores da nova geração. Tarantino não seria Tarantino sem ele.

— A mala em *Pulp Fiction*. Um *McGuffin* clássico — concordou Jamie. — McGuffin seria um ótimo nome de gato. Eu poderia ter um McGuffin e um MacGyver. Mas acho que MacGyver odiaria outro gato na casa. Ele está acostumado a ser o dono do pedaço.

Jamie ficou sem saber o que mais dizer, lembrando que estava na casa de David porque seu animal de estimação andava roubando as coisas do vizinho.

Ele passou uma mão pelo cabelo.

— Acho que está meio tarde para um café. Ou você é uma dessas pessoas que toma café a qualquer hora?

— Na verdade, eu nem queria nada. Só outra chance para me desculpar e agradecer por não deixar o Hud me levar — disse ela. David se sentou no sofá e foi imediatamente seguido por Catioro. Jamie ocupou uma das poltronas. — Como você me deixou entrar, não deve achar que sou uma *stalker* maluca. Já é um começo.

— Considerando que eu não mencionei meu sobrenome e você não teria como ter descoberto onde eu moro, devo estar em segurança.

— Eu achei que talvez um sociopata estivesse me perseguindo — admitiu Jamie. — Coisas aleatórias estavam aparecendo no meu capacho. Acho que foi tudo o Mac que trouxe. Então, se alguma coisa sua estiver faltando... meias, uma camisa, um chinelo, uma sunga. O que mais? Um aparador de pelos do nariz. Basicamente, se você estiver sentindo falta de coisas pequenas, é só me avisar que dou uma olhada no que encontrei. Ou você pode passar lá em casa e dar uma olhada.

— A sunga não é minha, mas as outras coisas podem ser — disse David. — Achei que Catioro tivesse comido tudo. Até liguei para a veterinária.

Jamie fez uma careta.

— Desculpe. Eu não sabia que meu gato estava saindo de casa. Ainda não acredito que Mac estava por trás disso. Ele costumava me trazer insetos mortos de presente, mas... — Jamie ergueu as mãos e as deixou cair logo em seguida, desamparada. — É melhor eu ir. Está tarde. Você foi ótimo. Obrigada de novo. Pode passar lá em casa quando quiser para ver as coisas que o Mac pegou. Moro naquela casa que parece o chalé da Branca de Neve, do lado dos Defrancisco.

— Beleza. Pode deixar. — Ele a acompanhou até a porta. — Preciso conhecer esse gatuninho.

***

Na tarde seguinte, assim que chegou do trabalho, David deixou Catioro lhe arrastar por alguns quarteirões, depois tomou um banho.

— Acho que vou buscar minhas coisas — disse ele ao cachorro, que começou a abanar o rabo ao ouvir a palavra "vou". Catioro não era o animal mais inteligente do mundo, mas alguns termos pareciam ter conexão direta com seu rabo. — Desculpe. Você vai ficar aqui.

O rabo diminuiu o ritmo, mas continuou balançando, esperançoso.

David pegou um biscoito do pote de plástico enorme sobre a bancada da cozinha e o jogou para o cachorro.

— Já volto.

O rabo abaixou, e David ouviu um uivo comprido e extremamente patético ao sair de casa. Mas sabia que Catioro estaria dormindo em sua cãoma king-size antes de ele chegar ao seu destino.

No caminho, notou um panfleto azul grudado numa árvore na esquina, algo proibido no Conto de Fadas. Que estranho o Hud não ter resolvido isso. Ele se esforçava para fazer valer até as regras mais bobas.

Quando David se aproximou o suficiente para ler o que estava escrito, percebeu que o dono dos panfletos não poderia ser ninguém menos que o próprio Hud. Ele devia ter feito isso hoje cedo. O texto dizia: "Onda de crimes assola o Conjunto Residencial Conto de Fadas! Se algo seu foi furtado, venha até a fonte no pátio. Se você encontrou algum objeto desconhecido em sua propriedade, leve-o para a fonte. Depoimentos serão colhidos. O infrator e seus cúmplices serão localizados e sujeitos a penas de dois a quatro anos de cadeia."

Aquilo não fazia sentido, pensou David. Por que um ladrão deixaria objetos roubados na casa dos outros? Embora o pônei da Riley tivesse parado na porta da Ruby. E Zachary tivesse encontrado o diário da Addison na sua. Que estranho. Mas com certeza não era uma gangue, como insinuava Hud. Nenhuma das coisas que sumiram na casa dele valia o suficiente para comprar sequer um drinque no Palmeira Azul.

David passou por mais três árvores com panfletos antes de chegar à casa de Jamie. Hud tinha caprichado. Mas era sabido que Hud sempre se dedicava aos seus casos. E estava agora sentado à fonte, amarrando uma isca e esperando suspeitos para interrogar.

Ele puxou os óculos escuros para a ponta do nariz quando viu David se aproximar.

— Amigão! Que bom te ver. Resolveu fazer seu papel por nossa comunidade e depor contra a ladra?

— Não. Só estou de passagem. Era só um suporte atlético, Hud. E não vou dar queixa contra um gato.

— Um gato treinado por uma ladra profissional — rebateu o detetive.

David acenou para ele e seguiu em frente. Quando chegou à calçada de Jamie, sorriu. Um gato tigrado, laranja e marrom, estava sentado na janela da frente, encarando Hud. Ele voltou sua atenção para David, deu um miado de boas-vindas e pulou. Quando Jamie abriu a porta, o segurava embaixo do braço.

— Agora fico com medo de ele sair correndo — explicou ela enquanto se afastava da porta para deixar David entrar. — Encontrei a rota de fuga dele, um rasgo na tela da varanda. Já consertei, então ele não vai mais te incomodar. Nem a Catioro. Não te falei, mas vi Mac dar uns tapas nele ontem. — Jamie parou por um instante. — Estou falando muito? E rápido demais? Estou — concluiu ela, respondendo à própria pergunta.

— Sem problema — disse David. — E Catioro está bem. Nem parece que foi estapeado por um gato.

— Que bom. — Jamie respirou fundo. — Hoje foi um dia estranho, com esses panfletos espalhados por aí. Meu nome não aparece, mas sei que são sobre mim.

— Ninguém leva o Hud a sério.

— Menos mal. Estão aqui as coisas que o Mac pegou.

Ela o levou até uma caixa de papelão sobre a mesa de centro. David se sentou e a abriu. Jamie ficou de pé, observando. Mac pulou no braço do sofá e prestou atenção também, ronronando alto.

David separou a meia de Yetis, a meia esportiva, a camiseta dos Oakland Athletics e uma cueca boxer.

— Essas coisas são minhas. — Ele pegou uma toalha de mão branca. — Isso aqui também, tenho quase certeza. — E olhou para Mac. — Danado, você, hein.

— Vou comprar outra toalha para você. Acabei usando essa como pano de chão. Foi a primeira coisa que apareceu, então achei que não fosse de ninguém. Quero dizer, eu sabia que não era minha. Mas pensei que podia ter sido esquecida pelo morador antigo. E estou falando sem parar de novo.

Jamie estava tão agitada que suas bochechas tinham corado, e os olhos brilhavam mais que o normal. Essa inquietação caía bem nela. David coçou o queixo do gato, e o ronronado ficou ainda mais alto.

— Você disse que o Mac nunca tinha feito algo assim? — perguntou ele.

— Nunca. Mas eu morava num apartamento e não deixava ele sair. Ainda não acredito que isso aconteceu — respondeu ela.

— Você não quer sentar? Fico nervoso vendo você desse jeito — disse David, e Jamie lhe obedeceu. — Não foi nada de mais. — Ele olhou de novo para a caixa. — Parece que pelo menos metade das coisas é minha. Me pergunto qual deve ter sido o critério dele para escolher as vítimas.

— Acho impossível entender a cabeça dos gatos — respondeu Jamie. — Especialmente a do MacGyver.

— A do Catioro é fácil. Ele ama algumas coisas, tipo passear e comer, e isso é tudo que ele quer fazer. Menos quando está dormindo.

— Então ele é tipo um homem. — Jamie bateu na boca e arregalou os olhos com um ar horrorizado exagerado. — Eu disse isso em voz alta? — murmurou ela entre os dedos da mão.

David riu.

— Sim, disse. Mas não me ofendi. Os gatos e as mulheres podem ser mais complicados de entender, mas isso não faz de vocês seres superiores.

Jamie baixou a mão e sorriu para ele.

— Concordo. Inclusive, tem horas em que eu queria pensar menos. — Ela suspirou. — O que eu faço com as outras coisas que o Mac trouxe? Será que é melhor levar tudo para a fonte? Quero devolver tudo para os donos. Mas, se Hud tentar me interrogar de novo, talvez eu perca a cabeça e faça algo que não deveria. Que provavelmente não deveria.

— Fiquei curioso. Tipo o quê?

— Tipo... empurrar ele na fonte — respondeu Jamie. — Na verdade, não consigo pensar em nada pior. Está vendo? Não sou nenhum gênio do crime, furtando sorrateiramente todos os meus vizinhos com a ajuda de um gato. Se fosse, conseguiria pensar em várias coisas horríveis para fazer com Hud.

— Posso ir junto — ofereceu David. — Mas não vou tentar impedir se você resolver jogar o Hud na fonte. Vai ser maravilhoso ver isso.

— Obrigada. — Jamie pegou a caixa. — Vamos acabar logo com isso.

Ela seguiu para o pátio.

— Você é um cara legal! — gritou Hud para David. — Nem todo mundo perdoa com essa facilidade. Fazer amizade com a ladra que roubou suas coisas. Imagino que a beleza da madame tenha ajudado.

— Hud, a madame aqui... Quero dizer, a Jamie nem sabia que o gato estava roubando os vizinhos até ontem à noite.

Ele olhou de volta para a casa dela. Mac estava na janela de novo, observando.

— Você vai me mostrar o que tem aí? — perguntou Hud a Jamie.

Em silêncio, ela abriu a caixa, colocando as cuecas, a sunga laranja e o restante das coisas na borda da fonte.

— Quero devolver isso tudo para as pessoas que foram roubadas pelo meu gato.

— Oi, anjo. O que roubaram de você? — perguntou Hud quando Addison se aproximou.

— Não me chame assim — rosnou a garota. — E nada. Isso aqui estava na minha porta.

Ela jogou uma camisa da *Grande Guerra dos Cogumelos* ao lado das coisas de Jamie.

— Essa blusa é do Zachary — disse David.

Ele estava prestes a se oferecer para devolvê-la, mas concluiu que o garoto ficaria mais feliz se a vizinha fizesse isso.

Addison olhou para a camisa.

— Do Zachary? Ele não me parece o tipo de pessoa que gosta de *Hora de aventura*.

— Quando foi a última vez que vocês dois conversaram? Quando tinham 7 anos ou algo assim? — perguntou David. — Ele também cresceu, sabe?

— Grande coisa — murmurou ela e foi embora com a camisa.

Marie a substituiu ao lado de David.

— Fiquei sabendo que você e o afilhado da Helen não se deram bem — comentou a senhora com Jamie. — Ele disse para a Helen que você era amargurada, como algumas mulheres da sua idade ficam quando ainda não arrumaram um marido.

A boca de Jamie se abriu e se fechou como se ela quisesse responder, mas não encontrasse as palavras certas.

— Ele disse isso mesmo? — foi o que finalmente saiu.

— Aquele rapaz é horrível, sempre foi — respondeu Marie. — Não se preocupe. Meu sobrinho-neto está namorando, mas nosso dentista acabou de se divorciar. Vou falar com ele.

— Não! Marie, não! Eu já disse que não quero conhecer ninguém. Não quero saber de homem. Esse é o Meu Ano — soltou Jamie.

A vizinha fungou.

— Deixe de besteira, mulher.

— Muitos criminosos são incapazes de formar relacionamentos normais — interveio Hud. — Sua capacidade de roubar e fazer coisas piores se desenvolve porque eles não têm emoções como nós.

— Não tem nada de errado com as minhas emoções — rebateu Jamie. — Se eu tiver uma cárie, falo com seu dentista. Caso contrário, esqueça — disse ela para Marie.

Então se virou e foi embora.

David a seguiu.

— Que negócio é esse de "Meu Ano"? — perguntou ele.

Jamie deu um sorriso amarelo.

— Eu fico falando em voz alta coisas que deviam ficar só na minha cabeça. — Ela se sentou na escada na frente de casa, e David se sentou ao seu lado. — Enfiei na cabeça que esse é o "Meu Ano". Quando minha mãe morreu, ela me deixou dinheiro suficiente para tirar pelo menos um ano de férias. E, como eu disse naquele dia, quero usar esse tempo para descobrir o que eu quero fazer da vida. Não é o melhor momento para me envolver com alguém, apesar de a Marie e a Helen acharem que essa devia ser minha única preocupação.

— Sinto muito... sobre sua mãe — disse David.

— Obrigada — respondeu Jamie. — Faz pouco mais de um ano. Foi... tão doloroso na época, mas, agora que estou melhorando, quase me sinto pior. Porque as lembranças dela estão desaparecendo também... ficando um pouco enevoadas, e eu odeio isso.

— Sei como é — comentou David.

— Seus pais ainda são vivos?

— Sim. Eles moram no norte da Califórnia. A gente se vê algumas vezes por ano. Meu irmão também mora lá. Mas minha ex-mulher, ela... faz quase três anos que ela faleceu. Às vezes não consigo me lembrar das coisas com a mesma clareza, como a risada dela. Tem dias em que consigo ouvir ela na minha cabeça, mas é raro.

Jamie concordou com a cabeça.

— Exato. Exato.

Adam estaria revirando os olhos agora. Ali estava David, outra vez, sentado ao lado de uma mulher bonita, falando de Clarissa. Mas o que aconteceu no Palmeira Azul foi diferente. Ele não estava tentando dar em cima de Jamie. Era só uma conversa amigável. Gostava de conversar com ela.

Mac inspirou o ar pela boca, adorando o fato de o cheiro de Jamie ter mudado enquanto ela conversava com o homem. E o cheiro de David também mudara. O odor de solidão estava diminuindo, e outro tomava seu lugar, algo afetuoso, algo caloroso.

Ainda assim, ele sentia necessidade de caçar. No modo furtivo, Mac seguiu para a varanda telada, esquecendo que Jamie bloqueara a passagem secreta. *Pffft.* Como se isso fosse algum impedimento para ele. Ele já tinha descido por uma chaminé. Subir não devia ser tão difícil.

Apesar de seu corpo estar tremendo de excitação para agir, Mac resolveu esperar até Jamie dormir. Depois, daria início aos trabalhos.

CAPÍTULO 11

— Bem, o último teatro de fantoches que eu vi foi numa biblioteca, quando eu tinha uns 6 anos — disse Jamie a Ruby. — Então isso pode ser considerado novidade para mim.

— Com certeza, pode — respondeu a amiga enquanto manobrava seu fusca numa vaga entre um SUV e um hidrante. — O que esse grupo faz, o Almighty Opp, não é apenas uma apresentação de fantoches. Os idealizadores dizem que é como se fosse uma sessão de terapia. Nem vou tentar descrever o que acontece. Só mesmo você vendo.

As duas saíram do carro e atravessaram a rua.

— Minha nossa, aquilo é um balde gigante de frango frito? — perguntou Jamie.

— Putzgrila, sim, é — brincou Ruby. — Vocês não têm KFCs no formato de um balde de frango de dez andares na Pensilvânia?

— Não em Avella nem em qualquer outro lugar aonde eu tenha ido.

Ruby parou no ponto de ônibus entre uma loja de bugigangas e um prédio residencial. Dois rapazes tinham aberto cadeiras de praia na calçada e bebiam cerveja. Ruby sorriu para os dois, que acenaram para ela.

— O teatro é aqui perto? — perguntou Jamie.

— O teatro é aqui. Ou vai ser — respondeu Ruby. — Eles se apresentam na rua.

— Eles fazem isso em tempo integral? É tipo o emprego deles?

Jamie viu um casal hipster com cadeiras dobráveis vindo em sua direção.

— Não, eles só se apresentam uma vez por mês. E aceitam doações, mas acho que não devem cobrir seus gastos. Os caras vivem trazendo coisa nova — contou Ruby. — Acho que fazem isso porque gostam mesmo. Podem até querer mudar o mundo, ou pelo menos quem aparece para ver o espetáculo.

— Obrigada por me convidar.

Jamie estava ansiosa para ver como seria a tal apresentação — ou sessão de terapia. Pelo que sua amiga deu a entender, os criadores do Almighty Opp haviam descoberto sua paixão.

Ruby passou um braço ao redor dela e a apertou.

— Estou te devendo um tour por Los Angeles. Prometo que vou te levar a todos os pontos turísticos.

— Não estava marcado para começar às nove?

Não havia nem sinal dos artistas.

— Eles não são muito pontuais. Mas vão aparecer.

— Será que mais alguma coisa vai sumir hoje à noite? Faz dois dias que consertei o rasgo na tela, mas os roubos continuam acontecendo. A fonte está cada vez mais apinhada de objetos furtados. Mac não pode ser culpabilizado por todos. Não pelos últimos. Mas nem me dei ao trabalho de explicar isso ao Hud. Ele vai distorcer tudo que eu disser para sustentar a teoria dele de que sou um gênio do crime. Tipo, ele tem certeza de que eu deixo as coisas na porta dos outros para ninguém suspeitar de mim. Que coloco as coisas que realmente quero na minha porta e uso as outras como distração. Porque, você sabe, eu estava precisando mesmo de uma sunga laranja fluorescente.

— Acho que não ia adiantar nada você mostrar a ele que fechou o buraco na tela da varanda — disse Ruby. — Ele acha que o Mac não é seu único aliado, lembra? Se você convencesse ele de que o gato não consegue mais sair de casa, seria bem capaz de ele achar que eu estou dando continuidade ao seu trabalho. Sempre que me vê, ele me olha torto. Com certeza suspeita que faço parte da sua quadrilha.

— O pior de tudo é que Mac roubou mesmo algumas coisas. Eu vi ele pegar o suporte atlético do David. É bizarro pensar que Mac não estava atuando sozinho.

— Talvez exista outro gatuno copiando Mac — sugeriu Ruby. Ela cutucou as costelas de Jamie. — Entendeu? *Gatuno?*

— Na verdade, não. Será que você poderia me explicar? É que vim do interior, sou uma tapada — pestanejou ela. — Mas, fala sério, é muito esquisito tudo isso.

— Sim — admitiu Ruby. — Não deixaram mais nada na sua casa, não?

— Não. Senão já teria te contado. Espero que você não se importe de eu ficar aparecendo na sua casa toda hora para me acalmar, desabafar e comer biscoito — disse Jamie.

— Imagina. Quando estou fazendo algum filme, a equipe praticamente vira minha família. E, quando tudo acaba, a gente sempre diz que vai manter contato. Mas não é bem isso que acontece, a não ser que a gente volte a trabalhar junto. É bom ter uma amiga de verdade, sem ser colega de trabalho, principalmente porque meu próximo filme só vai começar a ser produzido daqui a alguns meses.

Jamie olhou para a rua de novo.

— Eles vão aparecer. Não se preocupe — disse Ruby. — Por acaso você viu o David enquanto acompanhava o movimento lá na fonte?

— Não — respondeu Jamie. — Ele não deve ter perdido mais nada desde que devolvi as coisas que o Mac pegou. Acho que teria passado lá em casa se tivesse dado falta de algo, já que estava tudo comigo.

— Parece até que o universo estava conspirando para vocês dois se conhecerem, primeiro se esbarrando no pet shop, depois marcando encontros no mesmo restaurante, se arrependendo amargamente e indo ao mesmo bar para chorar as pitangas. E aí, para melhorar, seu gato começa a roubar coisas dele.

— Eu consigo aceitar o fato de você decorar sua casa para o Natal em setembro — argumentou Jamie. — Acho até fofo, na verdade. Mas você vir falar do que o destino guarda para mim, isso aí já é demais.

Ruby ergueu as duas mãos.

— Tudo bem, tudo bem. Mas o David é um cara muito legal. E você também. Não quero dar uma de Marie ou Helen, mas...

— Então não dê — pediu Jamie. — Só aceite quando eu digo que não quero me envolver com ninguém agora. Nem com um cara muito legal. Sim, concordo, o David parece ótimo. Ele é legal, divertido, não sugeriu nada obsceno logo depois de me conhecer e até pagou meu drinque depois do encontro com aquele abusado.

— E ele tem uma bunda linda — disse Ruby.

— Tudo bem, sim, ele é bonito em todos os aspectos — admitiu ela. — Mas é sério, não estou disposta.

— Eu sei. E entendo, de verdade. Mas conheço o David há anos. E quero vê-lo feliz. Ele passou por um período difícil. E, apesar de te conhecer há pouco tempo, também quero te ver feliz. Consigo imaginar vocês dois juntos. E o David não é o tipo de cara que empataria sua busca sobre o que você quer da vida. Pelo contrário, acho que ele te incentivaria.

Jamie queria mudar de assunto.

— Fui na secretaria da faculdade hoje, e vou poder usar o dinheiro que paguei no curso de teatro para me inscrever numa turma de maquiagem de efeitos especiais — contou ela. — Estou seguindo seu conselho de tentar coisas novas. Além disso, minha fantasia de Halloween esse ano vai ficar sensacional.

— Eles chegaram! — exclamou Ruby.

A vizinha apontou para a rua, onde dois homens fantasiados de palhaço se aproximavam de bicicleta. E arrastavam carrinhos cobertos de lona que pareciam minivagões.

Talvez o universo esteja ao meu favor, pensou Jamie. *Agora a Ruby não vai mais falar do David.* Os dois homens pararam ao lado do ponto de ônibus, chamando silenciosamente Jamie e Ruby para ajudar.

Jamie ficou encantada ao ver o palco sendo montado, com os dois toldos, um canhão de confete e uma coleção de fantoches estranhos, porém maravilhosos. Quando alguém faz um negócio desses, vem para uma vizinhança tranquila quase sem fazer propaganda e monta um espetáculo que provavelmente não vai receber contribuição suficiente para se manter, só pode ser por amor. Se aqueles caras tinham encontrado algo que amavam fazer, ela também podia encontrar. E era esse o seu objetivo. Então, nada de macho por enquanto. Não naquele ano, que era um presente de sua mãe. Principalmente, nada de David, porque ele tinha potencial para ser uma distração, uma distração divertida demais...

— Addison veio devolver minha camisa do *Hora de aventura* — contou Zachary a David quando eles saíram para passear com Catioro. — Ela disse que encontrou a camisa na porta de casa e que você falou que era minha.

Fazia alguns dias desde que Addison levara a camisa para a fonte. Ela enrolou um pouco antes de devolvê-la. Não que David fosse contar isso a Zachary. Era perceptível que o garoto tentava manter um tom de voz indiferente, mas o sorriso não saía de seu rosto.

— Como vai a histérica? — Era impossível não provocar Zachary.

— Ela não é histérica — protestou Zachary. E David não comentou que fora ele quem começou a chamá-la assim. — No diário...

— Que você não leu.

Catioro parou para marcar território numa moita de hortênsias.

— Só dei uma olhada. Enfim, em algumas páginas, a Addison parecia bem chateada, mas dava para entender, por causa das idiotices que o namorado dela fazia. Mas, em outras, ela era meio engraçada. E vi até alguns poemas bem profundos.

A paixonite era mais séria do que David desconfiava.

— Parece que ela também gosta de *Hora de aventura*. Ela reconheceu de cara a estampa da *Grande Guerra dos Cogumelos*. Vocês falaram disso?

— Falamos — respondeu Zachary. — Ela tem uma teoria de que a bomba de cogumelos causou mutações, e os monstros de gosma que aparecem perto do Simon e da Marceline na verdade são mutações humanas. Não sei se concordo, mas faz sentido.

— Eu ainda não assisti — admitiu David.

— Mas precisa. — Geralmente, o garoto passaria o restante do caminho explicando todos os motivos pelos quais David tinha de assistir aos episódios, mas dessa vez o que disse foi: — Também conversamos sobre a Capitã Marvel. Acho que ela ficou meio surpresa por eu já ter lido. Existe um monte de postagens no *Reddit* de homens reclamando que a indústria quer enfiar essa coisa de diversidade goela abaixo da gente e que a Capitã Marvel só foi criada para agradar um público menor. Tipo as mulheres! Não acho que sejam um público menor. Nós dois também achamos que a Kamala parece com o Peter Parker e que a caracterização dela é bem complexa.

David resolveu intervir. Ele sabia que Zachary seria capaz de passar a vida inteira falando de HQs, e geralmente gostava dessas conversas. Ele também já tinha lido comentários daquele tipo na internet. Mas hoje só queria saber do que tinha rolado entre o garoto e Addison. Parecia que Zachary tinha subido no conceito dela ao defender a Capitã Marvel.

— Vocês já se encontraram na escola depois disso?

O sorriso de Zachary vacilou.

— Na aula de inglês. Mas os intervalos são curtos, então ninguém tem tempo de ficar conversando. E no almoço... Você sabe como é, todo mundo senta com as mesmas pessoas de sempre. A Addison não desgruda do namorado.

— Achei que ela tivesse terminado com ele naquele dia em que jogou o celular pela janela — comentou David.

— Pois é... — Zachary deu de ombros. — Também achei. E, no diário, parecia ser isso que ela queria fazer. — David não comentou nada sobre ele ter lido o diário dessa vez. — Mas hoje ela passou metade do almoço sentada no colo dele, dando batata frita na boca dele e tudo o mais, então acho que os dois devem ter voltado.

— O mundo dá voltas. A Mary Jane tinha namorado quando conheceu o Peter Parker.

— O que você está querendo dizer com isso?! — Zachary aumentou a voz, e Catioro parou de cheirar os arredores e olhou para trás a fim de ver o que estava acontecendo. — Eu não... Não faz diferença para mim se a Addison tem namorado ou não. É só que ela fala tão mal dele, e não entendo por que ela ficaria com um cara que trata ela mal.

— Ninguém devia namorar gente assim — concordou David.

— Pois é. Foi por isso que não entendi quando vi os dois juntos na escola.

— Certo — disse ele. E se perguntou se Zachary realmente tinha se convencido de que aquela era a verdade.

Mac jogou o ratinho de um lado para o outro, mas, apesar de ele ter o mesmo cheiro maravilhoso de sempre, a brincadeira não parecia tão divertida. A culpa era dos humanos. Como podiam ser tão burros? Primeiro, ele culpava seus narizes, que eram tão ruins que deviam ter outro nome. Deviam se chamar bolotas faciais.

Mas agora Mac não podia pôr a culpa apenas nos narizes horríveis deles. Ele tinha reunido Jamie e o humano companheiro de bando do babacão. Os dois tinham se sentado lá fora, e Mac sentiu o odor de solidão deles indo embora. Dava para cheirar a atração que sentiam. Ele tivera certeza de que havia completado sua missão.

E aí... nada! Os dois não se viram mais desde então. Por quê? Não dava para entender. Quando algo faz você se sentir bem, é normal querer mais daquilo. Como atum. Atum fazia Mac se sentir bem, então ele queria mais. Ele queria atum sempre. Ou como o ratinho. O ratinho fazia Mac se sentir bem... na maioria das vezes. Ele queria brincar com o ratinho o tempo todo, tirando quando Jamie o escondia na caixa com a tranca que Mac ainda estava aprendendo a abrir.

Os dois jovens, aqueles que não eram tão indefesos quanto filhotes, mas também estavam longe de ser como gatos adultos, eram igualmente burros. A mesma coisa tinha acontecido com a dupla. Mac tinha conseguido aproximá-los. Sabia disso. Sentira o cheiro deles. E também sentiu que os dois tinham tornado um ao outro mais felizes. E isso bastou para que se encontrassem de novo? Não. Porque eles eram humanos, que mal conseguiam sobreviver sem ajuda.

Pelo menos a menininha e a moça da casa decorada não precisaram de outros incentivos. De alguma forma, as duas conseguiram perceber que ficavam felizes juntas.

Mac bufou, irritado. Ele teria de sair hoje e tentar consertar as coisas. Seria impossível se divertir com o ratinho até tirar isso da cabeça.

O gato correu até o quarto de Jamie, onde ela dormia despreocupada, obviamente inconsciente da burrada que estava fazendo. Ele pegou algo do chão, algo com um odor capaz de penetrar uma bolota facial. Então voltou para a sala, entrou na lareira e começou a subir lentamente pela chaminé. Os jovens tinham sorte por Mac sentir pena dos dois. E Jamie tinha sorte por ser sua humana. Ela entenderia do que precisava para ser feliz, nem que ele tivesse de ir para a rua todas as noites da sua vida.

Quando Mac chegou à casa do homem, viu que a janela que costumava usar estava fechada. Não fazia diferença. Ele usaria a porta do babacão. Esperou um instante até ter certeza de que o cachorro não estava esperando do outro lado, então entrou.

Nenhum babacão à vista. Ótimo. Mac não queria brincar. Não hoje. Ele subiu como um raio pela escada e seguiu para o quarto em que o homem dormia. O cachorro estava dormindo lá também, enroscado, com o focinho encostado no rabo, sobre um travesseiro fofo e enorme. Mac queria um travesseiro assim. Outro dia daria um jeito de levá-lo para casa. Mas, agora, era hora de trabalhar.

Ele saltou na cama. Seu plano era se certificar de que o homem veria o presente. Devagar, se aproximou e o depositou sobre seu peito. E então — desastre.

O homem se levantou rápido. O babacão começou a latir.

Mac precisava fugir. Ele saiu da cama e correu para o banheiro. Tarde demais, lembrou que a janela estava fechada. Não fazia diferença. Sua especialidade era abrir as coisas. Ele pulou para o peitoril e começou a dar patadas no trinco.

Devagar demais. O homem se aproximou e o pegou no colo. Mac lutou, mas o homem continuou segurando firme, mesmo depois de levar um arranhão de advertência.

— Desista, MacGyver — disse ele. — Agora eu peguei você com a boca na botija.

CAPÍTULO 12

Jamie acordou com alguém batendo à porta. Ela olhou para o relógio. Pouco mais de uma da manhã. A sensação era de que estava dormindo havia horas, mas fazia só meia hora que tinha se deitado. Mesmo assim, era muuuito tarde para uma visita.

Mas a pessoa à porta não parecia concordar com isso. As batidas continuaram, ficando cada vez mais fortes. Jamie colocou a calça jeans que usara no teatro de fantoches por baixo da camisa que fazia de camisola. Quando começou a seguir na direção da porta, parou e pegou o smartphone na mesa de cabeceira. Digitou o número da polícia. Se o visitante fosse algum maníaco ou psicopata, em vez de um simples maluco como Hud, bastaria apertar em chamar.

— Quem é? — gritou ela, tentando soar como alguém mais intimidante.

Sua porta bonita não tinha olho mágico.

— Sou eu, David — gritou o visitante. — Desculpe te acordar. Estou com o seu gato.

— Mac?

Ele não estivera mesmo em cima da cabeça dela, onde costumava ficar no meio da madrugada. Jamie abriu a porta e encontrou o vizinho, que parecia ter acabado de acordar; Mac, que parecia furioso; e Catioro, que parecia felicíssimo.

Ela estendeu os braços para pegar o gato, mas David deu um passo para trás.

— Talvez seja melhor eu soltar ele aí dentro. Ele está um pouco... puto.

— Verdade, entra aí. — Jamie escancarou a porta. David lhe obedeceu, esperando Jamie fechar a porta para soltar o gato, que disparou para o quarto. — Não acredito que ele conseguiu fugir. Eu comprei uma tela novinha, não fiz uma gambiarra qualquer com fita adesiva — Ela foi para a varanda e deu uma olhada no lugar onde o rasgo tinha sido feito. — Viu? Tudo certo — concluiu, passando a mão pela tela. Então ergueu o olhar e notou o arranhão avermelhado no braço de David. — Ele arranhou você!

— Não tem problema.

Catioro ganiu e puxou a guia. Claramente querendo atenção. Jamie se agachou diante dele e começou a fazer carinho.

— Desculpe por ter ignorado você. Desculpe. Desculpe. — Catioro deitou de costas, e Jamie, obedientemente, começou a coçar sua barriga. — Vou pegar um remédio para esse arranhão. Se não cuidar, pode infeccionar — disse ela para David, e se levantou.

O cachorro bateu em sua perna, querendo mais carinho.

— Chega, Catioro — disse David.

— Quer tirar ele da coleira?

— Posso?

— Claro. Não tem nada aqui para ele estragar.

Depois que David tirou a coleira do cão, Jamie seguiu com os dois para o banheiro.

— Vai lavando o corte enquanto eu pego a pomada.

— Não está tão...

— Lava logo — disse Jamie. E David lhe obedeceu. Ela se inclinou por trás do vizinho e começou a mexer no armário de remédios. Os dois estavam tão próximos que dava para sentir o cheiro dele. Era um aroma gostoso, masculino, de sabonete e talvez um pouco de baunilha.

— E onde foi que você encontrou Mac? — perguntou ela, tentando se distrair. — Ainda preciso descobrir por onde ele fugiu.

— No meu quarto — respondeu David.

— Putzgrila! Não sei o que deu nesse gato. Vou acabar sendo expulsa daqui por causa dele.

Jamie encontrou a pomada e fechou o armário, se afastando do vizinho.

— Relaxa. Não vou contar ao Hud.

David fechou a torneira, e ela se esticou para pegar uma toalha, seu peito roçando contra as costas duras e quentes dele. Foi então que percebeu que estava sem sutiã. Porque só tinha colocado uma calça por baixo da camisa dos Minions. Aquele banheiro era apertado para cacete. Ela entregou a toalha a David e se sentou na borda da banheira.

— Ele pegou alguma coisa? — perguntou ela.

— Não. Mas trouxe algo que imagino ser seu.

David enfiou a mão no bolso da frente e tirou uma calcinha rosa-choque estampada com pequenos alienígenas verdes.

— Sim, é minha.

Jamie se levantou num pulo, pegou a calcinha e a enfiou no bolso da calça. Sentiu as bochechas esquentarem e soube que estava corando. Ela odiava ficar corada. Então abriu a pomada e aplicou um pouco no braço de David, se perguntando por que simplesmente não deu a pomada para ele, pois agora dava a entender que ela mesma ia esfregar o produto. Mas isso não seria estranho? Antes que pudesse se decidir, o próprio David esfregou a pomada.

— Quer um Band-Aid? — perguntou ela.

— Precisa não.

Ele saiu do banheiro, mas parou assim que entrou na sala. Jamie parou ao seu lado e segurou uma risada. Catioro estava deitado no sofá. Mac também. Os focinhos dos dois estavam quase encostados, e eles se encaravam, imóveis.

— Nem acredito que Catioro não está arranhando sua porta para fugir — sussurrou David. — Ele geralmente é um banana.

— Nem acredito que Mac não está arranhando a cara dele — disse Jamie. — Acho que os dois estão tentando negociar. Vamos deixá-los em paz.

David continuou onde estava.

— Minha avó costumava ler para mim um poema sobre dois animais de pelúcia que brigavam. No fim, só sobrava espuma.

— *O cachorro xadrez e o gato malhado*! Li esse poema num livro que minha mãe encontrou num mercado de pulgas — disse Jamie. — Acho que, se eles fossem se matar, já teriam começado. Vem. — Quando os dois chegaram à cozinha, ela abriu a geladeira. — Quer alguma coisa? Vou beber uma cerveja.

— Boa ideia.

Jamie lhe passou uma Corona, e os dois se sentaram à mesa. Ela resistiu à vontade de cruzar os braços diante do peito. Era tarde demais. Ele já vira tudo que tinha para ver. Não devia ser muita coisa. A blusa não era tão fina assim.

— Você estaria acordando daqui a pouco para o trabalho, né? Não precisa ficar. Pode levar a cerveja, se quiser.

— Você está me expulsando? Mesmo morrendo de febre por causa dessa lesão felina gravíssima? — perguntou David. E sorriu. — Dormi cedo. Já estou bem descansado.

— Pode ficar o tempo que quiser — disse ela, tomando um gole de cerveja. — Desculpa de novo por Mac ter entrado na sua casa. Eu tinha certeza de que não havia mais nenhuma rota de fuga na casa. Só que faz mais sentido ele ter encontrado outro jeito de sair do que mais alguém estar roubando e distribuindo essas bobagens por aí.

— Os roubos dele podem ter beneficiado meu vizinho, o Zachary. Ele estuda com a Addison e tem uma quedinha por ela. Você sabe de quem estou falando, não sabe? A irmã mais velha da Riley?

— Sei quem é — respondeu Jamie. — E esse menino já conseguiu passar mais de cinco minutos com ela?

David riu.

— Os dois se conhecem praticamente desde que nasceram. E ele sabe que a Addison é difícil. Mas os hormônios dele estão à flor da pele. E talvez ela não vivesse estressada se o namorado não fosse um babaca. Pelo menos essa é a teoria do Zachary.

Jamie ergueu as sobrancelhas.

— É possível. E o Zachary conhece o namorado?

— Ele já viu os dois juntos na escola, e leu um pouco do diário dela.

— O diário? Espera aí, então foi ele quem encontrou o diário na porta de casa? Eu estava na casa das meninas com a Ruby quando ela disse que precisava escondê-lo em algum lugar.

— Sim, eu pedi a ela que fizesse isso. O Zachary achou que, se ele mesmo devolvesse o diário, a Addison ia ficar chateada achando que ele leu tudo. Mas é óbvio que ele leu — respondeu David.

— Foi isso o que você quis dizer quando mencionou que Mac ajudou o Zachary? Você acha que foi Mac que pegou o diário? — Jamie suspirou. — Só pode ter sido ele. E o pônei de Riley também. Não quero nem pensar em quantas casas foram invadidas.

— Eu não estava me referindo ao diário. E sim à camisa do *Hora de aventura* que Zachary perdeu. Lembra, aquela que a Addison levou à fonte naquele dia? — disse David. — Eu avisei que era do Zachary, e ela devolveu para ele. Os dois começaram a conversar sobre o desenho e histórias em quadrinhos. Acho que fazia anos que eles não se falavam. O Zachary com certeza não vai reclamar do Mac.

— O que eu faço? Você acha que eu devia sair batendo de porta em porta para explicar que tenho um gatuno e pedir desculpas?

— Acho melhor você encontrar logo essa nova rota de fuga do seu gato e fechá-la. Ninguém vai se lembrar dessa história depois. A única pessoa que parece preocupada de verdade é o Hud. Se você quiser, posso te ajudar a dar uma olhada pela casa.

— Ótimo. Seria bom ter mais alguém procurando.

— Passo aqui depois do trabalho, então, umas três e meia. Está bom para você? — David terminou a cerveja. — Vamos lá ver se eles se mataram. Ainda não estou acreditando que você conhece aquele poema.

— Parece que nenhum dos dois se moveu um milímetro sequer — disse Jamie quando chegaram à sala. — Catioro está de parabéns. Eu jamais consegui ganhar uma competição de olhar contra Mac, mas ele está aguentando firme e forte. Aliás, pode trazer ele amanhã, se quiser.

— Claro. Até amanhã.

David prendeu a guia no cachorro e teve praticamente que arrastá-lo até a porta. Ele ficava tentando encarar o gato.

— Obrigada por trazer Mac para casa — agradeceu-lhe Jamie. — Espero que você consiga dormir um pouco antes do trabalho.

— Vou, sim. Aliás, gostei da camisa — elogiou David enquanto ela fechava a porta.

Jamie torceu para ele estar mesmo falando da camisa, e não da sua falta de sutiã. O desenho de Vinnie e Jules como minions era mesmo engraçado. Só podia ter sido isso.

Ela se jogou ao lado de Mac no sofá.

— Você dá trabalho, hein — disse. — Mas eu te amo. — E esfregou a bochecha no topo da cabeça dele, que começou a ronronar. — Vamos voltar para a cama. Bom, eu vou voltar, você, não. — Jamie pegou Mac no colo e o levou para o quarto. — Por favor, se comporte e fique aqui. Senão, vou começar a colocar coleira em você antes de dormir. Vou deixar você amarrado se precisar.

Mac se enroscou precisamente no centro da cama. Jamie suspirou, tirou a calça jeans e se ajeitou ao redor dele, mas o sono tinha desaparecido.

— Uma infinidade de coisas para você pegar nessa casa, mas tinha que escolher logo a calcinha. Muito obrigada, MacGyver.

Bem, o gato também tinha pegado uma cueca de David. Uma boxer. O vizinho provavelmente ficava bem nela.

Jamie suspirou e se virou de lado, cobrindo o rosto com um travesseiro. Ela não queria pensar em David de cueca. Queria — precisava — pensar em como manter Mac dentro de casa. E no próximo passo para descobrir sua paixão.

***

— Espero que, quando eu disse que gostei da camisa, ela tenha entendido que eu estava falando da camisa mesmo — comentou David com Catioro enquanto os dois voltavam para casa.

Logo depois que as palavras saíram de sua boca, ele percebeu que podiam soar como uma indireta maliciosa sobre o fato de Jamie estar sem sutiã. Coisa que tinha sido impossível de ignorar. Pelo menos para ele.

— E você... Estou orgulhoso por ter peitado aquele gato e saído inteiro.

Às vezes David achava que falava demais com o cachorro. Mas, se você tem um animal de estimação, você fala com ele. Era bem provável que Jamie conversasse com MacGyver também.

Quando os dois entraram em casa, David foi direto para a cama. Ele precisaria acordar em poucas horas. Ouviu Catioro desabar sobre seu travesseiro gigante com um suspiro contente. Alguns instantes depois, o cão roncava alto.

Mas parecia que o cérebro de David estava ligado na tomada. Ele não conseguia parar de pensar. Era curioso — estranho, bizarro, improvável? — o fato de MacGyver ter dado algo do Zachary para a Addison e vice-versa. Qual a probabilidade de algo assim acontecer? Havia 23 casas no Conjunto Residencial Conto de Fadas.

Jamie estava muito gata naquela blusa. O pensamento simplesmente surgiu em sua mente. Ele o afastou.

Por que Mac havia pegado tantas coisas de sua casa? Pelo que David observou na fonte, o gato tinha roubado muito mais pertences dele do que de qualquer outra pessoa.

Jamie estava muito gata naquela blusa.

Ele conseguiu ficar sem pensar naquilo por uns 15 segundos. A camisa era bem engraçada. Jules e Vinnie como minions, segurando bananas em vez de armas.

— Ba-na-na — disse David em voz alta, numa imitação razoável de um minion.

Ele já tinha visto todos os filmes dos minions várias vezes, porque a filha mais nova de Lucy e Adam, Maya, sua afilhada, era apaixonada por eles. Pelo menos a menina tinha bom gosto para filmes. Ela se recusou a ver mais do que meia hora de *Norm e os invencíveis*.

Jamie estava muito gata naquela blusa.

Pelo visto, ele não conseguia controlar o próprio cérebro. Aquela calcinha minúscula de alienígenas devia ficar muito bem nela também. A mente de David começou a criar imagens; ele suspirou e jogou o travesseiro por cima da cabeça. Agora, ia ser impossível dormir.

Na tarde seguinte, Jamie não conseguia parar quieta. Ela pegou o caderno. Tinha novos itens para sua lista de coisas de que gostava, incluindo criar uma cicatriz falsa, algo que havia aprendido na aula daquela manhã, e o Almighty Opp, apesar de ainda não saber como descrever exatamente o que tinha visto. Terapia com fantoches? Coaching com fantoches? Os dois caras à frente do espetáculo, Jeffrey e Kranko, pareciam querer fazer com que as pessoas se conectassem e se sentissem muito... alegres. Sim, *alegria* era a palavra que definia aquele momento. Não seria legal fazer algo assim? Não se apresentar num teatro de rua — apesar de que ela ainda não tinha tentado fazer isso, então talvez não devesse dispensar a ideia. Mas algo para unir as pessoas, deixá-las alegres?

Jamie deixou o caderno de lado. Tinha muitas coisas em mente, mas estava sem saco para escrever. Em vez disso, foi para a varanda e deu uma olhada na tela nova. Mac realmente não podia ter fugido por ali.

Ela voltou para a cozinha e abriu a geladeira, fechou, abriu de novo, pegou um picles e o comeu, apesar de não estar com fome. Então comeu um biscoito de água e sal para tirar o gosto de picles, e resolveu escovar os dentes.

Enquanto fazia isso, se olhou no espelho. Será que devia mudar de roupa? Estava usando uma blusa rosa com gola em V e calça cáqui. Nada de mais. Espera aí. Por que estava pensando em trocar de roupa? Que diferença fazia se não estava tão arrumada assim? Ia apenas receber ajuda de um vizinho para descobrir por onde seu gato estava fugindo. Ela estava arrumada o suficiente. Tinha colocado um sutiã. Estava apresentável. Era só isso que importava.

Ainda assim, Jamie foi para o quarto, abriu o armário e mexeu em alguns cabides, depois fechou a porta com firmeza. Ela *não* ia trocar de roupa. Era por isso que o Meu Ano não incluía homens. Um cara bonito vinha lhe fazer um favor, todo amigável, solícito, sem nenhuma segunda intenção, e ela não conseguia se concentrar em mais nada.

Jamie tirou Mac do lugar onde ele tomava sol e o abraçou. O gato permitiu o carinho por dois segundos antes de se desvencilhar dela. Mac gostava de receber carinho e ser paparicado — mas só quando *ele* queria. Ou quando sentia pena de sua humana.

Ela pegou o celular e buscou o poema do cachorro xadrez e do gato listrado. Chamava-se "O duelo". Jamie tinha se esquecido disso. Então se perguntou se David sabia o título. Já ia ela de novo. Desistira de trocar de roupa, mas continuava pensando nele. Que coisa ridícula.

Jamie respirou fundo e saiu de casa. Começaria a procurar a rota de fuga de Mac sozinha. Tinha sido legal, bem legal, da parte de David se oferecer para ajudar, mas ela podia fazer isso por conta própria. Só que, antes de conseguir começar a inspeção, Marie surgiu na varanda vizinha.

— Veja seu e-mail — disse ela.

— Por quê? — perguntou Jamie.

A forma como Marie a encarava a deixou nervosa. Havia um brilho determinado naquele olhar.

— Porque o Fred Hernandez, nosso dentista, acabou de me avisar que mandou um e-mail para você.

Jamie fechou os olhos, contou até três e os abriu de novo.

— Marie, por favor, não passe meu e-mail para ninguém sem a minha autorização. Eu fui bem clara quando disse que não quero conhecer seu dentista nem qualquer outro cara. Por favor, fale com ele e diga que se enganou.

— Pode contar a ela, Mi.

Ela olhou para trás e viu David se aproximando. Ele lhe deu uma piscadela rápida, passou um braço ao seu redor e a puxou para perto.

— Eu e a Jamie estamos namorando. A gente não queria contar para ninguém por que não sabíamos se ia ser para valer. Mas acho que agora já sabemos.

Marie estreitou os olhos.

— Namorando... — repetiu ela. — Onde foi o primeiro encontro?

A mulher estava começando a soar como Hud Martin.

— Na Universal Studios. Sei que é muito turístico, mas Jamie acabou de se mudar. Além do mais, ela queria ver o Bates Motel, já que é fã do Hitchcock — respondeu David.

— Sou obcecada por ele. Apaixonada — acrescentou Jamie rapidamente, se sentindo um pouco aturdida. Ela não queria sair com o dentista da Marie, mas não gostava muito de David ter tomado o controle da situação. — Também fomos beber naquele bar aqui perto. Como era o nome do lugar?

O calor do corpo dele estava inundando os ombros e a lateral do corpo dela, distraindo-a.

— O Bode Sedento — respondeu David. — Jamie, por incrível que pareça, pediu um energético com Contreau. Disse que o gosto era parecido com os *gummies* alcoólicos que comia na faculdade.

— Fazer o quê? — comentou Jamie.

Marie inclinou a cabeça para o lado e os analisou por um instante, depois assentiu com a cabeça.

— Vou avisar ao Fred que você está namorando — disse ela. — Mas, se vocês terminarem, gostaria que você saísse com ele. Você já tem 34 anos. Precisa pensar nessas coisas.

Ela voltou para casa.

Jamie começou a se afastar.

— Vamos ficar aqui um tempinho — disse David. — A Marie vê tudo.

— É verdade. — Ela se virou um pouquinho para encará-lo. — Você me chamou de Mi?

— Achei que seria mais convincente. Se a gente estivesse namorando, eu inventaria um apelido para você — explicou ele. — Não tive muito tempo para pensar. Mi é fofo. É o final do seu nome. Parecia fazer sentido.

Um sorriso começou a se formar nos lábios de Jamie, mas ela se forçou a dizer:

— Eu não precisava de ajuda.

David fez uma careta.

— Desculpa ter me metido assim. É porque já estive nessa situação, com meus amigos insistindo para eu ficar com alguém. Só quis ajudar.

— Você ajudou — admitiu ela. — Foi sorte a gente ter se encontrado no bar aquele dia. Se a gente não tivesse entrado em detalhes... acho que ela dificilmente se convenceria, apesar de você também ter arrasado com o comentário sobre Hitchcock. Se ela tivesse me perguntado sobre os filmes, eu saberia responder tudo. — Jamie o fitou e sorriu, para o caso de a vizinha ainda estar vigiando, dizendo: — Será que a gente pode procurar a rota de fuga do Mac agora?

David assentiu com a cabeça, deu um beijo na testa dela e afastou lentamente o braço. Apesar de ele não estar mais tocando-a, Jamie ainda conseguia sentir aquele calor penetrando seu corpo.

— Você nem trouxe o Catioro, né?

Ela queria falar algo, e essa foi a primeira coisa que lhe passou pela cabeça.

— Pedi ao Zachary que desse uma volta com ele.

— Tudo bem, mas eu estava falando sério quando disse que ele poderia vir — disse Jamie. — Eu ia começar olhando o lado de fora da casa.

— Boa ideia. — Os dois começaram a andar. — Você se importaria se eu contasse ao meu melhor amigo e à esposa dele que a gente está saindo? Toda vez que me encontro com os dois, eles ficam me mostrando perfis no Tinder. Não desistem. E você sabe como foram os meus dois primeiros encontros.

Jamie deu de ombros.

— Por que não? Não seria justo se só eu me aproveitasse dessa situação.

— Recebi umas mensagens da mulher que a Lucy desenrolou para mim no Tinder. Na verdade, um monte de mensagens — contou David. — Mandei uma mensagem, e ela respondeu com dez, sem eu nem dizer mais nada. E eu não estava ignorando ela. Só estava trabalhando.

— Dez é bastante quando não é uma conversa mútua — respondeu Jamie.

— Pois é. Ela não disse nada de mais. Mas fiquei meio assustado com a insistência. Agora, estou com um pé atrás para me encontrar com ela.

— Dá para entender — disse Jamie. — Mas talvez ela só tenha gostado muito de você e ficado ansiosa para te conhecer melhor.

Ela não queria ser maldosa com a mulher desconhecida. David não era seu namorado de verdade. Não havia motivo para sentir ciúme.

— Pode ser — concordou ele.

— Essas janelas parecem bem fechadas para mim. O que você acha?

— É, aparentemente está tudo certo. Mas... olha aquelas orquídeas ali — David apontou para as plantas embaixo da janela do quarto. — As mais altas estão tortas, como se algo tivesse caído em cima delas. Ou como se um gato tivesse pulado do telhado.

— Mas continuamos num impasse. Como foi que ele subiu no telhado? — perguntou Jamie.

Os dois terminaram a inspeção do lado de fora da casa sem encontrar mais nada que indicasse como Mac fugia.

— Vamos dar uma olhada lá dentro — sugeriu ela.

A dupla foi para a sala. Mac resolveu ser sociável e os seguiu, ronronando de satisfação.

O celular de David vibrou.

— Desculpa. É melhor eu atender. Eu cubro o gerente da confeitaria quando ele viaja... como é o caso agora.

Ele abriu o aparelho e o fechou logo em seguida.

— Está tudo bem? — perguntou Jamie.

— Era ela. A Carolzinhah. Disse que acabou de perceber que meu perfil não menciona se quero ter filhos e que ficou curiosa.

— Ah. Bom, imagino que isso seja um detalhe importante mesmo — argumentou Jamie, ainda querendo manter a mente aberta quanto à mulher, apesar de já estar pegando ranço dela.

Não, *ranço* era uma palavra forte demais. Mas a mulher devia ser chata. Carolzinhah? Quem na nossa faixa etária se refere ao próprio nome no diminutivo? E qual é a desse "h" no final? Ela deve achar que está no Orkut.

Jamie não compartilhou sua opinião sobre a falta de bom senso da outra. Em vez disso, perguntou:

— É normal querer saber esse tipo de coisa logo no começo? Nunca usei aplicativos de relacionamento. Em Avella, todo mundo se conhece. Ou pelo menos é o que parece.

Os dois continuavam inspecionando a casa enquanto conversavam.

— Não sei. As outras duas não me perguntaram isso. Teria sido bom se a grávida tivesse me perguntado se eu queria ter filhos, mas, fora isso... Qual o problema de esperar até você se envolver mais com a outra pessoa antes de começar a falar em formar uma família?

— Problema nenhum — respondeu Jamie. — Mas o esperma não tem data de validade, né? Acho que, se uma mulher tem certeza de que quer filhos, talvez não queira sair com um cara que tem certeza de que não quer. Se for o caso, é bem provável que ela tenha colocado isso no perfil.

Pronto. Isso era justo. E era verdade que as mulheres tinham de se preocupar com coisas que os homens nem cogitavam.

— Talvez ela tenha escrito. Eu li por alto o perfil dela — admitiu David. — Só mandei mensagem porque senão Adam e Lucy ainda estariam escolhendo alguém para mim, e eu não estava mais aguentando. Então, posso falar para eles que estamos saindo mesmo?

Jamie se obrigou a continuar sendo justa.

— Sem problema. Mas, se você mudar de ideia e quiser que os dois voltem a te ajudar, pode dizer que terminamos. Imagino que, se você está no Tinder, é porque quer conhecer alguém bacana.

— Eu queria. Comecei a ficar com medo de acabar passando a vida inteira sozinho — admitiu David. — Mas essa coisa de aplicativo não é para mim. Queria que as coisas acontecessem naturalmente. Se você conhecer alguém, me avise, para a gente não precisar mais mentir.

— Já eu só estou interessada nesse namoro de mentira para não ter que conhecer alguém — lembrou Jamie. — Não consigo achar um lugar por onde Mac possa ter saído.

— Nem eu — disse David. — Talvez você devesse ler o e-mail do dentista da Marie, só para ter certeza de que realmente não quer conhecer o cara.

Jamie o analisou. Será que ele já tinha mudado de ideia? Não queria mais fingir ser seu namorado de mentira?

— Tá bom. Vou olhar. — Ela pegou o celular, abriu a caixa de entrada e encontrou o e-mail do dentista. — O assunto é "Minhas necessidades". Parece promissor, hein?

O celular de David vibrou. Ele deu uma olhada.

— Outra mensagem da Carolzinhah. Ela está perguntando se eu quero filhos, quantos e se tenho preferência por menino ou menina.

— Estou pior do que você. O e-mail do dentista é uma lista das qualidades que ele exige numa mulher. Precisa ter emprego. Precisa ter carro.

— Ele está tentando fugir das interesseiras — comentou David. — Não é tão ruim assim.

Jamie ergueu um dedo.

— Não pode ter mais de um metro e setenta. Cabelo batendo nas costas, e ele diz que sabe que o meu é mais curto, mas que "podemos resolver isso". — Ela deixou o celular de lado. — Já li o suficiente. A gente nem se conhece, e ele já quer mudar um monte de coisa em mim.

O celular de David vibrou de novo.

— Ah, qual é. — Ele leu a tela. — Ela quer saber se gosto do nome Valentina para uma menina, talvez com o apelido Val, e Enzo para um menino. — David olhou para Jamie. — Você acha que esse tipo de pergunta é normal também?

— Hum... não é, não.

Jamie sentiu uma onda de prazer ao saber que agora David jamais sairia com aquela mulher. Ela tentou afastar esses pensamentos. Aquilo não era da sua conta. Tirando que os dois estavam virando amigos, e um amigo não deixa o outro sair com gente maluca.

— Vou dizer que comecei a sair com a minha vizinha para ver no que dá. — David sorriu. — Você é bem conveniente.

Jamie sorriu para ele.

— Você também. O dentista devia ficar feliz. Eu acabaria dando uma garfada no peito dele se a gente saísse para jantar.

— Sabe, já que a gente está fingindo namorar, podíamos sair de verdade — disse David. — Porque a Marie vê tudo. E meus amigos vão querer saber dos detalhes.

— Eu topo. Você tem alguma sugestão?

— Sei que você gosta de filmes antigos, mas e de filmes muito antigos? — perguntou ele. — Conheço um lugar ótimo. É um dos meus favoritos.

O coração de Jamie disparou, como se o convite para sair num encontro fosse de verdade.

— Se é um dos seus lugares favoritos, preciso conhecer.

— É o cinema de filmes mudos. As sessões só acontecem às sextas e aos sábados. Pode ser na sexta?

— Claro — respondeu Jamie. — Adoro filmes antigos, mas nunca vi nada do cinema mudo. Quero dizer, só uns trechos na televisão, e eu estou nessa onda de experimentar coisas novas. Então, para mim, está ótimo.

— Posso passar para te pegar às sete. Adiciona meu número, para o caso de você ser a namorada psicopata que manda mil mensagens por hora — disse ele.

Jamie entregou seu celular.

— Pode salvar aí. Se sou sua namorada de mentira, preciso ter seu número.

Mac se espreguiçou, tranquilo e satisfeito aquela noite. Jamie e o homem, David, haviam passado mais tempo juntos, e os dois cheiravam a felicidade. E David não trouxera o idiota dessa vez. Na outra noite, Mac teve de se controlar ao máximo para não mostrar as garras ao babacão que estava no seu sofá. Não queria que o idiota começasse a chorar e atrapalhasse Jamie e David.

Ele até gostaria de ficar em casa hoje, mas, ontem, antes de ser pego, pretendia continuar seu trabalho com os quase-adultos. Ele fora pego! Ainda não acreditava que um humano tinha sido rápido o suficiente para capturá-lo. Pelo menos David e Jamie se encontraram. Era quase como se tudo tivesse sido planejado.

Mac também precisava visitar o babacão. O vira-lata tinha que ficar ciente de que, só porque Mac fora piedoso por algumas horas, isso não significava que o tolerava. Se Catioro, Jamie e David fossem conviver no território de Mac, Catioro precisava entender seu lugar no bando — atrás de todo mundo.

CAPÍTULO 13

— Que tal este? — Ruby ergueu um vestido amarelo-ovo com saia godê. A barra era ondulada, e ele amarrava no pescoço. — Comportado, mas sensual. Parece algo que a Megan Draper usaria quando ainda era secretária de Don em *Mad Men*.

— Fofo. Mas não fico bem de amarelo — disse Jamie. — Você acha ridículo usar algo obviamente vintage num cinema de filmes mudos? Não quero parecer fantasiada.

— Não. Vai ser perfeito. O pessoal no cinema vai adorar. E um monte de gente se veste assim lá. — Ruby continuou passando os cabides na loja. — Ahhh, olha esse aqui!

Ela ergueu uma saia godê curta com estampa de cachorro-quente e hambúrguer, que parecia até a capa do cardápio de uma lanchonete dos anos 1950.

— Acho que esse combina mais com você do que comigo — disse Jamie.

— É verdade. Vou provar. — Ruby continuou olhando as roupas. — Essa é *per-fei-ta*.

Ela ergueu uma saia midi rodada e pregueada da cor de um pinheiro. Era estampada com flores em veludo preto, mas nada muito poluído, completamente diferente do misto de cachorro-quente e hambúrguer da outra saia.

— Adorei — arfou Jamie.

— E com isso aqui...

Ruby puxou uma blusa preta simples, com decote canoa. Parecia algo que a Audrey Hepburn teria usado em *Sabrina*.

— Adorei — repetiu Jamie.

— Mas? — perguntou Ruby.

— Parte do Meu Ano é usar o que eu quero, sem me preocupar com o que os outros pensam. Mas essa combinação é demais. Não sei se consigo botar essa banca toda. Para ficar bom, preciso do penteado certo. Do batom certo. Só vai funcionar se eu realmente me entregar de corpo e alma à coisa.

— Concordo. Então, se entregue. Vai ser divertido. Posso te ajudar com o cabelo e a maquiagem. Você vai ficar ótima com um penteado à la Veronica Lake e um batom vermelho. Tenho a cor perfeita — disse Ruby.

— Não sei...

— Sabe, sim. Está estampado na sua cara que você quer essa roupa — rebateu a vizinha.

— Mas não é um encontro de verdade. Só estamos fingindo. Não vai parecer estranho eu me arrumar toda?

— Acredite em mim, todas as mulheres no cinema vão desejar ter se arrumado num estilo retrô depois de verem o seu look — disse Ruby. — E você vai ficar maravilhosa.

— Será que o David não vai levar um susto quando me vir toda produzida? — perguntou Jamie.

— Você só está esquecendo uma coisa: os homens não reparam nesses detalhes. Eles não pensam nos significados por trás da cor de um batom. David vai achar que você está bonita, mas não vai tentar analisar suas roupas.

— Vou ali experimentar.

— Também vou. Quero provar a saia — disse Ruby.

Os dois provadores minúsculos da loja ficavam um ao lado do outro, então as amigas continuaram conversando enquanto se trocavam.

— Você viu aquele vestidinho de criança com os faunos e a saia de tule vermelho por baixo? — perguntou Ruby. — Achei a cara da Riley. Mas seria melhor se fossem pôneis em vez de faunos. Só não sei se a mãe dela se incomodaria.

— Talvez como um presente de Natal? — sugeriu Jamie enquanto tirava a calça. — Acho que a mãe dela não vai se importar com um presente. Vocês se conhecem?

— Só de vista — respondeu Ruby. — Pelo que a Riley e a Addison dizem, sei que ela tem dois empregos. Eu devia me apresentar a ela, já que a Riley está passando tanto tempo na minha casa. Addison sabe onde ela está, mas preciso me certificar de que a mãe dela não se importa com isso.

— Sim, mas imagino que não haverá nenhum problema. Muita gente no condomínio falaria bem de você. Inclusive eu — disse Jamie. — Só não deixa ela conversar com o Hud.

— Hud nunca esteve tão feliz. Ele agora tem um caso para resolver.

— E o escritório dele é a fonte do pátio — concordou Jamie. Ela vestiu a saia, fechou o zíper. Coube certinho, o comprimento à altura do joelho. — O dono da sunga foi lá esses dias. Deve ter 40 e poucos anos. Está ficando careca. Barriguinha de chope.

— É o Brett Morris — falou Ruby. — Ele mora na casa no fosso. Está passando por um divórcio litigioso.

— Parecia que o Hud estava anotando a vida inteira do sujeito. Ele deve ter passado uma hora inteira fazendo perguntas.

Jamie colocou a blusa. Era justa, combinava bem com a saia. Ela alisou o tecido, virou-se de costas para ver o conjunto por trás.

— Minha saia ficou curta demais — disse Ruby. — E a sua?

— Vou levar tudo — respondeu Jamie.

Agora que as provara, seria impossível sair da loja sem as duas peças.

— Muito bem.

Quando Jamie estava botando a saia de volta no cabide, seu celular vibrou. Ela abriu a mensagem e começou a rir.

— Qual é a graça? — perguntou Ruby.

— O David acabou de me mandar uma mensagem. Ele quer saber se eu tenho tatuagem, porque não conseguiria conviver com uma mulher que não se importa com seu corpo o suficiente fazer no mínimo três. E disse que, se eu não tiver nenhuma, mas estiver disposta a me tatuar num futuro próximo, talvez ele ainda considere a ideia de me levar ao cinema. — Jamie estava rindo demais para continuar. Ela respirou fundo algumas vezes e prosseguiu: — E que, por ser um cara muito generoso, vai cogitar pagar parte dos custos das tatuagens se a gente se der bem, porque ele quer garantir que elas sejam de qualidade.

— O David mandou isso? *David* David? — quis saber Ruby.

— Ele está de deboche — explicou Jamie enquanto colocava suas roupas de novo. — Eu li uma parte do e-mail do dentista para ele, aquele que a Marie queria me apresentar. O cara tinha uma lista de pré-requisitos. E, algumas coisas, como o tamanho do meu cabelo, ele disse que poderíamos "resolver".

— Você contou isso para a Marie?

— Claro que não. Não estava disposta a começar uma discussão em que ela tentaria me convencer de que sou crítica demais, e o dentista, um ótimo partido. Agora, ela acha que eu e o David estamos namorando, e é assim que quero que as coisas continuem — disse Jamie ao sair do provador.

— Não fica chateada com a pergunta — começou Ruby, se juntando à amiga —, mas e se você e o David se derem bem e tiverem uma química maravilhosa? Você não vai nem considerar sair com ele de verdade?

Jamie suspirou.

— Por favor, não dá uma de Marie nem de Helen, não. Acredita em mim quando eu digo que quero passar um tempo sozinha.

— Eu acredito. E entendo. Mas talvez você não encontre alguém tão legal quanto o David depois que resolver o restante da sua vida. Ele é especial. Só pense a respeito — acrescentou Ruby apressadamente.

— Só preciso fazer uma coisa esse ano, que é ter novas experiências e descobrir o que quero fazer da vida. Um ano. Isso também é especial.

Quando Catioro parou para fazer xixi, David aproveitou a oportunidade para ler a última mensagem de Jamie. Os dois estavam conversando desde que ele falara das tatuagens naquela manhã. Ela pedia para ele apresentar suas declarações de imposto de renda dos últimos cinco anos quando a buscasse. E dizia que se sentiria mais segura sabendo que ele era capaz de pagar a conta. David sorriu, pensando no que responder. Talvez pedisse para ver a carteira de identidade dela, porque acreditava que o homem devia ser pelo menos dez anos mais velho que a mulher com quem saía, e precisava conferir sua data de nascimento.

— David, espere!

Catioro deu um ganido de saudação enquanto Zachary vinha correndo. David tinha quase certeza de que o garoto usava uma camisa nova, mas não comentou. Não queria deixá-lo sem graça.

— E aê? — perguntou David.

— Preciso que a Ruby deixe outra coisa na casa da Addison — disse Zachary. — Pelo menos eu acho que isso é da Addison. — Ele enfiou a mão no bolso do casaco e tirou um top com estampa de leopardo, guardando-o na mesma hora. — Estava na porta da minha casa, no mesmo lugar que o diário.

Esse gato da Jamie é o capeta, pensou David.

— Mas você não tem certeza de que é da Addison, tem? Muitas coisas andam aparecendo em lugares estranhos. Talvez seja melhor simplesmente deixar na fonte — sugeriu ele.

— Esquilo — avisou o garoto bem na hora de David puxar a guia e evitar que Catioro deslocasse seu ombro.

— Obrigado. A gente pode passar lá na fonte agora.

— Se for da Addison, ela não ficaria com vergonha de pegar ele na fonte? As pessoas veriam. E é bem capaz do Hud fazer um monte de perguntas pessoais.

— Se existe alguém capaz de lidar com o Hud, é a Addison. Bem que seria divertido ver os dois discutindo. — Zachary não pareceu achar graça. — Mas você está certo, ela pode não gostar de ter sua peça íntima exposta ao público. Você pode explicar que encontrou isso na sua porta e achou que ela saberia de quem é. Se colocar a peça numa sacola, talvez não seja tão constrangedor.

— Pode ser — disse o garoto. — Você não acha que a Addison vai ficar brava se for dela? Talvez não goste de eu ter visto.

— Mas um top não é muito diferente de um biquíni. Você já viu a Addison de biquíni.

Zachary corou.

— Faz tempo que não vejo. Não tenho ido muito à piscina.

David entendia. As novidades da puberdade devem ter deixado o menino pouco à vontade com o próprio corpo. Ele se lembrava dessa sensação.

— Acredito que vá dar tudo certo — comentou David. — Mas, se você quiser, posso pedir para a Ruby dizer que encontrou a peça e queria saber de quem era.

— Não, eu vou entregar. — Zachary deu uma batidinha no bolso. — Vou lá agora.

O garoto se virou e foi andando pela rua.

— Depois me conta como foi — gritou David.

Seu celular vibrou, e ele sorriu ao ver que era outra mensagem de Jamie. Deu uma olhada no celular. Faltavam três horas para buscá-la. David notou que seu corpo pulsava de ansiedade, de um jeito que não acontecia há muito tempo. *Só vamos sair porque é conveniente para nós dois*, lembrou a si mesmo. Claro, ele estava ansioso pelo encontro. E por que não? Iria ao seu lugar favorito com uma mulher que o fazia rir.

Mas David não sentiu vontade de rir quando ela abriu a porta de casa aquela noite. Foi pego de surpresa. Jamie estava maravilhosa, usando uma saia que destacava suas curvas, com o cabelo caindo sobre os ombros em ondas suaves. Ele levou um segundo para notar que não tinha dito nada.

— Você está linda.

— Obrigada. Obrigada — repetiu ela. — Ruby disse que as pessoas se vestiam a caráter no lugar aonde vamos.

Ela alisou as laterais da saia. Parecia nervosa.

— É verdade. Você está perfeita. — David sorriu. — Vamos passar bem devagarinho na frente da casa dos Defrancisco no caminho para o carro?

Jamie sorriu para ele.

— Mas é claro. Também seria ótimo se a Helen nos visse juntos. Acho que ela é tão teimosa quanto a Marie.

Ela saiu de casa e trancou a porta.

— Esqueci as declarações do imposto de renda no meu outro casaco. Mas juro que vou pagar a pipoca, contanto que a gente divida uma pequena — respondeu ele.

— Esqueci as tatuagens no meu outro corpo — respondeu Jamie. E pegou a mão dele quando seguiram em direção à calçada. — Você se importa? Nunca tive um namorado de mentira antes.

— Tudo bem.

Ele apertou de leve a mão dela e, de repente, percebeu quanto tempo fazia desde que tocara outra pessoa. Sim, às vezes suas mãos roçavam as dos clientes quando tomava conta do caixa da confeitaria e ele dava abraços rápidos em Lucy, mas aquilo era diferente. Os dois estavam fingindo, mas, ainda assim, era diferente.

Al deu um resmungo de aprovação quando a dupla passou. Ele molhava o gramado do jeito antiquado, com uma mangueira.

— Acho que vi a cortina da cozinha mexer — sussurrou David na orelha de Jamie.

Ele sentiu o perfume dela, um aroma amadeirado, talvez sândalo, misturado com um toque cítrico.

— Mesmo que a Helen não nos veja, tenho certeza de que a Marie vai passar a informação adiante — comentou Jamie baixinho. — Quando eu me mudei, parecia que as duas tinham decorado meu contrato de locação.

— Você disse que nunca viu um filme mudo? — perguntou David enquanto eles seguiam para a ruela onde ele estacionara o carro. O maior problema do Conto de Fadas era que nenhuma das casas tinha garagem.

— Só peguei alguns pela metade na televisão — respondeu Jamie. — Chaplin. Buster Keaton.

— É uma experiência completamente diferente ao vivo — disse David. — Quando comecei a frequentar esse cinema, tinha um cara que tocava piano e órgão, Bob Mitchell. Já estava na faixa dos 80, tinha inclusive tocado nas estreias de alguns daqueles filmes décadas atrás. Ver ele tocar era tão legal quanto ver os filmes. E ele era apaixonado mesmo, até se fantasiou para tocar na exibição de Halloween de *O gabinete do Dr. Caligari*.

— Eu queria ter visto isso — respondeu Jamie. — Ultimamente ando pensando muito nas pessoas e em como ganham a vida, já que estou tentando resolver o que quero fazer da minha. Você se imagina sendo confeiteiro aos 80 anos?

— Acho que sim. Não sei se vou querer continuar trabalhando em tempo integral. Mas aposto que ainda vou bolar receitas para os jantares de família ou para festinhas.

Os dois chegaram ao Ford Focus de David, e ele soltou a mão de Jamie para abrir a porta para ela, percebendo que continuaram de mãos dadas mesmo depois de saírem da vista de Helen e Marie. Ele nem tinha se dado conta.

— Como vai sua busca? Já tem alguma ideia sobre o que quer fazer? — perguntou David, entrando na Gower Street.

— Ainda não, pelo menos não em termos profissionais. Mas descobri que adoro surfar. Uma aula já bastou para me conquistar. Ruby está me incentivando a experimentar coisas que nunca fiz antes. Ela achou que eu estava me limitando demais, e tinha razão. Agora, só quero saber de coisas novas, e é por isso que adorei sua sugestão do cinema de filmes mudos.

— Talvez você acabe querendo se tornar pianista num cinema de filmes mudos — disse David. — Uma excelente carreira para seguir. Muitas oportunidades de crescimento.

Jamie riu.

— Se nada der certo, é mesmo uma boa opção. Mas ainda tenho que tentar muitas coisas antes.

— Eu admiro isso — respondeu ele. — É fácil cair numa rotina e fazer sempre as mesmas coisas, ir aos mesmos lugares. Tenho agido assim desde que... nos últimos anos. — David estava prestes a dizer desde que Clarissa morreu, mas não queria falar sobre ela naquele dia, embora Jamie soubesse que ele era viúvo. — Saio com o Adam e a Lucy, aquele casal de amigos que vivem insistindo para eu marcar encontros casuais pelo Tinder; passeio com Catioro; vou ao cinema; leio. E aí repito tudo de novo.

— Não tem nada de errado em saber do que você gosta — respondeu Jamie. — Seus amigos têm filhos?

— Sim. Duas meninas. Sou padrinho da mais nova.

— E vocês não se afastaram? — perguntou ela. — Depois que meus amigos tiveram filhos, fomos nos distanciando.

— Talvez seja porque meus horários são flexíveis. Não trabalho à tarde, e o Adam é roteirista, então ele costuma ter bastante tempo livre — explicou David. — Levamos as crianças ao parque. E também passo bastante tempo com ele e a Lucy. Dá certo, de algum jeito. Não me sinto mal. E também acho que a Lucy manda o Adam sair para beber comigo às vezes. Ela se preocupa comigo.

Aquilo era algo que David não diria num encontro de verdade. Agora seria o momento de mostrar apenas suas qualidades. O que não incluía ser patético a ponto de a esposa do seu melhor amigo se preocupar com ele.

— Ela se preocupa?

— A Lucy tem medo de eu passar tempo demais sozinho. Depois que a Clarissa morreu. — De novo ele, falando da Clarissa.

Jamie assentiu com a cabeça.

— Não consigo imaginar perder alguém assim. Com nossos pais, é esperado. É horrível e triste, mas você passa a vida inteira sabendo que isso vai acontecer.

— Pois é. E você continua procurando pelas rotas de fuga do Mac? — perguntou David.

— Nossa, como você é sutil — brincou ela. — Olha, se você não quiser falar sobre a Clarissa, eu entendo. Mas, se quiser, não tem problema. Às vezes eu me sinto melhor depois de falar da minha mãe, mesmo que sejam só bobagens.

— Tipo o quê?

Jamie inclinou a cabeça.

— Hum. Como ela achava que eu era perfeita. — Jamie riu. — Acho que isso não é bobagem. Ela não era iludida nem nada. Sabia que eu não era perfeita mesmo. Mas sempre me apoiava, mesmo quando eu fazia besteira.

— Ela devia ser ótima — disse David.

— Era, sim — respondeu Jamie. — Fala mais da sua esposa.

— A Clarissa me ouvia. E se lembrava de cada detalhe do que eu dizia. Por exemplo, uma vez contei a ela sobre um Natal quando eu tinha 5 anos. Ganhei uma mochila de prótons dos Caça-Fantasmas que eu queria muito, e não consegui brincar com ela nem uma vez antes do meu irmão esculhambá-la. Até o fluxo de prótons parou de fazer barulho — disse David. — Anos depois de eu contar essa história, abri um presente de Natal e dei de cara com a mochila de prótons. Original dos anos 1980. E ela fazia barulho.

— Ela devia ser ótima.

— Era, sim.

Jamie tinha razão. Foi bom contar aquela história sobre a Clarissa.

David encontrou uma vaga no estacionamento perto do cinema.

— Vamos arranjar logo um lugar para sentar. Tem uns sofás ali na frente que são bem mais confortáveis que os outros assentos. — Ele a guiou pelo interior do cinema. — Ótimo. Tem um livre. — Os dois se sentaram. — Eu prometi uma pipoca pequena, né? Tem um bebedouro na recepção, então não precisamos comprar bebidas.

— Acho que vendem cupcakes aqui — disse Jamie.

David balançou a cabeça.

— Não, não. Minha namorada de mentira não vai comer cupcakes dos outros. Não aceito uma coisa dessas. Se você quiser cupcakes, eu faço. Que tal a gente tentar ganhar umas balas?

— Ganhar? Como? — perguntou Jamie. — Talvez eu possa ganhar.

— Sua memória é boa?

— Bastante.

— Beleza. Para ganhar, você precisa lembrar o nome de todos os astros do cinema nas fotos das paredes. Você conhece o Charlie Chaplin e o Buster Keaton. Mais alguém?

— Ah, a Louise Brooks, mas só por causa do cabelo — respondeu Jamie.

— Tudo bem. Aquele ali é o Fatty Arbuckle.

David apresentou todos os atores nos retratos e repassou os nomes até Jamie conseguir recitá-los. Quando o apresentador da noite subiu no palco e perguntou quem queria aceitar o desafio dos astros, David se levantou num pulo e apontou para Jamie.

— Tudo bem. Você — chamou o homem. — Levante e fale alto.

Ela se levantou, pigarreou e repetiu todos os nomes corretamente. O apresentador lhe deu um monte de balas.

— As balas de canela são minhas — disse David.

— Ei, fui eu que ganhei.

— Sem mim, você não teria tido chance — argumentou ele.

— Tudo bem. A gente divide.

Jamie abriu a caixa, pegou uma das balas e a ergueu até os lábios de David. Os dois se encararam por um instante, ambos parecendo surpresos com a atitude. Jamie começou a afastar a mão, mas ele abriu a boca, e ela jogou a bala lá dentro.

Aquilo não era coisa de encontro de mentira. Foi real. E bem excitante.

— Mac, eu tenho algum problema muito grave — disse Jamie.

Ela estava deitada no sofá, com os pés pendurados em cima do braço. Mac se acomodara na barriga da dona e amassava pãozinho na blusa dos minions, que era fina demais para suas unhas. De vez em quando, ele arranhava Jamie, mas ela não tentava interrompê-lo. Não queria que o gato pulasse e fosse embora. Os dois estavam conversando.

— Sabe, era para ser um encontro de mentira. De mentira. Eu o obriguei a segurar minha mão, o que foi justo, porque era para convencer a Marie e a Helen de que estamos juntos mesmo. Só que não soltei a mão dele depois. Nem pensei nisso. David deve ter ficado se perguntando por que continuei agarrada nele, mas foi educado demais para se afastar.

Jamie coçou o queixo de Mac, e ele ronronou tão alto que dava para sentir as vibrações.

— Depois dei uma bala na boca dele. Talvez você não saiba disso, já que é um gato, mas dar coisas na boca de um cara é equivalente a dar mole para ele. É diferente de quando dou um biscoito de salmão para você. Bem diferente. Quando uma mulher dá comida diretamente na boca de um homem, ela está mandando um sinal. E não quero mandar sinais. Porque não quero um namorado. E o David não quer uma namorada. Foi só por isso que saímos juntos.

Ela suspirou, e Mac aumentava e diminuía o ritmo da respiração.

— É isso, eu devo ter algum problema. Mas você não se importa. E é por isso que eu te amo.

Mac esfregou a bochecha na barriga de Jamie. O cheiro dela estava bem menos solitário hoje. Havia um leve odor de ansiedade, mas nada preocupante. Ele tinha certeza de que, se fosse à casa de David, seu cheiro também estaria melhor.

Seu trabalho tinha sido cumprido. Ele tiraria aquela noite de folga. Amanhã voltaria a ajudar os vizinhos. Havia tantos humanos burros. Mas hoje ficaria aqui, com Jamie coçando um dos seus lugares favoritos, embaixo do queixo. Ele não estava prestando atenção ao que ela dizia, mas ouvira as palavras "biscoito de salmão". Esse era um motivo a mais para continuar ali. Mac adorava biscoitos de salmão.

CAPÍTULO 14

David sorriu ao começar a acrescentar patinhas pretas à cobertura de creme de baunilha dos cupcakes. Cupcakes com recheio de mirtilo. Pretendia levá-los para Jamie depois do trabalho. Porque, já que era um namorado de mentira, seria um namorado de mentira legal. E daria alguns para os Defrancisco, deixando claro que os preparara especialmente para sua Mi. Tinha certeza de que Jamie acharia graça de seu empenho.

Ele ouviu alguém descendo a escada que levava à cozinha da confeitaria, ergueu o olhar e se deparou com Lucy. Perfeito. Poderia usar os cupcakes como prova de que estava adorando sair com Jamie, e isso chegaria aos ouvidos de Adam. Não era como se David nunca mais quisesse ter um encontro de verdade, ele só estava de saco cheio do Tinder. E estava de saco cheio dos amigos tentando lhe arrumar alguém. Agora que se sentia pronto para se envolver com outra pessoa, ele achava que prestaria mais atenção às mulheres, perceberia quando dessem mole para ele, como a moça da clínica veterinária, por exemplo. As coisas aconteceriam naturalmente.

— E aí? Tudo certo? — perguntou ele a Lucy quando ela se aproximou.

David já imaginava o que estava por vir. David tinha certeza de que a amiga estava doida para saber mais sobre a tal mulher com quem ele tinha saído.

— Deixei as meninas na escola. Agora tenho algumas poucas horas preciosas para fazer o que eu quiser, e resolvi começar com açúcar e cafeína — disse Lucy. — O que você está fazendo? E posso pegar um?

— Claro. São cupcakes de baunilha com recheio de geleia de mirtilo. Na verdade, são para a Jamie, lá do meu condomínio. Nós saímos ontem e eu conheci o gato dela. Pensei que ela acharia fofo.

Ele começou a moldar outra patinha.

— Você está pegando pesado, hein? Nenhuma mulher conseguiria resistir aos seus cupcakes. — Lucy tirou um da forma mais próxima. — É quase antiético. Como usar uma poção do amor.

— Meus cupcakes são bons, mas nem tanto — rebateu David.

— Eles são bons pra cacete. — Lucy lambeu um pouco de cobertura do seu lábio superior. — Trabalho com detalhes. Desembucha. Como vocês se conheceram? Como ela é? Aonde vocês foram ontem?

— Lembra que eu contei que conversei com uma mulher no pet shop? — Lucy concordou com a cabeça. — Bem, era ela. Eu não sabia que éramos vizinhos. Depois, acabamos no mesmo bar após aquele meu encontro com a moça assustadora do esquema de pirâmide. Nós conversamos, bebemos. Eu ainda não sabia que ela morava lá no Conto de Fadas. Até o gato dela entrar pela janela do meu banheiro e roubar meu suporte atlético. Jamie estava atrás dele, porque ele não devia sair de casa. A Jamie me devolveu o suporte, e convidei ela para sair.

Lucy soltou uma gargalhada.

— Adorei! E agora entendi as patas. Conta mais, conta mais.

David suspirou.

— Ela acabou de se mudar de uma cidadezinha da Pensilvânia. Era professora, mas quer mudar de vida e está tentando descobrir o que fazer agora. Então começou a aprender um monte de coisas diferentes. tipo surfe, teatro, maquiagem de efeitos especiais.

Lucy ergueu as sobrancelhas.

— Ela parece meio perdida.

— É, pode parecer que sim. Mas ela não está pensando em seguir carreira em nada disso. Só está experimentando coisas novas. Achei bem legal — disse David.

Ele realmente admirava a forma como Jamie estava aberta a novidades.

— E ela é bonita? — perguntou Lucy.

David pensou nas várias ocasiões em que a encontrara. Descalça, com a camisa de dormir, o cabelo bagunçado. No estilo estrela de cinema dos anos 1950 no encontro. Vestida casualmente no pet shop.

— Sim, muito bonita.

— O recheio de mirtilo está fantástico — elogiou Lucy. — Continue falando. Quero saber de tudo.

— Comprei a geleia na feira de Hollywood. É do Forbidden Fruits Orchard. As frutas deles demoram bastante para amadurecer, porque o lugar é cercado de montanhas e...

Lucy lhe deu um soquinho no braço.

— Você sabe que eu não estava falando da geleia. Onde foi o encontro?

— Fomos ver *A quarta aliança da Sra. Margarida*. Ela nunca tinha visto um filme mudo antes e estava curiosa.

— Espera aí, você levou ela para um cinema de filmes mudos no primeiro encontro? E aquela história de que você ia acabar estragando seu lugar favorito se levasse uma mulher lá e o encontro fosse horrível? Foi isso que você me disse quando eu dei a ideia — lembrou Lucy.

David deu de ombros.

— Não acho que a gente vá acabar se odiando. Se não rolar, podemos continuar sendo amigos. — Já que, na realidade, era isso que eram.

— E quando é que eu e o Adam vamos conhecer essa mulher digna de filmes mudos para quem você já está fazendo cupcakes? — quis saber Lucy.

— Acho que eu devia sair com ela mais algumas vezes antes de levá-la para a inquisição — respondeu David.

— Não sou uma inquisidora. Só me interesso pelas pessoas. E quero ver se ela é boa o suficiente para você.

— Ela é boa o suficiente para mim — garantiu ele. — Mas vocês vão se conhecer em algum momento.

— Em algum momento... — repetiu Lucy. — Falando assim, parece que vai demorar. Mas vocês ainda não devem ter chegado ao estágio de conhecer os amigos. — Ela pegou uma caixa para viagem e começou a dobrá-la. — Vou levar alguns.

— Só não pega esses com as patinhas. Prova os de café com os donuts em cima.

Ele indicou a bandeja com a cabeça.

— Um cupcake com um donut em cima. Que diabólico. É por isso que gosto tanto de você. — Lucy encheu a caixa. — Que bom que seu encontro foi divertido, querido. Você merece.

Ela foi embora, subindo a escada.

Algumas horas depois, David caminhava de volta para casa, carregando a caixa com os cupcakes que fizera para Jamie. Quando viu Zachary sentado na escada da sua varanda, com Catioro ao seu lado, ele se sentiu um pouco decepcionado. Estava ansioso para encontrar com Jamie, mas era óbvio que o garoto queria conversar.

— E aí, Zachary? E aí, Catioro?

— Ela acha que eu sou um tarado — anunciou ele, com a voz desanimada.

— O quê? — perguntou David, cambaleando para trás ao ser cumprimentado pelo cachorro com um abraço.

— Fiz aquilo que combinamos. Botei o sutiã numa sacola e perguntei à Addison se sabia de quem era. Ela viu o sutiã, me chamou de tarado e bateu a porta na minha cara — explicou o garoto. — Não é justo. Quando ela devolveu minha camisa, eu só agradeci.

— Daqui a pouco ela se esquece disso — disse David, mentalmente acrescentando um "talvez". — Você sabe como a Addison é. Ela tem pavio curto.

Ele fez carinho nas orelhas de Catioro e começou a coçar a barriga do cão quando ele se deitou de costas.

— É só que, quando a gente estava conversando sobre *Hora de aventura* e *Capitã Marvel* e tal... — Zachary não terminou a frase.

— Sei. Você não espera ter uma conversa legal num dia e receber uma porta na cara no outro — disse David. — Mas você leu algumas páginas do diário dela. Sabe como a Addison é emotiva. Isso vai passar. — Ele resolveu ser legal com o garoto.

Zachary parecia um pouco mais esperançoso.

— Talvez a Addison parta do princípio de que todos os caras são idiotas só porque o namorado dela é assim. Mas ela vai ver que eu sou diferente. Se algum dia voltar a falar comigo.

— Então você quer conversar com ela de novo? — perguntou David. Ele ficou curioso para saber se o garoto admitiria aquilo.

— Bem, nós somos vizinhos. E gostamos das mesmas coisas. Seria legal ter alguém com quem conversar por aqui. — Uma expressão culpada surgiu no rosto dele. — Você e o Catioro são ótimos. Não quis dizer isso.

— Sem problema. Não ficamos ofendidos — disse David. — Ei, quer ganhar um trocado e passear com ele? Preciso entregar uns cupcakes e, se eu for andar com ele e equilibrar a caixa ao mesmo tempo, é provável que não dê certo.

— Vá pegar a coleira, Catioro — disse Zachary, e o cachorro entrou correndo pela portinha. — Não precisa me pagar.

— Se eu contratasse alguém para passear com ele, teria que pagar, então não é justo que você faça isso de graça. E é sempre bom ter um pouco de dinheiro extra, não?

Ele deu uma nota de vinte a Zachary.

— É dinheiro demais — protestou o garoto.

— Então faça meu investimento valer a pena e deixe ele bem cansado — disse David. Era difícil cansar Catioro.

Catioro voltou correndo pela portinha, e Zachary prendeu a guia úmida de saliva.

— Até mais — disse ele enquanto o cachorro o puxava na direção do portão.

David entrou em casa. A confeitaria era uma sauna. Ele queria tomar um banho antes de visitar Jamie.

Jamie não conseguia parar de sorrir ao estacionar o carro. Passara o trajeto todo assim. Sua mandíbula já estava até doendo, mas era impossível ficar séria. Ela passara horas num fliperama de verdade. Não ia a um desde que tinha 13 anos, quando costumava frequentar o estabelecimento perto da sua escola com seu primeiro namorado, Bobby Martin.

Como será que ele está?, se perguntou enquanto seguia para seu chalezinho da Branca de Neve. Bobby se mudara no final da sétima série. Uma tragédia. Quando entrou na sua rua, ela deu de cara com David se afastando da casa.

— Ei! Oi! Você estava me procurando?

Ele se virou e acenou.

— Estava. Estou — respondeu. — Fiz uns cupcakes para você.

— Fez? Sério? Que legal da sua parte — disse Jamie quando o alcançou.

Al resmungou. Ele estava plantando mudas na sua pequena horta.

— Trouxe alguns para você e para Marie também — disse David.

O vizinho baixou sua pá de plantar mudas — Jamie não sabia se havia um nome certo para aquilo — e gritou:

— Marie!

Alguns momentos depois, sua esposa abriu a porta.

— O que é?

— Ele trouxe cupcakes para a gente. — Al indicou David com o queixo.

— Que bom que não trouxe aquele cachorro — disse Marie. — Não pense você que eu não vi que ele quase fez cocô no meu quintal um tempo atrás.

— Mas não fez — rebateu David. E ofereceu uma caixinha amarrada com barbante. — Fiz cupcakes para a Jamie e trouxe alguns para você e o Al também. Onde é que eu deixo eles?

Sem dar uma palavra, Marie sumiu dentro da casa. David olhou para Jamie.

— Será que ela não gosta de cupcakes ou...

— Ela vai voltar — disse Al, se levantando e limpando as mãos nos joelhos da calça jeans.

Um instante depois, a porta abriu e Marie apareceu com um prato de vidro, que colocou sobre o gradil da varanda.

David se aproximou e pôs quatro cupcakes no prato.

— São recheados com geleia de mirtilo, para a minha Mi.

Ele olhou para trás e piscou para Jamie.

Mirtilo para a minha Mi. Ela não acreditava que ele tinha dito isso. David estava mesmo empenhado em convencer Marie de que Jamie não precisava de uma casamenteira. Ele colocou mais dois cupcakes no prato.

— Para a Helen. Sei que ela gosta de doces.

David não tinha esquecido que também precisavam mostrar à outra vizinha que estavam saindo juntos.

— Helen, cupcakes! — gritou Al.

— Ela não precisa de cupcakes — disse Marie. — Nessie é gêmea dela. Não há motivo para Helen não ser tão magra e bonita quanto a irmã. — Helen abriu a porta. — Você não precisa de cupcakes, mas David trouxe uns para você.

Ele foi para o lado de Jamie, que lhe deu um beijo na bochecha. Ela sabia que só estava fazendo isso porque estavam fingindo namorar. Mas seu corpo não parecia entender que aquilo tudo era mentira. Uma pequena onda de calor a atravessou.

— Coloquei patinhas neles, em homenagem ao Mac — explicou David. E abriu a caixa para mostrar.

— Adorei. Vamos entrar para comer?

— Claro — disse ele. — Espero que vocês gostem — gritou para Al, Marie e Helen, que tinha passado para a varanda dos Defrancisco.

— Elas vão ter que parar de me perturbar agora — disse Jamie assim que os dois entraram na casa. — Você provou que é o melhor namorado do mundo. Obrigada por se esforçar tanto.

— De nada — respondeu David. Mac o seguiu quando ele e Jamie caminharam até a cozinha. — Mas acho que vou precisar de uma recompensa.

— Recompensa?

— Lucy já me perguntou quando vai te conhecer. Ela quer ter certeza de que você é boa o suficiente para mim — explicou ele. Então se sentou, e Mac imediatamente pulou no seu colo.

— Acho que não sou — disse Jamie. — Com certeza não consigo competir com cupcakes recheados com geleia de mirtilo e decorados com patinhas. Nem inventei um apelido fofo para você.

— E eu agradeço — disse David, fazendo carinho entre as orelhas de Mac.

— Quer café? — ofereceu ela. — Eu adoro café, mas gosto de comer cupcakes bebendo leite. Também tenho suco e cerveja.

— Um café seria ótimo. Qual foi o programa de hoje? Você parecia bem feliz quando nos encontramos na rua.

— Você nunca vai adivinhar — desafiou-o Jamie.

— Fiquei curioso — disse David. — Foi mergulhar numa caverna?

— Quase. Foi até mais divertido e perigoso. — Ela ligou a cafeteira. — Joguei *Mortal Kombat II*, *Crazy Taxi* e *Skee Ball*.

— Você descobriu uma máquina do tempo?

Jamie pensou no fliperama, e seu sorriso voltou.

— Quase. Descobri o Royce's Arcade Warehouse.

— Sério? Você foi lá? — David balançou a cabeça. — Eu e Adam sempre quisemos ir. Você acabou de se mudar e já foi?

— E foi tão divertido. O lugar parece uma garagem, com uma porta de enrolar enorme. Todos os jogos são grudados uns nos outros. Pais e avôs, algumas mães e avós, todo mundo brincando, ensinando as crianças como as coisas funcionavam antigamente — contou Jamie. — E eu conheci o Sr. Royce! Bem, é assim que as pessoas chamam ele. Royce é o primeiro nome dele. Royce D'Orazio. Ele começou o fliperama na garagem de casa. Na verdade, antes disso, já colecionava jogos. Então começou a trabalhar com conserto e aluguel de jogos. E continua fazendo isso, além de abrir a loja aos sábados. Passei horas jogando e só paguei três dólares para entrar. Foi a primeira vez que não tive de me preocupar com fichas.

— Que inveja — disse David.

— Da próxima vez que eu for, chamo você — prometeu Jamie.

Eita. Será que ela tinha exagerado? Ninguém estava observando os dois na cozinha, e seu comentário parecia digno de uma namorada de verdade. Ou, talvez, só de uma amiga. Eles estavam se tornando amigos.

— Claro — disse David.

Ele não parecia assustado. Que bom.

Jamie lhe passou uma xícara de café e se sentou com seu copo de leite. Depois de dar a primeira mordida no cupcake, fechou os olhos de prazer.

— E eu achava que nada podia ser melhor que o fliperama.

Mac se levantou no colo de David e soltou um miado irritado.

— Ah, desculpe, Vossa Alteza. — Ela olhou para David. — Quando eu bebo leite, Mac acha que tem que beber também. — Jamie pegou um pires, serviu um pouquinho de leite e o colocou no chão. O gato pulou e começou a lamber. — Quando peguei Mac, não sabia que a maioria dos gatos tinha dificuldade em digerir leite. Mas ele adora, e nunca passou mal, então deve ser um dos poucos que tolera lactose.

— Mac é especial em vários sentidos — comentou David.

Jamie riu.

— Claro. Você pode ver tudo por esse lado. Cadê o Catioro? Eu estava falando sério quando disse que você podia trazer ele sempre que quisesse.

— O Zachary foi levar ele para passear. O menino precisava de alguma coisa para fazer. Encontrei ele sentado na minha varanda arrasado, como se o fim do mundo estivesse próximo — respondeu David.

— O que foi que houve?

— Lembra que eu contei que o Zachary encontrou o diário da Addison e depois deixaram a blusa dele na porta dela?

— Sim, e os dois acabaram conversando sobre a estampa da camisa — completou Jamie.

Ela deu outra mordida no cupcake, deixando a cobertura de creme derreter em sua língua. David era extremamente talentoso.

— Isso mesmo. Mas agora o Zachary encontrou um sutiã que parecia ser da Addison — continuou David.

— Ele reconheceu o sutiã dela? — perguntou Jamie.

— Ele disse que tinha quase certeza de que era dela. Talvez tenha visto a alça alguma vez. Quando se tem 14 anos, ver a alça do sutiã da garota de quem você gosta pode dar asas à sua imaginação, ainda mais se a estampa for de leopardo, como era o caso — explicou ele. — Enfim, o Zachary resolveu devolver o sutiã. Numa sacola, para tornar a situação menos constrangedora. Mas a Addison chamou ele de tarado e bateu a porta na cara dele.

— Ah, não. Tadinho. Será que ela também gosta dele? O fato de Addison ter batido a porta e xingado ele não significa o oposto. Na verdade, talvez indique que goste. Às vezes é difícil de entender garotas adolescentes.

— Não sei se isso melhora depois que elas crescem — disse David.

— Eu costumava passar o tempo todo tentando entender o que os meninos pensavam. — Jamie começou a falar num tom agudo cantarolado, imitando sua versão adolescente. — Será que ele quis dizer outra coisa quando pediu uma folha do meu caderno? Ele podia ter pedido à Sarah, que estava sentada do lado dele. Ele deve ter pedido para mim por um motivo. — Ela riu. — Demorei um pouco até perceber que a maioria dos homens não pensa tanto antes de agir.

— Você está comparando homens a cachorros de novo? — perguntou David.

— Talvez — admitiu Jamie. — Mas não de um jeito ruim. Eu analiso demais as coisas.

— Tipo o quê?

— Nada disso. — Ela balançou a cabeça, fazendo o cabelo bater no rosto, seus cachos saltando. — Você vai achar que sou louca.

— Por favor — pediu ele. — Nossa situação é especial. Somos namorados de mentira, então podemos contar um ao outro coisas que casais de verdade não podem, pelo menos não no começo.

Por que não ser sincera? Não havia motivo para mentir, não para David.

— Tudo bem. Tudo bem, aqui vai um exemplo. Quando eu disse que chamaria você para ir ao fliperama na próxima vez, meu cérebro começou a pensar loucuras na mesma hora. Tipo, e se pareceu que eu estava forçando a barra para ser sua namorada de verdade? E se pareceu que eu estava presumindo que podia fazer planos por você?

— Se eu não gostar de alguma coisa que você fizer, aviso — disse ele.

— Viu só? — exclamou Jamie. — Homens pensam assim. Homens não ficam remoendo o que disseram até enlouquecerem.

— Quer tentar não pensar um pouco? Ver alguma bobagem na televisão, talvez pedir uma pizza? — sugeriu David. — E só para seu cérebro não ficar analisando demais o que eu disse, isso não é um plano secreto para te agarrar.

— Boa ideia — respondeu ela. — E o que eu quis dizer foi sim, vamos ver televisão e comer pizza mais tarde. O que você acha das bordas da pizza?

— São a melhor parte, depois da muçarela.

— Ótimo. Pode ficar com as minhas. Elas geralmente são massudas demais, mas não gosto de jogar comida fora.

— Somos o casal de mentira perfeito — disse David. — E o que eu quis dizer é que é divertido mentir para os nossos vizinhos e amigos com você.

— Concordo — disse Jamie. — E o que eu quis dizer foi que também acho.

Mac acordou num pulo, desorientado. Ele achava que tinha ouvido sua humana chorar e não conseguia encontrá-la. Então percebeu que estava enroscado no sofá entre David e Jamie, e ela exalava um cheiro bom, satisfeito, sem qualquer resquício de solidão. David também.

Ainda assim, algo o deixava inquieto. Mac tinha outras missões. Mais tarde, depois que Jamie dormisse, ele sairia. Não conseguiria descansar até ter ajudado todos que precisavam.

CAPÍTULO 15

— Eu estava pensando e cheguei à conclusão de que somos tipo uma versão moderna de Mary e Rhoda, só que nós duas somos a Rhoda — disse Jamie a Ruby quando apareceu na casa da vizinha para tomar um café no dia seguinte. — Eu adorava que as duas simplesmente apareciam na casa uma da outra.

— Você é jovem demais para conhecer Mary e Rhoda — argumentou Ruby. — Eu mesma só consegui ver as reprises desse seriado.

— Minha mãe adorava. Eu também. Nós víamos juntas de madrugada. Quer saber? Acho que sou um pouco parecida com a Mary. Eu me mudei para uma cidade nova, estou pronta para fazer a diferença no mundo. Só preciso jogar um chapéu para cima.

— Vou arrumar um para você — disse Ruby. — Você e o David se viram depois do cinema?

— Na verdade, sim. — Jamie não achava que aquilo fosse possível, mas sentiu que abria um sorriso ainda maior do que o de quando saiu do fliperama. — Ele fez cupcakes de mirtilo para mim. Inspirado no apelido que me deu. Mi. Mi, diminutivo de Jamie. E os cupcakes tinham patinhas, porque eu...

— Deixa eu adivinhar. Porque você tem um gato — comentou Ruby, seca.

— OK, eu mereci essa. Mas foi fofo, não?

— Foi fofo, sim — respondeu a vizinha. — David é um cara legal.

— Ele está se saindo um namorado de mentira perfeito — concordou Jamie, tomando um gole de café na sua xícara de rena.

— Será que ele... — Ruby foi interrompida por alguém batendo à porta. — Espera aí — disse ela a Jamie. Alguns segundos depois, voltou para a cozinha com Riley e Addison. — Os professores da escola da Addison tinham treinamento hoje, e a Riley quis ficar em casa com a irmã — explicou Ruby. — Tenho leite e açúcar, podem pegar o que quiserem.

A adolescente deu um resmungo parecido com os de Al.

— Posso deixar ela aqui um tempinho?

— Claro, a Riley pode ficar. A gente estava pensando em fazer uma escola para a Paula.

— Obrigada. — Addison tomou um longo gole de café puro. — Ei, Ri-Ri — disse ela, tornando a voz mais animada e alegre do que Jamie achava ser possível. — Você por acaso viu se o Zachary passou lá perto de casa de ontem para hoje?

— Eu vi ele passeando com aquele cachorrão — respondeu Riley.

— Na frente de casa? Ou na rua mesmo? — perguntou Addison, seu tom ficando um pouco irritado.

— Na calçada — respondeu a menina, atacando a torrada com manteiga de amendoim que Ruby colocara diante dela.

— Quer uma torrada, Addison? — perguntou a anfitriã.

Ela fez que não com a cabeça.

— Acho que o Zachary pode estar me perseguindo — anunciou a garota. — Uma camisa dele apareceu na minha porta, aí devolvi para ele. Hoje de manhã, lá estava ela de novo. E ontem ele me disse que tinha *encontrado* um sutiã que achava que era meu. Tipo, por que chegaria a essa conclusão? Ele nunca viu um sutiã meu.

— Se há algo estranho no seu bairro... quem você chama? — perguntou Ruby.

Addison fez uma careta de confusão e abandonou completamente a voz animada.

— O quê?

— Os Caça-Fantasmas. Deixa para lá. Só quis dizer que as coisas estão esquisitas por aqui nos últimos tempos. Foi por isso que o Hud montou um quartel-general lá na fonte, porque as pessoas ficam encontrando pertences alheios onde não deviam.

— Se isso ajuda, acho que meu gato deixou a camisa na sua porta e pegou o sutiã, não o Zachary. Eu peguei Mac no flagra outro dia. Achei que tinha descoberto a rota de fuga dele, mas ele deve ter encontrado outro caminho, porque as coisas continuam sumindo — disse Jamie. — Quando eu estava vindo para cá hoje, vi a irmã da Helen. Não podia ser outra pessoa. Ela é mais magra e pinta o cabelo para não ficar grisalho como o da Helen, mas é óbvio que as duas são gêmeas. Foi deixar uma boneca na fonte, e o Hud lá, fazendo anotações no seu caderninho.

— Então talvez o Zachary não seja um pervertido — cedeu Addison.

— O que é um pervertido? — perguntou Riley enquanto erguia a torrada para a boca de plástico de Paula, sujando a crina do pônei com manteiga de amendoim.

— Nada. Acho que vou ter que devolver a camisa. De novo — disse a garota. — Você pode deixar a Riley lá em casa quando se cansar dela — concluiu Addison, indo embora.

Jamie pegou o celular.

— Riley, posso tirar uma foto da Paula?

A menina sorriu.

— A Paula adora tirar fotos.

Jamie pegou a câmera e se certificou de enquadrar a mancha de manteiga de amendoim e o lado da cabeça de Paula que parecia ter sido mordido.

— Há quanto tempo você tem esse pônei?

— Desde sempre. A Paula viu mamãe na loja e disse para ela que queria muito ser minha. Eu ainda estava na barriga da mamãe, mas a Paula me achou — disse Riley.

Jamie tirou mais fotos da menina com o pônei. Era óbvio que Paula a deixava muito feliz.

Riley olhou para Ruby.

— Podemos brincar de rodeio de novo?

— Claro — respondeu ela, e os olhos da menina brilharam.

Também era óbvio que Ruby a deixava muito feliz. E o gato cleptomaníaco de Jamie é que tinha unido as duas.

Quer ir ao Museu de Tecnologia Jurássica comigo?

Jamie encarou por um instante a mensagem e então a enviou para David. Ele era só seu namorado de mentira, não precisava se perguntar se ele se incomodaria por ela ter tomado a iniciativa de convidá-lo para sair.

Outro lugar onde sempre quis ir, mas nunca fui. Quando?

Ela sorriu enquanto digitava a resposta. *Fica aberto das 14 às 20h hoje. E das 12 às 18h de sexta a domingo.*

Pego você às três?

Ótimo. Jamie baixou o celular, tentando ignorar a ansiedade que a preenchia. Ela não precisava ficar ansiosa para sair com um amigo, e era isso que ia fazer às três.

Ela saiu da sala e foi para a cozinha, depois voltou. Mac estava dormindo ao sol e tinha uma expressão tão feliz no rosto que não parecia certo acordá-lo para brincar. Em vez disso, Jamie tirou do armário um quadro laranja grande que tinha comprado e o colocou sobre a mesa da cozinha. Ela decidira seguir o conselho de uma matéria que leu numa revista e montar um quadro com uma coleção de frases e imagens ou qualquer outra coisa que achasse inspiradora. A ideia era que isso a ajudasse a descobrir o que queria fazer da vida.

Jamie pegou o notebook e começou a buscar imagens de surfistas. Ela fizera mais duas aulas, e adorava como se sentia ao surfar. Bem, não a parte em que ficava dolorida, mas a adrenalina, a sensação de ter conquistado algo. Encontrou várias fotos lindas na internet, e muitas capturavam a emoção de pegar uma onda. Mas nenhuma parecia adequada para seu quadro.

Ela pegou o celular e abriu a galeria para ver as fotos que tirara desde que se mudou para Los Angeles. Uma de Kylie imediatamente chamou sua atenção. A professora nem estava na água. Com a prancha na areia, ela mostrava a Jamie qual era a postura correta para surfar. Seu rosto exibia uma expressão excitante, e era óbvio que ela amava o trabalho.

Jamie passou todas as fotografias de Los Angeles para o computador e abriu a de Kylie de novo. Era uma ótima foto — modéstia à parte. Mas e se a tratasse? Jamie se perguntou como a imagem ficaria em tecnicolor. O glorioso tecnicolor. Ela adorava os filmes antigos com as cores saturadas, totalmente falsas, que pareciam conectadas às emoções.

Quando estava na faculdade, Jamie aprendeu algumas técnicas de tratamento digital, mas não tivera contato com essas coisas desde então. Precisava se atualizar. Ela fez uma busca no Google e descobriu um tutorial no YouTube, que levou a outro e mais outro. Tomou um susto quando bateram à porta. Ela nem acreditou quando olhou para o relógio. Já passava um pouco das três.

Jamie correu para a porta e a abriu. David estava do outro lado, sorrindo.

— Desculpa, ainda não estou pronta. Como você pode ver. — Ela não tinha nem calçado os sapatos. — Acabei me distraindo com um negócio.

— Não precisa ter pressa — disse David. — Você disse que o museu só fecha às oito. Como foi que você ficou sabendo dele? Não é um lugar muito conhecido.

— Vi na internet, ué — respondeu Jamie. E notou que ele trazia um saco de papel branco. — Para mim?

Ela tentou pegar o saco, mas David o afastou, brincando.

— Nada disso. Esses aqui são para o gato cleptomaníaco. Eu estava com vontade de testar coisas novas e resolvi fazer uns biscoitos para o gato.

Na segunda menção a "gato", Mac já estava se enroscando nos tornozelos dele. David pegou um biscoitinho em formato de peixe e lhe deu.

— Apenas duas fungadas antes de comer. Isso é basicamente uma avaliação de cinco estrelas — disse Jamie. — Fique à vontade. Já volto.

— Não precisa ter pressa — repetiu David.

Mas Jamie teve mesmo assim. Ela correu para o quarto e se olhou no espelho de corpo inteiro na porta do armário. Seu cabelo estava horroroso. Era por causa do seu hábito de ficar passando a mão nele enquanto pensava. Mas, fora isso, a roupa estava boa. Ela vestia sua calça jeans favorita e a blusa com estampa maluca da Forever 21. Então pegou um par de sandálias, fez o que podia com a bagunça encaracolada que era seu cabelo, passou batom e foi atrás de David.

Ele estava dando outro biscoito para Mac enquanto analisava a foto na tela do computador.

— Espero que você não se importe de eu ter visto. Era isso que você estava fazendo quando cheguei?

Jamie assentiu com a cabeça.

— Desculpa de novo por...

David dispensou o pedido de desculpas com um gesto.

— Gostei de como a foto está ficando. Desse tecnicolor dos anos 1950. É a sua professora de surfe?

— Sim. Achei que as cores tornam a maravilhosidade natural dela ainda mais maravilhosa — explicou Jamie. — Para mim esses tons são tão vívidos quanto ela ao vivo. A Kylie tem uma energia tão boa quando está ensinando. E quando não está também.

— Você conseguiu capturar isso. Tem mais?

— Eu ando tirando um monte de fotos desde que me mudei, mas essa é a primeira que resolvi tratar — respondeu Jamie. Então começou a passar as imagens numa apresentação de slides.

— Elas ficaram ótimas. Você retratou bem o espírito da Ruby nessa da construção do estábulo do pônei. — Ele pausou a apresentação para analisar os detalhes. — Parece que você prefere tirar fotos de pessoas. Mas também gostei daquela do rato na palmeira. Não penduraria na minha parede, mas é interessante.

Jamie riu.

— O rato me pegou desprevenida. Gostei do contraste. Mas, sim, tiro mais fotos de gente. Na verdade, são todas pessoas que parecem amar de verdade aquilo que fazem. — Ela colocou a próxima imagem. — Como esse cara, que dá conselhos ruins em Venice Beach. Tem um monte de gente feliz no calçadão, escrevendo nomes em grãos de arroz e coisas assim. Acho que acabei tirando essas fotos porque estou sempre pensando no que quero fazer da vida. Às vezes não consigo pensar em outra coisa.

— Você vai tratar as outras também?

Mac pulou na mesa e se espreguiçou sobre o teclado, bloqueando boa parte da tela. David o convenceu a mudar de posição com outro biscoito e abriu a foto seguinte. Era a da Mulher-Maravilha no Grauman's Chinese Theater.

— Nem tinha pensado nisso — respondeu Jamie, mas já estava planejando pintar os olhos da Mulher-Maravilha de um azul-amora, seus lábios de vermelho-rubi e o cabelo de um preto-azulado brilhante como o das penas de um corvo. Então destacaria alguns detalhes das roupas dos turistas ao redor, como os tênis lavanda da menininha loira e...

— Você está pensando nisso agora, não está? — perguntou David. — Quase dá para ver as ideias surgindo no seu cérebro. Quer adiar a visita ao museu e trabalhar mais um pouco?

Isso era algo que o tipo homem-grudento jamais sugeriria, pensou Jamie.

— Não, o museu só abre alguns dias na semana. Além do mais, começamos nosso namoro de mentira agora. A gente devia passar o máximo de tempo possível juntos. Se quisermos ser convincentes.

— Juntos num museu? Se eu quisesse ser convincente, nunca... — David se interrompeu.

— Nunca o quê?

— É melhor a gente ir. Se pegarmos o horário do rush, vamos levar o dobro de tempo para chegar a Culver City.

— Estou pronta. — Jamie fechou o notebook para Mac não voltar ao teclado. — Mas o que você ia falar sobre ser convincente? Não queremos que a Helen, a Marie ou os seus amigos comecem a desconfiar de nós.

— Eu ia dizer que, se quisesse ser convincente, passaria pelo menos uns dois meses sem deixar você sair do quarto — admitiu David.

— Você me deu uns cupcakes e acha que isso já basta para me levar para a cama? — brincou Jamie, mantendo um tom casual, apesar de sentir um frio absurdo na barriga diante da ideia de dormir com David.

— Também paguei um drinque para você — lembrou ele enquanto os dois seguiam para a porta. — *E* nós fomos ao cinema. *E* jantamos juntos.

— Nós não jantamos — protestou Jamie.

— Pizza. A minha com bordas duplas — disse David. — Na verdade, talvez seja por isso que a gente ainda não tenha transado. Quero ganhar trufas brancas e vinho caro antes.

— Você é difícil. Essa é uma informação que eu preciso guardar sobre meu namorado de mentira — comentou ela, e não insistiu no assunto. Precisava deixar aquele frio na barriga se dissipar.

O acervo do Museu de Tecnologia Jurássica era bizarro e fascinante, mas David percebeu que olhava tanto para Jamie quanto para os objetos exóticos. Desde que tiveram aquela conversa sobre o casal de mentira não ter transado ainda, ele não conseguia parar de pensar em sexo. De vez em quando, a ideia de transar com ela passava pela sua cabeça, mas, agora, era um pensamento recorrente. Aquela calça jeans dela não estava ajudando. A peça delineava todas as suas curvas.

Jamie leu o título da próxima obra em voz alta.

— "O mundo está embolado em nós secretos." — Ela se virou para ele. — Adorei. É tão poético. — Então analisou os bonecos de cera branca suspensos na água dentro de globos de vidro. — Os bonecos têm ímãs dentro, e aquela manivela ali aciona um ímã central. E parece que assim a máquina é capaz de prever o futuro. Eu acho. Esse lugar me faz acreditar e duvidar de tudo ao mesmo tempo. Que bom que viemos.

— Gostei também.

Tinha sido ótimo receber aquela mensagem dela. David percebera que seu círculo de amizades agora se resumia a Adam e Lucy — e Zachary. A culpa era sua. Depois da morte de Clarissa, ele recusou todos os convites e, com o tempo, eles pararam de aparecer. Conhecer Jamie lhe mostrou que estava pronto para ter mais pessoas na sua vida de novo.

— Perdão. Com licença — disse um cara de 20 e poucos anos com sotaque britânico, usando um chapéu *pork pie*.

Não havia muito espaço nas salas apertadas do museu. David se aproximou de Jamie para deixar o jovem passar. Sentiu o aroma do sabonete ou do xampu dela, algo cítrico e doce. E isso bastou para voltar a pensar em sexo.

De uma das salas que já tinham visitado, veio o som de ganidos e rosnados altos. A obra se resumia a uma cabeça empalhada de uma raposa numa caixa expositora, e eram disponibilizados óculos especiais que permitiam ver dentro da cabeça. Em vez de mostrar a laringe e as cordas vocais vibrando, os óculos mostravam uma imagem holográfica de um homem fazendo os supostos sons de raposa, que não soavam nem um pouco como os barulhos que uma raposa produziria.

— Não sei se acho esse som mais ou menos perturbador agora que vi que ele sai daquele cara — confessou Jamie por cima do rosnado escandaloso.

— Mais. Com certeza é mais — disse David.

Ele se forçou a se afastar. Não havia nenhum conhecido por perto, nada de Marie nem de Helen nem de Adam nem de Lucy. Não havia motivo para botar banca de namorado de mentira agora. Exceto que ele queria ficar próximo dela, sentir seu perfume.

— Acho que preciso fazer uma pausa. Estou começando a ficar com dor de cabeça. Soube que tem uma loja de chás no segundo andar. Vamos lá dar uma olhada? — perguntou Jamie.

— Claro.

David a seguiu por um dos corredores escuros e um lance de escada. A loja de chá estava vazia, mas, numa questão de segundos, uma mulher vestida de preto e cinza apareceu com duas xícaras de chá quente, como se tivesse recebido algum alerta de que seriam necessárias. Ela gesticulou para uma mesa de madeira escura com uma toalha de crochê grande no centro. Sem dizer nada, a garçonete deixou as xícaras ali e sumiu. Alguns segundos depois, voltou com um prato de biscoitos, deixou-o sobre a mesa e foi embora de novo.

Jamie riu.

— Aposto que ela gosta do emprego que tem. Ninguém trabalha num lugar assim sem gostar. Eu queria tirar uma foto sua, mas tomaram meu celular. — Não permitem celulares dentro do museu. — E queria muito conhecer o criador desse museu. Deve ser um sujeito bastante apaixonado.

David assentiu com a cabeça.

— Não é algo criado para ganhar dinheiro. Talvez até seja um negócio lucrativo, mas parece que ele só queria tornar um sonho realidade.

— Tenho inveja disso. Tenho inveja de pessoas que têm muita certeza do que querem — disse Jamie. — Estou me divertindo descobrindo coisas novas. Mas não tenho muito foco. Basicamente observo outras pessoas que sabem o que querem fazer da vida.

— E tira fotos delas. Dá atenção a elas. Fica feliz por elas — argumentou David. — É isso que eu vejo. Vejo foco, mesmo no curto período de tempo em que você está aqui. Talvez fosse uma boa ideia criar sua própria versão do *Humans of New York*.

— Você acha?

— Acho. Você podia fazer uma série de fotos e histórias sobre pessoas que trabalham com o que amam, seja dando aulas de surfe ou criando um lugar tipo esse aqui — continuou ele. — Você já começou. Eu estava falando sério quando disse que aquele tratamento de tecnicolor na foto da sua professora ficou ótimo. Você pode criar um blog, ou fazer postagens no Instagram e no Facebook.

— Seria tão legal se meu emprego fosse visitar lugares assim — disse Jamie, seus olhos castanhos brilhando de empolgação, o rosto corando.

David queria tocar as bochechas dela e sentir o calor.

— Se você visse sua expressão agora, ia querer tirar uma foto de si mesma — disse ele, tentando ignorar a vontade de tocar seu rosto. E seus seios. E sua... Os dois eram amigos, ajudando um ao outro fingindo ser mais que isso. Era preciso manter esse detalhe em mente.

Jamie se inclinou sobre a mesa e segurou a mão dele.

— Obrigada, David. De verdade. Isso estava bem na minha frente, mas acho que eu não teria enxergado sem você. — Ela apertou a mão dele e pegou a xícara de chá. — Pode ser que eu não faça carreira em cima disso, como o cara do *Humans of New York* fez. Mas quem se importa? Vou começar a postar as fotos em alguma rede social, porque essas pessoas me inspiram e talvez inspirem mais alguém. — Jamie finalmente parou para respirar depois de falar tanto. — Ah, será que posso tirar fotos suas na confeitaria? Você devia fazer parte do grupo de pessoas que trabalham com o que amam.

— Quando você quiser — respondeu ele.

— Agora? — perguntou Jamie. — Você me deixou inspirada.

— Pode ser agora.

Cerca de uma hora e meia depois, os dois estavam no porão da confeitaria. David misturava uma colher de saquê na panela em que fervia ameixas sem caroço.

— Você vai acrescentando o saquê aos poucos — explicou ele a Jamie enquanto ela tirava fotos. — A gente quer sentir um pouco do álcool, mas não muito. — Ele continuou mexendo, depois acrescentou mais da bebida na mistura. — Quer ser minha cobaia? — Jamie baixou o celular e se aproximou. Ele ergueu a colher até a sua boca. — Talvez seja melhor soprar um pouco.

E, quando Jamie lhe obedeceu, David fixou o olhar em sua boca, pensando em sexo de novo. Ele se sentia como um adolescente. Tudo que ela fazia trazia sexo à sua mente. Embora observar seus lábios daquele jeito, hesitantes para não queimar a língua, seria bem capaz de deixar um octogenário excitado.

— Acho que pode botar um pouco mais — sugeriu Jamie.

David ficou feliz por ter uma desculpa para olhar para o outro lado. Ele acrescentou mais uma colher de saquê à panela e misturou.

— Como você bola suas receitas? — perguntou Jamie, tirando mais fotos.

— Às vezes me inspiro nas pessoas para quem estou cozinhando — respondeu David. — Foi o caso dos cupcakes com geleia de mirtilo que fiz aquele dia.

Jamie sorriu, mas não baixou o celular.

— Ahhh. Interessante. E quando não é assim?

— Gosto de experimentar ingredientes diferentes ou inusitados — disse ele. — Esse aqui foi porque encontrei wasabi e gergelim de ameixa num mercadinho na Sawtelle Boulevard. Queria usar esses ingredientes, então achei que um cupcake de amêndoas ressaltaria esses sabores. Além disso, estou criando uns cupcakes com recheios alcoólicos para um bar aqui perto, foi aí que o saquê entrou. Saquê de ameixa para combinar com gergelim de ameixa. — Dessa vez foi ele quem provou a mistura. — Só para você saber, quando cozinho para os outros, uso uma colher nova toda vez que provo. Mas, como você é minha namorada, achei que não se importaria.

Ele acrescentou outra colher de saquê.

— Acho que não. Apesar de você estar se recusando a ir para a cama comigo antes de eu te levar para jantar num lugar caro — brincou Jamie.

David ignorou o comentário.

— Acho que está bom. — Ele acrescentou uma mistura de amido e açúcar à panela. — Prove de novo. Está doce o suficiente? — E ergueu a colher.

Jamie provou.

— Um pouquinho mais — disse ela.

David adicionou mais açúcar e desligou o fogo, então abriu o forno para dar uma olhada nos cupcakes.

— Quase prontos. Precisamos esperar até eles esfriarem um pouco antes de abrirmos os buracos para o recheio. Na verdade, vamos abrir tipo uns cones. Quer saquê enquanto isso? Um copo em vez de uma colher?

— Claro.

Jamie baixou o celular.

— Na verdade, nem tenho copos de verdade aqui. — Ele encontrou uma xícara medidora, serviu o equivalente a uma dose de saquê, passou para Jamie, depois se serviu de outra. — *Kanpai!*

David bateu sua xícara na dela.

— *Kanpai!* — repetiu Jamie, pulando para se sentar numa das bancadas de madeira. — Posso ficar aqui?

— Claro. — David se sentou ao seu lado. — Você sabia que lá no Japão eles brindam quando estão cansados de trabalhar? Eles valorizam bastante o trabalho pesado.

— Acho válido, quem liga para saúde? — comentou Jamie, tomando um gole da bebida, e ele notou que ela olhava fixamente para o seu rosto.

— Você está me encarando — disse David.

Jamie piscou.

— Desculpa. Só estava pensando em qual tratamento dar às suas fotos. Não sei se vou deixar todas em tecnicolor. Tem um filtro que dá um ar meio sonhador... Talvez fique melhor. — Ela balançou a cabeça. — Ah, deixa para lá. Pela sua cara, já vi que não gostou da ideia.

— Eu não disse isso — protestou David.

Mas ela tinha razão. Esses filtros suaves deixariam suas fotos extremamente vergonhosas. Com certeza não deixaria Adam vê-las.

— Também tem um que passa uma vibe anos 1980, com cores fluorescentes.

— Acho mais a minha cara. Billy Idol versão confeiteiro — disse David, e gritou-cantou o "more, more, more" de "Rebel Yell".

Enquanto Jamie ainda ria, ele a beijou; foi só um selinho rápido.

— Ahh... — Ela parecia não saber como reagir.

— Foi você quem falou que nós já tínhamos nos beijado — lembrou David. — Se eu tiver que te beijar na frente da Marie e da Helen, não quero que pareça artificial demais, como se a gente nunca tivesse feito isso antes.

Era uma desculpa melhor do que a de que ele simplesmente não conseguira se segurar.

— Ahh. — Ela assentiu. — E sob que circunstâncias você acharia necessário me beijar na frente da Marie e da Helen? — A voz de Jamie era brincalhona, mas ela ainda parecia chocada.

— Se eu for deixar você em casa depois de sairmos para jantar, por exemplo, e as duas estiverem plantadas na varanda ou espiando pela janela.

— Elas ficam de olho em tudo *mesmo* — disse Jamie. E chegou um pouco mais perto, puxou a cabeça dele e o beijou. Não rapidamente. Um beijo longo e delicado que deixou o corpo de David eletrizado. Quando o soltou, ela pulou da bancada e se serviu de mais saquê. — Esse foi um beijo de boa-noite mais convincente, hein? — perguntou Jamie de costas.

David pulou da bancada, tirou a xícara medidora das mãos dela, puxou-a para perto e a beijou do jeito que passara o dia inteiro sonhando, deixando suas mãos correrem por suas costas. Quando chegou à bunda dela, Jamie se afastou.

— Nada disso — disse ela, soando um pouco arfante. — Você não pode passar a mão na minha bunda na frente de velhinhas.

— Certo. Certo — repetiu David. Seu cérebro não conseguia formar outras palavras. Finalmente, ele conseguiu acrescentar: — Vou ver se os cupcakes já esfriaram o suficiente para rechear.

Mac começou a ronronar antes mesmo de Jamie abrir a porta. Não havia nem sinal da solidão que habitara nela por tanto tempo, mesmo quando dividia a casa com outros humanos.

Ele esfregou a perna da dona com a cabeça quando ela entrou e foi erguido e girado no ar. Mac sentiu que Jamie estivera com o humano do babacão, David. Também sentia esse cheiro. Sua escolha fora certeira. Ela devia deixá-lo tomar todas as decisões dali em diante. Para começar, devia comer mais sardinhas, e compartilhar com ele. A crocância dos ossinhos era deliciosa.

Sua missão fora concluída. O cheiro de Jamie estava mais feliz do que nunca, e isso fazia Mac sentir como se tivesse rolado em erva-de-gato. Ele queria mais dessa sensação. Bem mais. E sabia como consegui-la. Só precisava esperar sua humana adormecer.

CAPÍTULO 16

Na manhã seguinte, uma batida à porta tirou Jamie do trabalho. Inspirada nas capas dos discos de Billy Idol, ela estava tratando uma das fotos de David, pintando uma diagonal vermelha do rosto dele. Depois de assistir a mais tutoriais sobre funções ocultas nas câmeras do iPhone, ela baixara alguns aplicativos para lhe dar mais opções de edição.

Ruby estava do outro lado da porta.

— Trouxe café gelado. Não consigo beber café quente depois de meio-dia — disse ela.

Jamie viu que o sol já estava alto no céu.

— Que horas são?

— Uma e pouco — respondeu Ruby.

— Achei que fosse umas dez. Acordei às seis. Não acredito que passei tanto tempo trabalhando — disse Jamie.

— Sai da frente da porta e me deixa entrar, senão a gente vai acabar sendo interrogada pelo Hud — ordenou a vizinha.

Obedientemente, Jamie se afastou. E ficou boquiaberta quando Ruby saiu da sua frente. A fonte estava lotada. Geralmente, havia umas duas coisas, mas hoje devia ter umas vinte. Numa olhada rápida, Jamie notou roupas íntimas numa variedade de tamanhos, modelos e cores;

uma boneca de pano; uma camisa com a cara do Kanye West; um brinco comprido e brilhante, com o que ela torceu para serem pedras falsas. Não queria que Mac começasse a furtar coisas valiosas. Algumas pessoas andavam pela fonte, analisando a coleção de objetos.

— Fecha logo a porta — disse Ruby.

Mas era tarde demais.

— Espere aí, mocinha — gritou Hud enquanto Jamie fazia menção de fechar a porta. — Eu queria saber onde você e seu *gato* estiveram ontem à noite, do pôr do sol até o amanhecer, digamos — exigiu ele ao se aproximar. Então viu quem estava atrás dela. — E sua cúmplice também.

— Eu cheguei em casa às dez e meia — respondeu Jamie. — E meu gato... — Ela olhou para todas as novidades na fonte. — Meu gato devia estar furtando coisas nas redondezas. Já tentei descobrir por onde ele sai, para obstruir a passagem. Mas não encontrei nada.

O dono da sunga laranja correu pelo pátio e deixou uma meia-calça na fonte.

— Estava na minha varanda hoje — gritou ele para Hud enquanto se afastava.

— Por que você não me conta a verdade? Nós dois sabemos que seu gato não está por trás disso tudo. — Hud gesticulou para a fonte. — Não sem ajuda.

Ele tirou os óculos escuros e a encarou por um instante, então se voltou para Ruby.

— Você que é o detetive. Ou pelo menos foi, na televisão — argumentou a vizinha. — Não é seu trabalho coletar pistas e provas? Você não devia precisar que a gente te contasse nada. Não se for tão bom quanto pensa que é.

— Vocês acham que podem abocanhar a isca sem se prenderem no anzol. E talvez até possam. Algumas vezes. Mas cometam um errinho que seja e vocês vão parar na mesa do jantar — respondeu Hud. — Até logo.

Ele se afastou.

Jamie fechou a porta.

— Tenho que descobrir como Mac está fugindo. Eu tento ficar acordada para pegá-lo no pulo. Mas ele é muito esperto.

— Não se preocupe com isso. É besteira. Está todo mundo achando graça disso tudo. — Ruby colocou os cafés sobre a mesa da cozinha. — O que você estava fazendo para perder a noção do tempo?

— Isso.

Jamie virou o notebook para a amiga ver a foto de David.

— A-do-rei — anunciou Ruby.

— Tirei umas fotos do David na confeitaria ontem. Ele me deu uma ideia depois de ver uma foto da Kylie que eu estava tratando. Disse que eu devia pensar em fazer uma série de fotos de pessoas com empregos diferentes. Pessoas que amam o que fazem. Tipo uma versão do *Humans*...

— *Of New York* — completou Ruby. — Que ideia brilhante! — Seu celular tocou, e ela olhou para a tela. — A Addison quer saber se a Riley pode ficar comigo hoje à tarde. — E respondeu.

— Aposto que você disse que sim.

— É claro. Adoro quando ela me visita. É tão divertido ver como uma menina de 4 anos enxerga o mundo. Então você vai continuar tirando fotos de pessoas trabalhando?

— Sim, também quero conversar mais com todas elas, tentar descobrir como começaram a fazer o que fazem — revelou Jamie. — Posso conversar com a Kylie na próxima aula, e vou aproveitar para procurar as outras pessoas que fotografei em Venice Beach. Só tenho que levar trocados suficientes. Todo mundo quer dinheiro. E por que não?

— Essa ideia do David é perfeita. Quantas vezes vocês já saíram? — perguntou Ruby.

— Não é nada romântico — soltou Jamie. — Só passamos tempo juntos. Para os amigos dele e a Marie e a Helen pararem de encher o saco. Quero dizer, eu e você nos encontramos quase todo dia desde que me convidou para a decapitação dos bonecos de gengibre. É praticamente a mesma coisa.

Tirando os beijos. Jamie sentiu o rosto esquentar — o corpo todo, na verdade — só de pensar nisso.

Ruby apontou para ela.

— Você transou com ele!

— Não! — gritou Jamie. Ruby ergueu as sobrancelhas, esperando. — A gente se beijou algumas vezes — admitiu ela. — Mas só para treinar caso a gente tenha que se beijar na frente de alguém.

A vizinha começou a rir. Quando finalmente conseguiu parar, disse:

— Vocês dois são ridículos. Quando é que vão admitir que não estão fazendo isso por causa dos outros?

— Quando foi a última vez que você tentou dizer não à Marie? — rebateu Jamie. — Ou se meteu numa competição entre ela e a Helen? Nosso namoro de mentira resolveu o problema.

— Vou te contar uma coisa. Não tem nada de mentira no que vocês estão fazendo — disse Ruby.

— Tem, sim. Você sabe que quero focar em mim esse ano — disse Jamie. — Tenho um projeto novo maravilhoso...

— Graças ao David — lembrou a vizinha.

— Certo, David. Que não se sente pronto para se envolver com outra pessoa. Ele ainda está de luto. — Ela pegou o café e deu um gole demorado, e quase engoliu um cubo de gelo.

— Jamie, eu era amiga da Clarissa. Ela era uma mulher maravilhosa. O David ficou arrasado quando ela morreu. Mas ele não estaria *treinando* beijo com você se não estivesse pronto para começar outro relacionamento. E você não estaria *treinando* beijo com ele se realmente não estivesse a fim de se envolver com alguém no momento. Você só não vê isso se for cega.

— Olha, foi gostoso beijar o David, e a gente sempre se diverte quando está junto. Eu gosto dele, é ótimo ter um amigo assim. Mas não estou disposta a ficar me perguntando se ele vai sentir ciúmes quando eu sair para entrevistar os caras dos fantoches. Ou ficar me preocupando com o jantar dele quando eu não estiver em casa para cozinhar.

— Com o David, você não vai precisar se preocupar com essas coisas — disse Ruby. — E, de qualquer forma, não estou falando para ir morar com ele nem nada assim. Talvez vocês devessem tentar uma amizade colorida. Estando abertos a algo sério no futuro.

— Gosto das coisas como estão — insistiu Jamie. — E o David também. Está dando certo assim.

— Então tudo bem se vocês não se beijarem de novo, né? — insistiu Ruby. — Agora que vocês já treinaram, não tem motivo para se beijarem outra vez.

Jamie tentou disfarçar o frio que sentiu no corpo com a ideia de nunca mais beijar David.

— Tudo bem.

Quando David voltou do trabalho, Catioro veio lhe cumprimentar com a guia na boca, como sempre. Ele nem se deu ao trabalho de tentar convencer o cão a lhe dar dois minutos para descansar. Essa batalha era sempre perdida — apesar de David ser, sem sobra de dúvidas, o alfa.

Ele prendeu a guia na coleira e deixou Catioro puxá-lo para fora do quintal. Alguns segundos depois, Zachary saiu de casa e foi correndo até a dupla.

— Não posso passear com vocês hoje — avisou ele, virando-se de lado para fugir de um beijo na boca do cachorro, que jogou as patas em cima do garoto.

— Por quê? — perguntou David, e puxou o cão. — Para com isso, Catioro — ordenou.

O cachorro geralmente se contentava com uma ou duas lambidas, mas, hoje, parecia querer dar um banho em Zachary. Talvez fosse o cheiro que emanava do garoto. Parecia que ele tinha mergulhado numa piscina de coquetéis doces e óleo bronzeador de coco.

— Ah, que nojo, ele lambeu a minha boca. — Zachary se afastou até as patas de Catioro despencarem no chão. — Eu e a Addison vamos fazer o dever de inglês juntos.

Isso explicava o fedor adocicado. Zachary tinha descoberto o mundo dos perfumes.

— Acho que ela deve ter mudado de ideia sobre você ser um tarado.

David esfregou as juntas dos dedos na cabeça de Catioro como agradecimento pelo cachorro ter guardado a língua.

— Minha camisa apareceu lá de novo, e a Addison me devolveu — contou o garoto. — E disse que, já que tem um monte de coisas sumindo e reaparecendo na casa dos outros, ela não devia ter me culpado pelo sutiã. Ainda não entendi por que ela achou que a culpa fosse minha, já que eu só queria devolver o negócio. Tipo, por que eu devolveria algo que roubei? Enfim, começamos a conversar sobre um trabalho da aula de inglês e resolvemos fazer juntos.

— Isso significa que ela deu um pé na bunda do namorado? — perguntou David.

— Não. Não pelo que eu vi na hora do almoço. Mas a gente não está saindo nem nada. Só vamos fazer o dever de casa juntos — disse Zachary. — Posso ir com vocês até a casa dela. Vem, Catioro!

— Humm. — David tentou pensar numa forma sutil de dizer o que precisava ser dito. — Talvez você devesse tirar um pouco desse perfume. — Não conseguiu bolar nada melhor que isso.

Zachary corou.

— Estou fedendo? — Ele parecia apavorado.

— Não. Não é isso. Mas não é bom exagerar na dose — respondeu David. — Não que eu seja especialista no assunto. A Clarissa não gostava quando eu usava perfume. Ela dizia que preferia meu "cheiro natural de homem".

David ainda conseguia ouvir a risada na voz dela ao dizer isso, geralmente logo depois de ele voltar de suas corridas.

— Sério? Achei que todas as garotas gostassem — falou Zachary, puxando a gola da camisa e dando uma cafungada.

— Nem todas — respondeu David. — Mas, se você passar perfume, não exagere ao ponto de todo mundo na sala conseguir sentir o cheiro. É o tipo de coisa que as meninas só devem sentir quando chegarem perto de você.

Zachary corou de novo. Ele deu uma olhada no celular.

— Ainda tenho tempo para tomar um banho. A gente se vê mais tarde, então.

E voltou correndo para casa.

— Não foi ele que chamou ela de maluca um dia desses? — perguntou David a Catioro enquanto os dois seguiam pela calçada. Ele resolveu passar na casa de Jamie para atualizá-la sobre o romance adolescente.

Quando viraram na rua Sapatinho de Cristal, Catioro soltou um latido feliz e começou a correr. David acelerou o passo para acompanhá-lo, e os dois foram aos trancos e barrancos de encontro a Ruby, que atravessava o pátio.

— Como vão esses dois patetas? — perguntou a vizinha, se agachando para dar um abraço em Catioro antes de o cachorro jogar as patas contra seus ombros.

— Olha só, a gente pode não estar entre os mais inteligentes do mundo, mas "pateta" é um pouco pesado — reclamou David.

Ruby balançou a cabeça.

— Não é o que ouvi por aí — comentou ela.

— E o que foi que você ouviu?

Ela apenas sorriu, deu um tapinha de despedida em Catioro e foi embora.

— Vocês vieram procurar objetos roubados? — perguntou Hud. David nem tinha notado a presença dele. Nem as várias coisas espalhadas pela fonte. — Não é tarde demais para prestar queixa sobre aquele seu pertence que, cá entre nós, foi roubado por nossa amiguinha ali.

Ele apontou com a cabeça para a casa de Jamie, que estava na janela com Mac.

— Não dei falta de mais nada — respondeu David. — E a Jamie pode ficar com meu suporte atlético e qualquer outra coisa que quiser.

Ele permitiu que Catioro o puxasse até a maior palmeira do pátio para marcar território, e depois levou o cão até a casa de Jamie.

— Você disse que eu podia trazer ele — falou David quando ela abriu a porta.

— Claro que pode. Acho ótimo.

Quando os dois entraram, David soltou a guia de Catioro. O cão imediatamente se jogou no chão e se virou de barriga para cima, querendo carinho. Jamie entendeu o recado e se agachou ao seu lado. Os olhos de Catioro fecharam, e seu rabo começou a bater no chão durante o processo.

David viu um borrão da cor de caramelo. Levou um segundo para entender que era Mac, correndo. O gato pulou no rabo de Catioro, agarrou-o com as patas, deu uma mordida e fugiu. Catioro saiu em disparada atrás dele. Alguns segundos depois, ouviram um ganido do cachorro.

— Mac, que coisa feia! — gritou Jamie enquanto corriam na direção do som. E olhou para David.

Quando chegaram à fonte do barulho, descobriram que, de alguma forma, Catioro tinha se trancado no armário. Mac estava sentado na cama, lambendo uma pata tranquilamente.

— Qual é o seu problema? Você se comportou tão bem da última vez. Esqueceu que Catioro é nosso amigo? — perguntou Jamie ao gato enquanto liberava o cachorro, que imediatamente disparou para a sala. — Acho melhor deixarmos os dois separados por enquanto. — Ela trancou Mac no quarto e se encostou na porta. — Oi.

— Oi — disse David.

Ele queria beijar Jamie, é claro. Era como se tivesse saído de um estado de animação suspensa. De repente, queria beijar mulheres de novo. Bem, Jamie. Ele queria beijar Jamie. Não estava pensando em beijar mais ninguém. Mas isso fazia sentido. Ela era a única mulher com quem interagia além de Lucy e Ruby.

Talvez ele se sentisse à vontade para sair com alguém para valer dali a alguns meses, quem sabe? Por enquanto, gostava de estar com Jamie. Gostava de passar tempo com ela. Era uma distração inconveniente ficar pensando em beijo — e sexo — sempre que estavam juntos, mas era bom voltar a sentir esses impulsos. Parecia que tinha voltado à adolescência. Ele só precisava ignorar essas vontades. Os dois tinham um acordo. Ela era sua amiga de verdade e sua namorada de mentira. Isso significava que beijos eram proibidos, a menos que fossem necessários para manter a farsa. Ou se tivessem de treinar para tornar a história convincente, coisa que já tinham feito. E nada de sexo, nunca. Até que sua cabeça estivesse preparada para ter um outro relacionamento sério com alguém.

— Hum, você está me encarando — disse Jamie.

— Desculpa. É que eu estava pensando. — Ela ergueu as sobrancelhas. — Sobre o Zachary. E a Addison. Se você tivesse visto quanto perfume aquele menino passou. Pelo menos eu consegui convencê-lo a tomar banho antes de ir para a casa dela estudar. E me pergunto se ele é o único que está pensando em fazer mais do que estudar.

— Bom, eu sei que a Addison fez questão de deixar a Riley na casa da Ruby hoje — contou Jamie. — E isso significa que ou ela quer tranquilidade para estudar ou quer a irmãzinha bem longe para passar um tempo a sós com um garoto bonitinho. Embora, até onde eu saiba, a Addison tenha namorado.

— Um namorado com quem vive terminando — acrescentou David. — Pelo que o Zachary leu no diário dela, o cara parece ser um babaca.

— Ainda não acredito que ele leu o diário dela — comentou Jamie. — Mas, realmente, seria difícil resistir se algo assim aparecesse na sua varanda.

— Mas, em parte, foi porque ele leu o diário dela que parou de achar que ela é maluca. Apesar de eu achar que ele bate demais nessa tecla. Tenho quase certeza de que a Addison foi o motivo daquela mancha vermelha na testa dele. Essa história de se cuidar mais começou antes de ele ler o diário.

Catioro latiu alto.

— O que ele quer? — perguntou Jamie. — Será que está com sede?

— Ele deve estar se sentindo frustrado por nosso passeio ter sido tão curto — disse David.

Ao ouvir a palavra "passeio", Catioro disparou até o corredor e parou na frente dos dois.

Jamie riu.

— E se a gente for andando até o Grauman's? Queria encontrar a Mulher-Maravilha outra vez. Preciso perguntar a ela como se tornou uma personagem que tira foto com as pessoas na frente do cinema.

— Eu topo. — David prendeu a guia em Catioro. — Você teve tempo para decidir onde vai publicar tudo isso? No Instagram?

— Passei quase o dia todo tratando uma das suas fotos — respondeu ela. — Vou te mandar. Acho que Catioro vai entrar em parafuso se não sairmos agora. Mostrei para a Ruby, e ela gostou.

David abriu a porta, e o cachorro saiu em disparada. Ele e Jamie o seguiram, correndo.

— Encontrei com a Ruby quando eu estava chegando. Ela chamou a gente de pateta. Entendo por que chamaria Catioro assim, já que é verdade. Mas ela disse que eu também era um pateta segundo o que tinha escutado por aí. Você sabe do que ela estava falando?

Jamie hesitou.

— O que você contou a ela? — perguntou David.

Ela hesitou de novo, mas respondeu:

— Eu meio que comentei com ela que a gente se beijou. Só para treinar. E a Ruby disse que a gente é ridículo. Deve ter sido por isso que ela te chamou de pateta.

— A gente é ridículo porque precisa treinar? — perguntou David enquanto eles saíam do Conto de Fadas.

— Ridículo porque não nos beijamos por estarmos preocupados em enganar a Marie, a Helen e os seus amigos, mas porque quisemos.

David não sabia exatamente como responder, então optou por:

— Hum.

— Pois é, a Ruby acha que a gente devia parar com essa palhaçada de fingir que está ajudando um ao outro e transar logo, porque está na cara que estamos com vontade, e isso não significa que vamos começar um relacionamento sério... Pode ser um lance tipo amizade colorida — disse Jamie, falando tão rápido que suas palavras se atropelavam.

Uma onda de calor tomou o corpo de David.

— Hum — repetiu. — E o que você acha?

— Acho que a ideia de uma amizade colorida é... interessante. Mas prometi a mim mesma que usaria esse ano para resolver minha vida, sem distrações — respondeu ela, falando ainda mais rápido. — Acho que você tem seus motivos para não querer se envolver com ninguém agora. E não importa o que a Ruby diga, uma amizade colorida ainda é um relacionamento, mesmo que não seja tão sério quanto um namoro. O que você acha?

David gostava da ideia de uma amizade colorida. Muito. Mas havia um "não" em todas as palavras que Jamie acabara de vomitar, e ele precisava respeitar isso.

— Acho que as coisas estão ótimas assim — respondeu.

Na manhã seguinte, sentado no parapeito da janela, Mac observava o pátio, esperando pelo momento certo. Ele preferia executar suas missões durante a noite, sob o manto da escuridão, mas esta só poderia ser realizada durante o dia. Porém, tinha certeza de que seria bem-sucedido. Ele era MacGyver.

Jamie estava mexendo no computador. Ela cheirava bem. Ele sabia que devia ter sido bonzinho com Catioro ontem, para se certificar de que nada atrapalhasse o momento de Jamie e David. Mas, quando viu aquele rabo batendo no seu chão, teve de dar uma mordida. Teve. E deu tudo certo. Ainda por cima, ele se divertiu.

Mac ouviu seu alvo antes de vê-lo. Ela sempre fazia um *jing-jing* quando andava. E sempre cheirava a solidão. Mas alguém vinha transformando aquele cheiro em outro, um que é produzido pelo sangue quando corre pela superfície da pele.

Mac não entendia a reação da fêmea ao macho. O corpo dela ficava duro, paralisado, do mesmo jeito que alguns gatos ficam quando encontram cachorros grandes. Mas Mac não era como esses gatos. Quando ele via um cachorro grande, ele que se cuidasse para enfrentar sua pata — *pá, pá, pá*. Mas a mudança no cheiro da mulher indicava que ela não sentia medo de machos. Era só aquele macho específico que causava essa reação nela. Era óbvio que os dois precisavam de sua ajuda.

Por sorte, Jamie sempre estava de saída quando a fêmea aparecia. Mac saltou da janela e se posicionou logo atrás da porta. Como esperado, sua humana a abriu alguns instantes depois, e ele escapuliu.

— MacGyver, não! — gritou Jamie.

Ele a ignorou. Tinha uma missão a cumprir. Precisava de um dos *jing-jings*. A fêmea largou sua bolsa no chão, deixando-a ali. Mac levou apenas alguns segundos para entender seu mecanismo, então soltou uma das pecinhas brilhantes, prendeu-a entre os dentes e saiu correndo. Só precisou seguir o cheiro do macho para encontrar sua casa e deixar o presente. Ele esperava que aquele homem não fosse tão lento para entender as coisas quanto Jamie e David haviam sido. Mas Mac sabia que os humanos tinham um ritmo meio lento. Era culpa do olfato deles. Geralmente.

CAPÍTULO 17

— A culpa é sua — disse Jamie a Ruby. — Desde que você falou que eu e o David devíamos ter uma amizade colorida, não consigo parar de pensar em ir para a cama com ele. Já faz quase duas semanas que estou obcecada com essa ideia. Estou ficando maluca. E não me diga para simplesmente pensar em outra coisa. Não posso. Você deu a sugestão, e eu te odeio por isso.

Ruby riu.

— Você sabe o que eu faria no seu lugar. Transe com ele, e esses pensamentos vão embora num instante.

Ela seguiu usando um modelador para dar um ondulado mais suave aos cachos de Jamie. Mac estava sentado na borda da pia, brincando com o fio de água que saía da bica.

— Na verdade, tenho feito bastante coisa, mesmo com essa obsessão. As fotos me distraem.

— Estou adorando seu álbum no *MyPics*. Sinto vontade de mudar de carreira toda vez que entro lá — comentou Ruby.

— Ainda não acredito que a foto do cara que vende conselhos ruins por um dólar teve mais de sessenta mil visualizações. Tudo bem que nem todo mundo parou para olhar de fato, mas mesmo assim.

— Você é uma webcelebridade — elogiou a vizinha, colocando a última mecha de Jamie no modelador de cachos. — E está linda.

— Obrigada por arrumar meu cabelo — disse Jamie, pressionando as mãos contra a barriga. — Estou tão nervosa. Por que estou nervosa? Tenho certeza de que o Adam e a Lucy são ótimos.

— São mesmo. A gente não se conhece muito bem. Mas eles já vieram várias vezes às minhas festas de Natal. Você vai se divertir — garantiu Ruby.

— Vai ser diferente fingir que sou namorada do David na frente deles. Os três são tão próximos. Ele e o Adam se conhecem desde a infância. Não vai ser tão fácil quanto fingir para a Marie e para a Helen.

Jamie fechou a torneira, interrompendo o fio de água. Mac emitiu um som gutural em forma de ronronado, mas que ela sabia se tratar de uma reclamação.

— Ninguém duvidaria de que vocês são um casal de verdade. É só que...

Ruby não terminou a frase. Jamie sabia por quê. Já pedira à amiga um milhão de vezes que parasse de repetir que ela e David eram perfeitos um para o outro.

— Acho que preciso de uma taça de vinho. David só deve chegar daqui a meia hora. Me acompanha? — perguntou Jamie.

— Eu até aceitaria, mas a mãe da Riley vai sair tarde do trabalho hoje, e prometi à Addison que cuidaria da irmã dela enquanto ela e o Zachary estudam — respondeu Ruby, seguindo para a porta.

— De novo? Você acha que eles estão estudando *mesmo*? Ou estão *estudando*?

— Não sei. Mas a Addison nunca mais reclamou do namorado, então acho que os dois terminaram — respondeu Ruby. — Divirta-se hoje. — Ela abriu a porta, mas então agarrou a mão de Jamie. — O Hud acabou de tirar algo do bolso e colocar na fonte. Acho que agora é a nossa vez de fazer um interrogatório. — Ela correu para o pátio, puxando a amiga. — Ei, mocinho — disse Ruby, de forma debochada. — Espere aí.

— A madame está falando comigo? — perguntou Hud, sem o tom impetuoso de sempre.

Ele parecia pálido sob as intensas luzes instaladas ao redor da fonte para facilitar a vida das pessoas que vinham procurar seus pertences após o anoitecer. Coisas novas surgiam todo dia. E Jamie ainda não sabia como Mac estava escapando.

— Sim, estou — respondeu Ruby quando as duas o enquadraram. — Eu vi quando você deixou aquele chaveiro na pilha de coisas perdidas. Isso significa que o ladrão foi parar na sua porta, não é? Porque é onde todo mundo encontra as coisas, bem no capacho.

— Talvez o ladrão tenha tido tamanha audácia porque, na verdade, é o próprio Hud — provocou Jamie, incapaz de resistir. — Ele tem um motivo. Todo mundo sabe que quer provar que é um ótimo detetive. E a melhor forma de fazer isso seria criar um caso indecifrável para depois solucionar tudo.

Hud corou, deu as costas para as duas e foi embora.

— Acho que ele ficou magoado — disse Jamie, sentindo uma pontada de remorso enquanto observava o vizinho se afastar.

— Ele vive fazendo a mesma coisa com a gente — lembrou Ruby. — Mas muito do ego dele vem do papel de detetive que interpretou na televisão. Acho que a gente devia pegar mais leve. — Ela segurou o objeto que Hud deixara na fonte. — Esse chaveiro parece com aqueles que a Sheila, a carteira, pendura na bolsa das correspondências.

— Pois é. Ela tem um monte na própria bolsa. Eu e o David encontramos com ela no Bode Sedento um dia desses. Ela e a equipe estavam participando de uma daquelas competições de conhecimento geral. Mas as perguntas eram só sobre programas de televisão, então achei que a Sheila iria arrasar. Tipo, uma vez ela listou todos os papéis interpretados pelo Hud, contando inclusive as pontas em seriados. Mas não estavam com sorte. Os Trivia Newton-Johns perderam. Feio.

Ruby colocou o chaveiro de volta na fonte.

— Talvez só seja parecido. Porque todos os objetos furtados são dos condôminos, não são?

— Acredito que sim. Ai de Mac de ele tiver saído para furtar fora do Conto de Fadas — respondeu Jamie.

Ela não gostava de pensar em seu gato passeando pela rua. O Conto de Fadas tinha um limite de velocidade baixo. Se ele saísse dali, aí, sim, correria perigo de verdade. Mac provavelmente achava que poderia bater num carro com a pata para fazê-lo parar.

— Qualquer dia, posso dormir na sua casa, e a gente faz turnos para vigiar Mac. Vamos acabar com essa história — prometeu Ruby.

— Seria ótimo — concordou Jamie.

— Preciso ir para casa esperar a Riley. — A vizinha deu um abraço rápido em Jamie. — Aproveite hoje. Sei que você vai se divertir.

David achava que não ia conseguir. Quando ele concordou em levar Jamie para jantar com Adam e Lucy, a ideia parecia legal. Queria que todo mundo se conhecesse. Tinha certeza de que os três se dariam bem. Ainda tinha.

Porém, enquanto se arrumava, seu coração começou a bater forte como se estivesse no fim de uma maratona, e ele soube que não estava preparado. Sair com Adam e Lucy era algo que ele sempre fazia sozinho e que costumava fazer ainda mais com Clarissa. Não seria certo levar Jamie.

Ele pegou o celular e mandou uma mensagem para Adam. *Preciso cancelar. A Jamie está passando mal. Fica pra próxima.*

Alguns segundos depois, Adam respondeu. *Vem assim mesmo. Fica de vela.*

Não, escreveu David. *Vou ver se ela precisa de alguma coisa.*

Alguns segundos depois, Adam mandou outra mensagem. A *Lucy disse que você é um amor. Eu já acho que é um puxa-saco. A gente marca outro dia.*

Combinado, respondeu David. Não conseguiria fazer isso hoje. Parecia que ele estava prestes a ter um ataque de pânico. Talvez fosse melhor contar a Lucy e Adam que só estava fingindo namorar Jamie, e aí os quatro poderiam sair juntos.

David pegou as chaves e jogou um osso enorme para Catioro.

— Toma conta da casa, garotão — disse ele ao cachorro.

Parecia que a calçada tinha se tornado de borracha, dando impulso a seus passos. Furar com Adam e Lucy fora um alívio enorme. Agora poderia aproveitar a noite a sós com Jamie.

Ele sorriu enquanto se aproximava da casa dela, pensando no lugar perfeito — nos lugares perfeitos — aonde levá-la. Não podia ir ao restaurante onde tinha marcado com Adam. Era bem capaz que os amigos não tivessem desistido do plano de jantar lá. Os dois não iam desperdiçar a babá.

— Quer andar? — perguntou ele quando Jamie abriu a porta.

— Achei que a gente fosse para Santa Mônica — respondeu ela.

David quase tinha esquecido que iam sair com seus amigos.

— A Lucy está passando mal — disse ele, tentando ignorar a pontada de remorso por mentir para ela. Não era uma mentira tão grande assim. — Vamos ter que remarcar.

— Que alívio — admitiu Jamie enquanto os dois seguiam pela calçada. — Eu estava meio nervosa com a ideia de conhecer os dois.

David passou um braço ao redor dos ombros dela.

— Helen e Marie — disse. Era uma precaução válida, argumentou consigo mesmo. As duas passavam muito tempo vigiando os vizinhos pela janela. — Você não tem motivo nenhum para ficar nervosa. Vai gostar deles.

— A questão não é se eu vou gostar deles. É se eles vão gostar de mim — disse Jamie.

— Seria impossível não gostar de você — afirmou David, puxando-a mais para perto.

— Você não vai me contar aonde vamos?

— Não. É uma surpresa.

Os dois caminharam alguns quarteirões, então David atravessou o estacionamento de um shopping caindo aos pedaços e seguiu para uma locadora de vídeos.

— Eu perdi alguma coisa? As fitas VHS são o novo vinil? — perguntou Jamie enquanto entravam.

O lugar pouco iluminado não parecia abrigar nenhum DVD, exibindo apenas fileiras cheias de fitas VHS.

— Alguns filmes nunca migraram para outro formato. Vamos dar uma olhada aqui.

David seguiu para a placa rosa-choque que dizia APENAS ADULTOS.

— Mas nós já estamos tão entediados com nossa vida sexual de mentira a ponto de alugar filmes pornôs em VHS? — Ela parecia meio desconfiada, mas disposta a entrar na onda dele.

— Bom, já faz algumas semanas que estamos juntos.

David afastou a cortina de veludo preto, revelando uma salinha suja, cheia de vídeos adultos.

Jamie deu uma olhada na prateleira mais próxima.

— *O útero dos moicanos?* Que bizarro. "Útero" não é uma palavra sensual — comentou Jamie. — Ou só as mulheres pensam assim? O que você acha da palavra "útero"?

— "Útero" remete a bebês — respondeu ele.

— Exatamente!

— A parte boa está aqui.

David abriu uma segunda cortina do outro lado da salinha, revelando um bar com pé-direito alto, luz ambiente suave, sofás macios e janelas com vitrais. *Barbarella* era exibido numa tela enorme sobre o arco que levava à sala de sinuca.

Jamie riu, como David esperava que acontecesse. Ele estava ficando viciado naquele som. E sabia que ela acharia o bar divertido. Além disso, o lugar era uma boa escolha porque só abrira depois da morte de Clarissa.

— Bem-vinda ao mundo dos bares underground de Los Angeles — disse ele. — Tem vários pela cidade. O que costumo frequentar, você precisa passar por dentro de uma barbearia para chegar a ele. Dá até para cortar o cabelo no caminho.

Os dois se acomodaram num dos sofás vazios. David pegou um dos estojos de fitas VHS transformados em cardápios de bebidas e o passou para Jamie.

— Costumo pedir esse aqui, com mezcal e coentro. — Ele apontou para um dos coquetéis na lista.

— Parece gostoso — disse Jamie. — Ah, olha só. Tem uma cabine de fotos! A gente precisa ir lá. Talvez seja bom ter provas materiais do nosso namoro para a Marie e a Helen.

— Elas perguntam sobre a gente?

— Helen nem tanto. Mas a Marie quer saber de tudo. Nós dividimos a lixeira da rua, e ela já chegou ao ponto de me perguntar sobre meu lixo. Tipo, uma vez, viu uma embalagem de comida light e disse que sabia que eu estava tentando emagrecer. Nunca tive uma vizinha tão... *interessada*, digamos, na minha vida — respondeu Jamie. — O lado bom é que ela faz o melhor café do mundo e manda o Al me entregar uma xícara sempre que saio para o quintal. Marie pode ser chata, mas tem um bom coração.

— Tem, sim. Mas não quero nem imaginar o que pode acontecer se o Catioro fizer cocô no gramado dela. — A garçonete apareceu, e David pediu dois drinques. — Nós vamos à cabine de fotos, mas já voltamos — avisou a ela.

— Talvez fosse legal fazer uma montagem com as fotos que tirei para parecer que saíram de uma cabine de fotos — disse Jamie enquanto os dois atravessavam o salão, passando por um DJ que arrumava os equipamentos.

— Aquela história sobre a Mulher-Maravilha do Grauman's que você postou no *MyPics* ficou ótima — comentou David enquanto eles esperavam sua vez para entrar na cabine.

— Você viu? Postei hoje cedo.

— Coloquei para receber notificações das postagens novas — admitiu ele.

Jamie sorriu.

— Que fofo.

— Você está recebendo uns comentários bem legais. Você deve ter visto aquele do John Schuller.

— Vi. E imagino que você tenha alguma coisa a ver com isso — arriscou ela. — Sei que ele é o ator principal do seriado que seu amigo escreve.

— Eu contei ao Adam sobre as fotos. Ele deve ter comentado com ele — contou David, feliz por ter ajudado a chamar mais atenção para o trabalho dela.

— É a nossa vez — disse Jamie quando um casal de 20 e poucos anos saiu da cabine.

Os dois estavam corados, e David suspeitou que tinham usado a cabine para outra coisa além de tirar fotos. Jamie lhe deu uma piscadela, deixando claro que pensava a mesma coisa.

Eles entraram e se acomodaram nos assentos forrados com um tecido felpudo gasto. A decoração do espaço apertado parecia a plateia de um teatro antigo. Fileiras de pessoas haviam sido pintadas no fundo atrás deles.

— Pronto? — perguntou Jamie.

— Pronto.

Ela apertou o botão e gritou:

— Biquinho! — Obedientemente, David projetou os lábios, formando um bico exagerado. — Vendo um filme de terror! — Ele arregalou os olhos e fingiu gritar, enquanto Jamie agarrou seu braço com as duas mãos e escondeu o rosto em seu ombro. — Coraçãozinho com as mãos! — David não entendeu direito o que ela estava sugerindo, e Jamie não conseguiu curvar os dedos dele na metade de um coração antes de a foto bater. — Casalzinho para a Marie e a Helen — gritou Jamie.

Ele não sabia o que ela estava esperando, mas segurou seu rosto e lhe deu um beijo.

Alguns segundos depois de ouvirem o som da foto sendo tirada, Jamie se afastou.

— Boa — disse ela. Sua voz parecia um pouco ofegante.

Era bem capaz de David soar ofegante também se tentasse falar. Um único beijo dela era o suficiente. Os dois saíram da cabine, e, enquanto esperavam as fotos serem reveladas, o DJ começou a tocar "Total Eclipse of the Heart".

— Essa foi a música-tema da formatura do meu pai — comentou David. — Eu e meu irmão costumávamos ver as fotos e morrer de rir. Tinha um monte de corações pretos pendurados no teto, com um brilho amarelo fluorescente ao redor. Meu pai usou um terno azul-claro com uma camisa cheia de babados, e a namorada dele foi com um vestido azul-claro metálico com uma saia curta bufante.

— Eu nem fui à minha festa de formatura — disse Jamie enquanto pegava as fotos da cabine. — Meu namorado teve a cara de pau de terminar comigo duas semanas antes. Eu já tinha comprado o vestido e tudo.

— Beleza, então a gente tem que dançar. Essa não seria a música-tema da sua festa, mas é o tipo de coisa que toca nessas festas. — David segurou a mão dela e a puxou para a pista de dança. Então a segurou pela cintura, e Jamie enroscou os braços em seu pescoço. — Como era seu vestido?

— Tão bonito. — Ela soltou um suspiro exagerado. — Roxo escuro. Alcinha. Comprido. Bem simples.

David a puxou para mais perto, até seus corpos se encostarem, e ela apoiou a cabeça em seu ombro.

— Aposto que você seria a garota mais bonita da festa. Esse cara era um idiota.

— Era mesmo — murmurou Jamie sem erguer a cabeça.

Por que ele estava fazendo aquilo? Por que estava dançando com ela quando Jamie já deixara claro que só queria uma amizade normal, nada colorida. Por que a beijou na cabine de fotos? Não foi um beijo demorado, mas o suficiente para deixá-lo querendo mais.

David respirou fundo, tentando se controlar, mas, em vez disso, sentiu uma lufada do perfume dela. Precisava parar com aquilo. Tinha de sair daquela pista de dança. Mas, em vez disso, desceu mais as mãos pelas costas dela. Jamie não se afastou. E também não parecera se importar com o beijo.

— Amizades coloridas funcionam com algumas pessoas — murmurou ele no ouvido dela. Não pretendia dizer isso, mas as palavras escaparam de sua boca antes de serem aprovadas por seu cérebro.

Jamie afastou a cabeça do seu ombro e o encarou.

— O quê?

— Um cara no trabalho estava contando que começou a dormir com uma amiga. Os dois estavam solteiros, então aconteceu. Mas ele disse que está dando certo. — Tudo isso era inventado, mas ele precisava dizer alguma coisa.

— Certo. Então você decidiu contar essa história só por contar mesmo, enquanto estamos assim, coladinhos — disse Jamie. — Ou...

— Desde que você comentou sobre a Ruby achar que a gente deveria se pegar, não consigo pensar em outra coisa — confessou David, resolvendo que era hora de falar a verdade.

— Eu também — disse Jamie.

A música mudou para "Let's Hear It for the Boy", mas os dois não se afastaram. Continuaram se embalando mesmo com uma música rápida, se encarando. Então falaram ao mesmo tempo.

— Você falou que não queria... — começou David.

— Você não está pronto para... — disse Jamie.

Os dois se interromperam e dançaram em silêncio por um tempo.

— Nós somos bons amigos — disse ela, finalmente. — Acho que somos capazes de... ser mais que isso sem estragar as coisas.

— Você quer?

David só conseguia pensar em sair dali e voltar para a casa dela, para a cama.

— Quero.

Os dois seguiram para a saída. David parou para deixar algumas notas — provavelmente mais do que o necessário, mas quem se importava — na mesa, ao lado das bebidas intactas.

Apertavam o passo cada vez mais conforme se aproximavam do Conto de Fadas. Quando chegaram ao pátio, estavam quase correndo. Então, rindo, começaram a correr de verdade. Enquanto Jamie se atrapalhava com as chaves, David mandou uma mensagem para Zachary, pedindo que levasse Catioro para passear. Ele podia sair para o quintal pela portinha, mas estava acostumado a dar uma volta antes de dormir.

Jamie abriu a porta e o puxou para dentro. E a fechou rápido.

— Não quero que Mac...

David não a deixou terminar. Não conseguiu. Precisava dela — agora. Então a pressionou contra a porta e uniu seus lábios aos dela.

Ele parou mais seis vezes para beijá-la até chegarem à cama.

Mac não teve qualquer dificuldade para escalar o interior da chaminé. Já usara aquela rota de fuga muitas vezes desde que sua humana consertou a tela. Ele parou no telhado para apreciar o vento roçando seu pelo, e se sentiu realizado. Parecia que tinha comido uma lata inteira de sardinhas e que tinha brincado com o ratinho até sua mente parecer mais leve que o corpo. Jamie estava com seu companheiro de bando na casa, e os dois cheiravam como se tivessem passado horas comendo sardinhas e brincando com o ratinho.

O gato abriu a boca e colocou a língua para fora. Havia dois rastros de cheiro tão parecidos que era difícil saber aonde cada um levava. Mas já conseguira antes, e conseguiria de novo esta noite.

Porém, primeiro, um pouco de diversão.

Mac desceu pelo telhado de duas águas, pulou para os arbustos e, de lá, seguiu para o chão. Deu uma bela arranhada na palmeira maior — o babacão fizera xixi nela de novo — e começou a correr pelo conjunto residencial.

Ele ouviu os ganidos do babacão antes de chegar até a casa. Então diminuiu o ritmo para o caso de se deparar com o motivo que fizera o cão emitir aquele som patético. Com cuidado, Mac se aproximou. Não sentiu qualquer perigo. Provavelmente não havia nada. O cachorro era um covarde. Não conseguia nem levar uma patada sem chorar.

O gato se aproximou. Não, não havia nada ameaçador perto do babacão. Ele devia estar chorando porque não conseguia sair e se divertir também.

Mac estava se sentindo magnânimo e decidiu ajudar Catioro. Ele pulou em cima do portão e bateu no trinco. Então inclinou o corpo para a frente para abrir o portão.

Apesar de estar livre, o cachorro continuou parado onde estava. Ele realmente era um babacão.

Era óbvio que precisava de ajuda para começar. Sem problema. Mac pulou do portão para as costas do cachorro. O vira-lata parou de se lamentar e soltou um latido. Então, saiu em disparada para fora do quintal com Mac montado em suas costas. Irrá!

Catioro desceu a rua correndo, mas logo parou e olhou ao redor. Virou a cabeça para a esquerda, para a direita. E finalmente pareceu entender que estava livre. Depois de latir de felicidade duas vezes, o cão correu para a árvore mais próxima e fez xixi.

Mac não precisava testemunhar essas coisas. Ele desmontou do cachorro e escolheu um dos cheiros idênticos para seguir. Não tinha se afastado muito quando ouviu um "au, au, au" alto. Era um cão, mas não o babacão. Outro latido soou, seguido por um som que o gato já escutara antes. Era o barulho que o vira-lata fazia quando levava uma patada de Mac.

Ele se virou e saiu correndo na direção dos latidos e ganidos. Um cachorro pequeno, quase sem pelos, vestindo um suéter de bolinhas, perseguia o babacão, mordendo os tornozelos do cão grande e desajeitado.

Nada disso. O babacão era *seu* brinquedo.

Mac soltou um grito de guerra e se jogou contra o baixinho encrenqueiro. Deu uma cabeçada na barriga coberta pelo suéter, fazendo o inimigo cair. Então se enfiou na frente dele e deu um sibilado como aviso. Isso já bastou. O encrenqueiro saiu correndo com o rabo entre as pernas, com certeza indo se esconder atrás de sua mamãe.

Pelo visto, o babacão não sabia se virar no mundo. Mac o guiou de volta para seu quintal com alguns tabefes e fechou o portão. O cachorrão balançou o rabo como se estivesse feliz por ter voltado à prisão. Que patético.

Bem, ele tentou. Agora, precisava voltar para sua missão.

CAPÍTULO 18

David encarou o teto do quarto de Jamie. Havia tanto tempo que a cabeça dela estava apoiada em seu bíceps que o braço tinha ficado dormente. Seu corpo estava tenso pela necessidade de sair do lugar. Sair, sair, sair. David queria calçar os tênis e correr até se dissolver numa poça de suor, embora seu coração estivesse tão acelerado quanto estaria ao terminar uma maratona.

Qual era o problema de David? Ele quase tivera um ataque de pânico só de pensar em levar Jamie para sair com Adam e Lucy, porque parecia errado fazer isso sem Clarissa.

E então qual foi sua solução? Ir para a cama com ela. Como se agora fosse mais improvável que tivesse de apresentar Jamie aos amigos. Genial.

David olhou para Jamie. Ela dormia profundamente. Devagar, ele começou a tirar o braço de baixo de sua cabeça, substituindo-o por um travesseiro ao mesmo tempo. Era isso ou arrancar o braço fora a mordidas. Precisava sair dali.

A adrenalina corria pelo seu corpo. David a sentia atravessar seu coração palpitante. Era como se ele estivesse prestes a explodir. Precisava sair dali.

Ele continuou movendo a cabeça de Jamie para o travesseiro. Pronto. Conseguiu. Então se levantou, e o simples fato de sair da cama já fez com que um alívio tranquilizador atravessasse suas veias. Rápido, em silêncio, David se vestiu e pegou os sapatos. Poderia calçá-los lá fora.

Depois de dar três passos, ele parou. Por mais que quisesse sair, não podia. Não assim. Lentamente, abriu uma gaveta na mesa de cabeceira de Jamie, rezando para ela não acordar. Encontrou um lápis e um pedaço de papel, e escreveu um recado rápido: "Tive que ir dar uma olhada em Catioro. Que bom que somos amigos." E acrescentou uma carinha feliz. Ele sentiu tanto nojo do próprio comportamento que quase voltou para a cama, mas não conseguiu se convencer a fazer isso.

David saiu de fininho pela porta da frente, fechando-a atrás de si, e foi correndo para casa, sem nem se dar ao trabalho de calçar os sapatos.

Quando Jamie acordou, a cama estava vazia. Ela demorou um tempo para entender por que aquilo parecia estranho. Então a ficha caiu. Tinha transado com David. E fora maravilhoso, talvez porque os dois construíram uma amizade antes de partir para essa etapa.

O que ela tinha na cabeça? Era loucura achar que David a impediria de fazer todas as coisas que queria. Jamie sentia como se tivesse recebido uma dose de adrenalina, como se estivesse pronta para conquistar o mundo. Ele lhe dera tanto apoio no seu projeto com as fotos. Não ia mudar completamente de personalidade agora. Fora o que Ruby tinha dito. Por que ela estava ignorando os conselhos da amiga?

David devia estar em busca de café, pensou Jamie. Ela se levantou, vestiu a blusa dos *minions* que sempre usava para dormir, e foi praticamente saltitando até a cozinha. A Terra parecia ter menos gravidade hoje.

Mas David não estava lá. Nem no banheiro. Nem na varanda. Ele tinha ido embora. Jamie correu para o quarto e passou a mão sobre seu lado da cama. Estava gelado. Há quanto tempo ele saíra dali?

Ela girou num círculo, como se David fosse pular de trás do armário e gritar "surpresa", e então desabou sobre a cama, a euforia desaparecendo tão rápido que a deixou tonta.

— David não iria embora assim — disse Jamie, falando sozinha. — Ele deixaria um bilhete.

Ela olhou para a mesa de cabeceira, e — sim! — lá estava. O bilhete dizia que ele precisava dar uma olhada em Catioro. O que fazia sentido. O cachorro devia estar agoniado, esperando ao lado da porta para passear. Só que a casa tinha uma portinha para ele sair para o quintal. Bem, talvez David quisesse ver se Catioro tinha água. Ou talvez o cão fosse que nem Mac e ficasse extremamente irritado quando seu café da manhã atrasava.

Sim, devia ser isso. Jamie voltou para a cozinha.

— Mac, comida — gritou ela.

Com um miado, o gato veio correndo e começou a se enroscar nos tornozelos da dona. Não importava o que acontecesse, ela sempre poderia contar com Mac. Jamie pegou uma ração de salmão e frango, servindo-a com uma sardinha por cima. Ele *amaaaava* sardinhas.

Enquanto o bichano comia, Jamie percebeu que estava parada no meio da cozinha, encarando Mac, mas sem prestar atenção em nada. Seu cérebro desligara completamente. Café. Ela precisava de café. Era isso que fazia todas as manhãs, tomava café, então era o que faria agora. E, quando terminasse a xícara, era bem capaz de David já ter mandado uma mensagem, ligado ou voltado.

Porém, no fim da segunda xícara, Jamie ainda não tinha notícias dele. Incomodada, resolveu visitar Ruby. Ela precisava da perspectiva de uma pessoa sã, e não estava se sentindo tão em posse de suas faculdades mentais no momento.

— Já volto, Mac — gritou ela ao sair.

Alguns minutos depois, batia à porta da vizinha.

Ruby sorriu ao abrir e encontrar Jamie.

— Oba! Você está aqui. Quero saber todos os detalhes do seu encontro, ou seja lá o termo que você e David usam quando saem juntos. Eu não tinha razão? Adam e Lucy são ótimos.

— Eles desmarcaram — disse Jamie. — Lucy passou mal.

— Espero que não seja nada sério.

Ela deixou a amiga entrar.

— Acho que não.

— Você está com cara de quem precisa de café — disse Ruby enquanto as duas seguiam para a cozinha.

— Não, obrigada.

— Não, obrigada? Acho que nunca vi você recusar café antes. — A vizinha analisou Jamie enquanto elas se sentavam à mesa. — O que houve?

— Deve ser bobagem — respondeu ela. — Transei com David ontem.

Ruby pulou da cadeira e jogou os braços para o céu.

— Aleluia!

Jamie tentou sorrir. Mas seu rosto não deve ter mostrado a expressão certa, porque a vizinha se sentou de novo e se inclinou na sua direção.

— Acho que meu aleluia foi prematuro. Fiquei empolgada por um instante. Aconteceu alguma coisa, não foi?

— É só que, quando eu acordei hoje, David já tinha ido embora.

— Ele deixou um recado ou mandou mensagem ou qualquer outra coisa?

Os olhos de Ruby analisavam o rosto da amiga.

— Só um bilhete falando que precisava dar uma olhada no Catioro. E faz mais de uma hora que acordei, e sabe-se lá quanto tempo desde que ele saiu. Eu não devia ter recebido mais algum sinal de vida?

— *Siiim* — disse Ruby devagar. — Ainda mais porque estamos falando do David. Mas ele vai para o trabalho cedo. Talvez quisesse dar uma olhada no Catioro antes de ir para a confeitaria.

Jamie apoiou a cabeça nas mãos.

— Eu nem tinha pensado nisso. Faz sentido. — Ela ergueu a cabeça e abriu um sorriso de verdade. — David está no trabalho. Provavelmente vai ligar ou mandar uma mensagem depois que terminar os muffins da manhã e tal. Ele faz fornadas frescas todos os dias.

— Deve ser isso mesmo. Agora, vamos para a parte boa. Como foi? — perguntou Ruby, mexendo as sobrancelhas.

— Tão bom quando eu imaginava — respondeu Jamie. — Só que mil vezes melhor.

David encarou a telinha do celular. Era quase meio-dia. Precisava entrar em contato com Jamie. Era inaceitável não fazer isso. Mas ele não sabia o que dizer.

Talvez fosse melhor não dizer nada. Nada sobre ontem à noite. Talvez pudesse simplesmente voltar a se comportar como seu amigo sem dar muitas explicações. Os dois só tinham transado uma vez. Não era como se achassem que virariam um casal por causa disso. Uma amizade colorida, esse era o acordo. Será que amigos coloridos dormem juntos sempre ou só de vez em quando? Talvez a ideia desaparecesse se eles passassem um tempo sem transar.

Como se ele fosse conseguir esquecer a noite passada. Antes da crise de pânico que quase fez seu coração explodir, tudo tinha sido fantástico. Mas parecia óbvio que ele não estava pronto para se envolver com alguém.

David começou uma nova mensagem. *Oi, Mi. Quer ver um filme adequado para menores de idade hoje?* Ele não queria que ela achasse que estava sugerindo um filme pornô. Então releu as palavras, decidiu que não conseguiria fazer melhor que aquilo e mandou.

Jamie virou o celular para Ruby ler a mensagem de David. A vizinha ergueu as sobrancelhas e emitiu um "hummm".

— Eu nunca tive uma amizade colorida. Isso é normal? — perguntou Jamie.

— É amigável — respondeu Ruby. — Eu esperava que ele dissesse que a noite foi ótima ou algo assim, mas é um convite para passarem tempo juntos. Parece que está tudo bem.

— Acho que sim. Quero dizer, é uma mensagem. Não dá para esperar muito de uma mensagem.

Jamie enviou um *claro* e uma carinha sorridente, a simples, não aquela com corações nos olhos nem nada. E disse a si mesma que se sentiria melhor quando encontrasse com David.

Só que não foi assim. Porque, ao vivo, David parecia o mesmo de sempre, mas seu comportamento estava um pouco estranho. Um pouco, mas não completamente. Ele sorriu, lhe entregou sua fornada mais recente de cupcakes e beijou sua bochecha. O que aumentou a sensação de que havia algo esquisito. Depois de ontem à noite, os dois tinham passado do estágio de beijos na bochecha. Estavam bem longe disso.

Ele se agachou para fazer carinho na cabeça de Mac. O gato fez aquele negócio esquisito em que abria a boca e colocava a língua para fora. Então deu o miado que geralmente guardava para o feriado do dia da independência. Mac detestava o barulho de fogos. Jamie se abaixou para acariciá-lo, mas ele escapuliu de sua mão e fugiu para o quarto.

— O que houve com ele? — perguntou David.

Jamie deu de ombros.

— Não sei. Nem sempre consigo entender a cabeça do Mac.

Nem a sua, acrescentou ela em silêncio. E seguiu para a cozinha para guardar os cupcakes; David foi atrás.

— O que você fez hoje? — perguntou ele enquanto se sentava à mesa.

Quando os dois eram só amigos — só bons amigos —, talvez Jamie respondesse com a verdade. Talvez admitisse que passara a manhã obcecada com o fato de não ter recebido notícias dele e que, depois de receber sua mensagem, analisou cada vírgula para tentar entender por que achava que aquele convite era um pouco menos amigável do que os da época em que eles não tinham uma amizade colorida. Talvez admitisse que essa história de amizade colorida era um pouco mais complicada do que imaginara. Talvez confessasse que tinha expectativas diferentes em relação a ele agora que tinham transado. Mas era bem provável que suas expectativas não tivessem mudado. Ela só queria se sentir tão próxima dele agora quanto se sentia antes de irem para a cama. Talvez lhe dissesse que se sentia completamente confusa e perdida.

Em vez disso, respondeu apenas:

— Fiquei editando as fotos.

O que era mentira. Ela abrira as fotos dos caras do espetáculo de fantoches, então as encarara por um minuto inteiro e depois saíra da frente do computador, incapaz de se concentrar.

Jamie abriu a geladeira e colocou os cupcakes na primeira prateleira.

— Você não vai comer agora? — perguntou David.

Pois é. Geralmente, ela comia o que quer que ele trouxesse para ela provar na mesma hora. Mas seu estômago estava embrulhado. Não parecia disposto a aceitar comida alguma.

— Comi muito no almoço.

Ela almoçara? Não conseguia lembrar.

— Você está bem? — perguntou David.

— Estou. Por quê?

Ele deu de ombros.

— Você está bem? — perguntou Jamie.

— Claro. Estou ótimo.

Isso não era verdade. Havia algum problema. Ela estava sentindo. Jamie disse a si mesma para deixar de ser maluca. David continuava a mesma pessoa de sempre; talvez ele também estivesse com dificuldade para entender como funcionava exatamente uma amizade colorida.

— Então, você disse que queria ver um filme... Alguma coisa específica? — Ela se esforçou para manter um tom leve e natural.

— Não. Tem alguma coisa que você queira ver? — perguntou David.

— Por mim, qualquer coisa está ótimo — respondeu Jamie.

— Por mim também.

— Você quer sair? Ou vemos alguma coisa na televisão mesmo?

— Tanto faz — disse ele.

Os dois estavam sendo tão educados e condescendentes que chegava a ser ridículo. Aquilo estava ficando cada vez pior.

— Eu ainda não fui ao Cinerama Dome. A gente pode ir andando até lá e ver o que está passando. Se não tiver nada interessante, podemos ir ao ArcLight — sugeriu ela. Talvez a caminhada melhorasse o clima.

— Claro — respondeu ele.

Ela escondeu um biscoito para Mac atrás do sofá, e então os dois saíram.

— Psiu! — Jamie olhou na direção do som e viu Marie na varanda, sinalizando para que se aproximassem. — Helen e a irmã estão conversando! — sussurrou ela quando os dois chegaram perto, indicando a fonte com a cabeça. As irmãs estavam sentadas na borda, com as cabeças próximas. — Foi tudo muito esquisito — continuou Marie. — As duas tinham umas bonecas de quando eram meninas e viajaram com os pais para a Grécia. Isso foi antes do divórcio. A boneca da Helen apareceu na porta da Nessie hoje cedo. A Nessie foi deixar a boneca e outras coisas na fonte, e a Helen apareceu acusando a irmã de tê-la roubado. Depois de um tempo, as duas pararam de gritar e começaram a conversar, e estão assim há horas. Faz mais de quarenta anos que eu as conheço, e já estava achando que elas iam morrer sem se falar.

Os olhos de Marie brilhavam com as lágrimas. Jamie esticou a mão e apertou seu braço.

— Que maravilha!

— Não é? — perguntou a vizinha. — Acho que vou fazer um lanchinho para as duas.

E seguiu correndo para dentro de casa.

— Será que eu devia contar às pessoas o que Mac anda aprontando? — perguntou Jamie. — Isso já está acontecendo há tempo demais.

— Você nem sabe se o Mac continua roubando as coisas. Talvez ele realmente não consiga mais sair de casa. Talvez alguém tenha achado a ideia engraçada e esteja imitando. Seria esquisito, mas possível

— Esquisito. Sim — concordou Jamie.

Os dois ficaram em silêncio. Mas foi um silêncio agonizante e constrangedor, não aquele silêncio agradável, de quando as pessoas estão tão em sintonia que não precisam conversar, como costumava ser o caso entre eles.

Jamie tentou afastar o pensamento. Silêncio era silêncio. Era bem capaz de ela estar imaginando coisas. Mas, ontem à noite, se sentira mais próxima dele do que nunca, e agora parecia impossível ficarem mais distantes. Jamie sabia que, às vezes, o que a gente sente não corresponde à realidade. Mas ela também sabia que existem momentos nos quais é necessário confiar na sua intuição.

— Parece que aquele filme de ação novo do Chris Pratt está em cartaz. Deve ser legal — comentou ela, apertando os olhos para ler o letreiro ao longe.

— É verdade. Eu topo — respondeu David.

Jamie ficou aliviada quando descobriu que o filme começaria dali a alguns minutos. Seria bom ficar algumas horas no escuro, ver algo que provavelmente a distrairia de seus pensamentos loucos, e não precisar falar nada.

— Vendem pipoca doce aqui — disse David. — Vou comprar para a gente.

Ele também trouxe um Dr. Pepper diet para Jamie sem ter perguntado a ela o que queria beber. *Viu?*, pensou Jamie. *É o mesmo David atencioso de sempre.*

Mas, quando os dois estavam em suas poltronas e foram pegar pipoca ao mesmo tempo, David afastou a mão na mesma hora. O movimento pareceu involuntário. Uma reação instintiva que alguém tem ao tocar algo perigoso ou nojento.

Ele tinha nojo dela.

* * *

Finalmente, os dois atravessavam o pátio do Conto de Fadas. O filme parecera interminável para David, apesar de ele gostar de histórias bobas de ação. Mas passar duas horas sentado ao lado de Jamie tinha sido demais. Ele estava tão ciente dela, do calor do seu corpo ao esbarrar o braço no dele, do cheiro do seu xampu, de tudo. Se seu corpo estivesse no controle, David a teria levado de volta para a cama antes mesmo dos trailers terminarem. Mas não conseguiria suportar a crise de ansiedade que teria em seguida. Ou a onda violenta de tristeza — aquela tristeza que parece uma ferida aberta — que viria depois.

— Uau. Helen e a irmã continuam conversando — disse Jamie.

Pela janela da frente de Marie, David viu a dupla sentada no sofá.

— Um final feliz — comentou ele, acompanhando Jamie até sua casa.

Ela destrancou a porta e entrou, obviamente esperando ser seguida.

— Não posso entrar. Catioro deve estar me esperando para passear.

— Mas sua casa tem uma porta para cachorro. Ele pode sair quando quiser.

— Sim, mas ele sofre de ansiedade de separação.

Jamie ergueu as sobrancelhas.

— Você não passou nem quatro horas fora.

Por que ela não podia simplesmente aceitar que ele não queria entrar?

— Sim, mas você sabe que tenho que acordar muito cedo para o trabalho — respondeu David. — A gente se fala — concluiu, começando a se afastar.

A cada passo que dava, ele sentia a tensão se esvair. Quando chegasse à sua casa, brincaria um pouco com Catioro, leria algumas páginas do seu livro cheio de notas de rodapé e veria televisão até dormir. Era só isso que queria. Sua rotina de sempre. Sua vida de sempre.

O som de passos rápidos às suas costas fez David olhar para trás. Era Jamie. Correndo em sua direção.

— Você acabou de me dizer que "a gente se fala"? — quis saber ela. Seu rosto estava corado, os olhos soltavam faíscas.

— Sim, algo assim — respondeu ele.

— A gente se fala quando você me mandar um "oi, sumida" daqui a três meses? Foi isso que você quis dizer?

— Jamie, a gente se viu quase todos os dias desde que nos encontramos no bar — respondeu David. — E estávamos juntos até três minutos atrás. Porque *eu* te convidei para ver um filme. Por que você está tão irritada?

Ela balançou a cabeça.

— Não se faça de bobo. Não me coloque como a maluca da situação. A gente transou ontem, e hoje você está se comportando como se eu tivesse alguma doença contagiosa e me dizendo que "a gente se fala".

— Eu expliquei que não estava pronto para me envolver com alguém, e você me disse a mesma coisa — rebateu David, apesar de saber exatamente do que ela estava falando. Mas tudo que ele queria era ir para casa. — A gente combinou que seríamos amigos que transariam às vezes. Foi isso que aconteceu ontem. E hoje nós saímos. Como amigos.

Jamie o encarou pelo que pareceu um minuto inteiro, mas talvez tivessem sido apenas alguns segundos, e então lhe deu as costas.

— Até mais, então! Não suma! — gritou ela, e David ouviu a raiva e a tristeza em sua voz.

Ele sabia que devia chamá-la de volta, tentar explicar. Mas também sabia que não conseguiria ser só seu amigo. Essa noite deixara isso bem claro. Então por que não acabar as coisas ali mesmo?

Mac observou Jamie se deitar na cama. Ela estava chorando, e ele não sabia como ajudar. Finalmente, se aproximou e deitou ao seu lado, o mais próximo possível. Ela continuou chorando.

O cheiro que sua humana emanava era pior do que a solidão que Mac costumava sentir, a solidão que o fizera decidir encontrar um companheiro de bando para ela. Algo dera errado. Ele notara isso quando David apareceu mais cedo. Mas o cheiro de Jamie estava bem pior do que antes. Sua tristeza pesava nele, fazendo com que respirar fosse difícil.

Mac escolhera David para sua humana, e Jamie estava chorando por causa disso. Sua missão fora um fracasso.

Mac se levantou e pulou para o chão, então foi para baixo da cama e se encolheu. Ele devia ficar longe dela. Devia ficar longe de todo mundo.

CAPÍTULO 19

Quando Jamie acordou na manhã seguinte, teve três segundos de paz antes de lembrar o que acontecera na noite anterior. Ela puxou as cobertas e fechou os olhos. Tudo que queria fazer era dormir, fugir da lembrança de David afastando a mão dela no cinema, da frieza com que ele explicara que estava se comportando exatamente como os dois tinham combinado. Mas o combinado fora uma amizade colorida, e, ontem à noite, David agira como um estranho qualquer.

Ela se esforçou para voltar a dormir, mas seu cérebro não parava de fazer perguntas: por que David se comportara daquele jeito? Qual era o problema dele? Havia algo de errado com ela? Por que ele agira como se tivesse nojo dela? Por que dera a ideia de ir ao cinema quando era óbvio que não queria mais saber dela? Por quê? Por quê? Por quê?

Jamie insistiu por mais alguns minutos, mas acabou desistindo. Não ia conseguir dormir de novo com esses pensamentos se debatendo em sua cabeça. Ela se sentia pesada e fria, mas se forçou a sair da cama. Um café melhoraria um pouco as coisas.

De repente, Jamie notou que o quarto estava mais claro que o normal. Ela deu uma olhada no relógio. Já passava das nove. Mac nunca a deixava dormir até tão tarde. Ele gostava de tomar café às sete e meia. Já devia estar se esgoelando de miar a essa altura.

— Mac? — chamou ela.

Não houve resposta. Jamie o procurou pela casa inteira, mas não encontrou o gato em lugar algum. Será que ele tinha saído de novo? Ela verificou as telas da varanda e das janelas. Nenhum rasgo novo. Não que isso fizesse diferença.

— Mac? — chamou de novo.

Ela começou uma busca mais minuciosa, abrindo armários, olhando embaixo do sofá, no canto dos armários. Finalmente, o encontrou enroscado embaixo da cama.

— O que houve, Mac-Mac? — Jamie esticou a mão e conseguiu alcançar suas costas. — Você está bem?

Ele não reagiu. Não se moveu nem miou nem ronronou.

— O que aconteceu, querido?

Alguma coisa estava errada. Mac nunca se comportava assim. Ele sempre miava alto para receber seu café da manhã ou jantar quando ela atrasava, mesmo que fossem só alguns minutos. Seu relógio biológico era extremamente preciso.

Jamie correu para a cozinha, pegou a tigela de água e a de comida, depois voltou para o quarto e as colocou ao lado da cama. Talvez o cheiro chamasse sua atenção. O gato não reagiu. *Não entre em pânico*, disse ela a si mesma. A respiração de Mac parecia normal. Ele não vomitara. Teria notado isso quando o procurou pela casa. Ela deu uma olhada na caixa de areia. Não havia nada parecido com diarreia. Jamie resolveu esperar para ver se ele comeria nas próximas horas. No intervalo, procuraria uma indicação de veterinário.

Em outras circunstâncias, teria ligado para David e perguntando aonde ele levava Catioro. Ela tinha certeza — quase — de que ele atenderia sua ligação. E provavelmente responderia naquele tom educado gélido que usara ontem para explicar que os dois eram amigos e que tinham transado, conforme o combinado — só isso. Então terminaria com um "a gente se fala". Ela não aguentaria. Era melhor perguntar para Marie. Ela conhecia todo mundo.

Jamie colocou uma calça cargo e uma blusa de manga comprida.

— Já volto, Mac — disse e saiu correndo. Encontrou Al remexendo a terra do seu pequeno canteiro de flores. — Vocês conhecem algum veterinário confiável aqui perto? — perguntou ela enquanto se aproximava.

— Pergunte a Marie. — Ele indicou a casa com a cabeça.

Jamie correu para a porta e bateu. Os olhos de Marie se arregalaram de surpresa quando atendeu.

— Você está bem?

Tarde demais, Jamie percebeu que não tinha penteado o cabelo nem escovado os dentes, e devia haver restos de maquiagem borrada de choro no seu rosto. Ela conseguira segurar as lágrimas até voltar para casa na noite anterior, mas desabara logo depois de fechar a porta.

— Sim. — Ela começou a esfregar o rosto, mas parou, concluindo que só pioraria a situação. — Mas estou preocupada com Mac. Você conhece algum veterinário confiável?

— O que houve com ele? — perguntou a vizinha, franzindo a testa de preocupação.

— Talvez não seja nada. Mas ele está esquisito e não quer comer. Preciso saber aonde podemos ir caso a situação piore — explicou Jamie.

— Por que você não pergunta ao David aonde ele leva o cachorro dele?

— Você não conhece ninguém? — Jamie estava praticamente implorando.

— Vocês brigaram? — gritou Helen do sofá da sala.

A irmã estava ao lado dela. Jamie não reparara na presença das duas.

Ela não queria falar de seu relacionamento com David na frente das três, mas Marie já perguntava:

— Vocês terminaram?

— Ele terminou com você? — perguntaram Helen e Nessie ao mesmo tempo. — Falamos juntas! — exclamaram as duas, sorrindo.

— Não. A gente não estava... Não. Mas a gente não deve mais se ver com tanta frequência — respondeu Jamie. Era inútil tentar esconder isso. Elas perceberiam a ausência dele.

Marie balançou a cabeça.

— David ainda não esqueceu a esposa. Se vocês estiverem com problemas, é por isso. Vou te apresentar ao meu...

— A gente devia perguntar a... — começaram Helen e Nessie, falando por cima de Marie.

— Não! — A voz de Jamie saiu num grito horrorizado. As três mulheres fecharam a boca e a encararam. — Não — repetiu ela, mais tranquila. — Não quero que vocês me apresentem a mais ninguém, estou falando sério. Se tentarem, vou ficar muito chateada. — Jamie respirou fundo. — Só quero o telefone de um veterinário confiável. Só isso.

— Vou pegar o cartão de uma clínica aqui perto. Dezzy costumava levar seu spitz alemão lá — disse Marie com uma bondade fora do comum.

— Obrigada.

Jamie tentou sorrir para as gêmeas enquanto esperava.

— Essa é a minha irmã, Nessie — disse Helen.

— Eu imaginei — respondeu Jamie.

Ela se perguntou se devia parabenizar as duas por fazerem as pazes depois de tanto tempo ou se seria desagradável mencionar a briga. Helen nunca havia tocado no assunto na sua frente. Ela só sabia da história das irmãs porque Ruby lhe contara.

— A gente não se falava há... — começou Nessie.

— Cinquenta e oito anos — terminou Helen. — Isso não é...

— Ridículo? — concluiu a outra.

Alternando as frases, as gêmeas contaram sua história. Uma boneca que pertencia a Nessie tinha aparecido na casa de Helen, e, assim que ela a devolveu, a boneca de Helen apareceu no capacho de Nessie. As duas acusaram uma à outra pelos roubos, mas isso acabou fazendo com que voltassem a se falar. E então, quando se viram, estavam falando da feirinha de artesanato em que as bonecas foram compradas, e não se desgrudam desde então.

— Só paramos para... — disse Helen.

— Dormir e ir ao banheiro — disse Nessie.

— Que maravilha — comentou Jamie.

E ela realmente estava feliz pelas duas. Era uma ótima história. Mas não conseguia se sentir alegre de verdade. A tristeza de ter sido dispensada por David e sua preocupação com Mac falavam mais alto.

As gêmeas continuaram tagarelando, compartilhando histórias dos tempos em que ainda se falavam, antes de os pais se separarem e cada uma ir para um lado. Jamie fingiu prestar atenção, mas não parava de olhar para a cozinha, esperando o retorno de Marie.

Finalmente, a porta abriu e a anfitriã apareceu com um papel na mão.

— Demorei um pouco para encontrar. Al andou mexendo nas minhas coisas de novo. Vivo dizendo para ele me pedir quando quiser algo, mas o homem não me escuta. — Ela entregou o número da clínica para Jamie. — Espero que o seu Mac melhore logo.

— Obrigada. Vou dar uma olhada nele.

As mulheres nem esperaram para começar a falar dela. Antes de fechar a porta, Jamie ouviu Marie dizer:

— Eu sabia que o David não seria bom para ela...

Bastou ouvir o nome dele para que uma pontada de dor atravessasse seu corpo. Ela ignorou a sensação. Bem, tentou ignorar. Precisava se concentrar em Mac.

Quando Jamie voltou para casa, ele estava exatamente no mesmo lugar de antes, embaixo da cama. Não parecia ter saído para comer. Ela resolveu esperar mais algumas horas antes de ligar para a clínica.

Jamie tirou os sapatos, mas se deitou na cama com as roupas que estava mesmo. Ela queria estar perto de Mac e, se conseguisse dormir enquanto fizesse isso, melhor.

* * *

Dois dias depois do término, David estava com Adam. Ele sabia que não devia pensar no que acontecera com Jamie como um término, já que os dois nunca namoraram de verdade, mas era isso que parecia ter acontecido.

Ele não queria ter ido à casa do amigo, mas era a noite do clube do livro de Lucy, o que significava que era a noite da pizza para Adam, as crianças e David. As meninas contavam com a presença dele, assim como seu amigo, então ele resolveu ir. Pelo menos Maya e Katy já tinham ido dormir. Era difícil ser o tio David divertido — as duas o chamavam de tio David, apesar de ele ser padrinho de Maya, e não um parente de verdade — quando estava se sentindo na fossa.

— Você pegou alguma coisa da Jamie? — perguntou Adam. — Está com uma cara péssima.

David demorou um instante para lembrar que havia dito que Jamie estava passando mal quando cancelou o jantar com os amigos. Isso parecia ter acontecido há muito tempo. Na época, ele ficava animado sempre que ia encontrar com ela. Agora, sempre que pensava na vizinha, tinha nojo de si mesmo.

— Talvez — respondeu ele. Adam lhe dera a desculpa perfeita para ir embora, e talvez a usasse.

— É melhor você não ter passado nada para as crianças — avisou o amigo. — Quando uma fica doente, a família toda adoece junto pelo menos duas vezes seguidas.

David passou uma das mãos pelo cabelo. Talvez fosse melhor contar a verdade. Talvez ele se sentisse melhor se conversasse com Adam.

— Relaxa. Não estou doente de verdade. Só meio mal. Terminei com a Jamie.

O amigo tomou um gole de cerveja.

— Por essa eu não esperava. O que aconteceu?

Antes de ele conseguir responder, a porta da frente se abriu e Lucy entrou na sala.

— Como estão as meninas? — perguntou ela.

— Ótimas. Dormindo. Mas David não está tão bem. Ele acabou de me contar que terminou com a Jamie — disse Adam.

Lucy se sentou ao lado do marido.

— O que aconteceu?

— Foi o que eu acabei de perguntar — disse Adam. — Você quer uma cerveja antes de ele nos contar a tragédia?

Lucy deu um tapa no braço dele.

— Não fale assim.

— Está tudo bem — disse David.

— Não está, não — insistiu ela.

— Você quer uma cerveja antes do David começar a nos contar o que aconteceu com o namoro dele? Melhorou? — perguntou Adam.

— Melhorou. E não. Grace fez sangria.

Lucy tirou os sapatos.

— O que significa que ela está bêbada — disse Adam a David. — Você sabe que a Lucy adora sangria.

Ela deu outro tapa no braço do marido.

— Eu não estou bêbada. Só meio alegrezinha. Eu não conseguiria dizer "alegrezinha" se estivesse bêbada. — Lucy se virou para David. — O que aconteceu? — repetiu.

Ele percebeu que não poderia responder à pergunta sem admitir que mentira para os dois.

— Na verdade, a gente nunca namorou. Só fingimos, porque nossas vizinhas ficavam arrumando pretendentes para ela, e Jamie não queria conhecer ninguém. E vocês estavam me enchendo o saco com o Tinder, e eu queria um tempo daquilo.

— Seu mentiroso! — gritou Lucy. Na verdade, ela parecia meio bêbada.

— Não entendi. Se não era um namoro de verdade, por que você está triste por terem terminado? — perguntou Adam.

David gemeu.

— Eu estraguei tudo. Acho que a magoei de verdade, e me sinto péssimo.

Lucy apontou para ele.

— O que você fez?

— As coisas estavam indo bem. A gente estava se divertindo bastante. O papo sempre foi ótimo. Nós dois estávamos felizes. E aí resolvemos transar — começou a explicar David.

— Faz sentido. Vocês gostam um do outro. Passaram todo esse tempo juntos. E você disse que ela é bonita. É claro que transaram — falou Adam.

— Como foi? — perguntou Lucy. Sim, ela com certeza estava bêbada. Lucy também perguntaria sobre isso se estivesse sóbria, mas não seria tão direta.

— Em detalhes — disse Adam.

— Nada de detalhes. Foi incrível. E só vou dizer isso — respondeu ele.

— Estou confusa. — Lucy tomou um gole da cerveja de Adam. — Você gosta dela. Você se diverte com ela. Você se diverte com ela — repetiu a amiga. — E o que mais? — Lucy se concentrou por um segundo. — O papo é ótimo. E o sexo foi incrível. Estou muito confusa.

— É bem confuso, mesmo quando você não está meio alegrezinho.

Adam pegou a cerveja de volta.

— Eu tive um ataque de pânico. Acho que foi isso — admitiu David. — Conheço um cara que foi parar na emergência porque achou que estivesse sofrendo um ataque cardíaco, mas era uma crise de ansiedade. Demorei a acreditar que algo com fundo emocional pudesse me fazer sentir tão mal. Mas fez. Faz. Não consegui ficar lá. Fui embora no meio da madrugada.

— Sem dizer nada? — perguntou Adam.

— Deixei um bilhete idiota — disse David. — Não consegui fazer mais nada. Parecia que meu coração ia explodir.

Lucy se empertigou e esfregou o rosto, como se estivesse tentando ficar sóbria.

— Você não ficava com ninguém desde a Clarissa. É compreensível. Explique a ela o que aconteceu — sugeriu Adam.

Lucy assentiu com a cabeça.

— Explique a ela o que aconteceu.

— A gente brigou feio. Ficou bem óbvio que ela nunca mais quer me ver. Acho melhor deixar para lá. Nós nem nos conhecemos há tanto tempo — argumentou David. — E não é como se eu quisesse tentar de novo. Está na cara que não estou pronto.

— Isso é coisa de gente boba, e você não é bobo — disse Lucy. Mesmo bêbada, ela continuava usando palavras apropriadas para as crianças. — Você é um homem adulto. Aja como tal.

— Caso contrário, vai continuar se sentindo mal — disse Adam.

— Já se passaram três dias — disse Jamie a Ruby. As duas estavam sentadas no chão, ao lado da cama, observando Mac, que continuava deitado lá embaixo. — A veterinária disse que ele está bem. Ele ficou no soro um pouquinho, mas não tinha mais o que fazer.

A vizinha esfregou o ombro dela.

— Sinto muito. Mas pelo menos ele está bem fisicamente. E amanhã vocês podem voltar à clínica para ele ficar mais um tempo no soro se continuar... do jeito que está.

— É só que eu não entendo.

Os olhos de Jamie se encheram de lágrimas.

— Animais são sensíveis. Será que ele está triste porque você está triste? — perguntou Ruby.

— Eu não devia estar triste. Não devia — disse Jamie. — David mandou aquele e-mail explicando tudo. Faz todo o sentido do mundo a forma como ele reagiu. A gente não devia ter transado. Ele ainda não se sentia pronto. Mas nos deixamos levar pelo momento. Não é culpa de ninguém. E, agora, voltei ao meu plano inicial. Tenho tempo para me concentrar nas minhas fotos sem um relacionamento para me distrair. Até recebi um comentário de uma editora me perguntando quantas fotos a série vai ter. Ela usou o termo "série".

— Isso é ótimo — disse Ruby. — Mas não apaga a tristeza por David ter saído da sua vida. Sei que vocês não estavam juntos havia muito...

— Nós não estávamos juntos — interrompeu-a Jamie.

— Certo, vocês não estavam juntos. Mas passavam muito tempo juntos. E gostavam um do outro. E agora você está com saudade.

Irritada, Jamie secou as lágrimas com a palma das mãos. Ela se inclinou mais para baixo para encarar o gato.

— MacGyver, se você estiver triste porque acha que eu estou triste, pode parar. Estou bem.

Mentira. Grande parte dela queria poder se encolher embaixo da cama com Mac e nunca mais sair de lá. Ruby tinha razão. Ela estava com saudade de David. Não, "saudade" era uma palavra branda demais. Jamie o desejava, sentia sua falta, sofria por ele, mas não podia fazer nada. Ela não conseguia acreditar que nutrira sentimentos tão profundos em tão pouco tempo, mas era isso que tinha acontecido. Desde o começo, parecia que os dois sempre se conheceram.

Mas ela precisava seguir em frente. E seguiria. Não desperdiçaria o restante do seu ano. Não desperdiçaria o presente de sua mãe.

Jamie pigarreou garganta.

— Você é meu Mac-Mac. Tudo que eu preciso para me sentir melhor é ver que você está bem.

Mac abriu os olhos, determinado. Ele já sabia o que estava acontecendo. Não tinha se enganado sobre David. O humano *era* o companheiro de bando de Jamie. Mac sabia identificar a felicidade da dona, e ela ficava feliz quando os dois estavam juntos. David também. O nariz de Mac nunca se enganava. Os dois tinham complicado as coisas. Ou, talvez, a culpa fosse do babacão. Mas ele resolveria tudo. Não ficaria mais escondido embaixo da cama. Não abandonaria sua humana. Ela precisava dele, e ele a amava.

O gato foi para baixo da luz do sol que entrava pela janela, depois bebeu um pouquinho da água que Jamie deixara ali. A tigela de comida estava vazia. Ele soltou um miado agudo. Estava com fome. Precisava de combustível para sua missão.

— Mac! Você saiu! — gritou Jamie ao entrar correndo no quarto.

Com delicadeza, ela o pegou no colo e o abraçou. Mac se permitiu ser agarrado por alguns minutos, depois soltou outro miado. Ele precisava de comida!

— Comida! Você quer comida! Você quer comida!

Jamie o levou para a cozinha, então o colocou no chão e começou a abrir uma lata familiar.

Mac ronronou até sentir os pelos vibrarem. Com a barriga cheia de sardinhas, ele seria capaz de conquistar o mundo!

CAPÍTULO 20

Jamie abriu a porta lentamente e olhou para baixo. Uma meia de Yetis estava sobre o capacho, assim como uma cópia gasta de *Graça infinita*, um boné do Oakland Athletics e uma mochila de prótons dos Caça-Fantasmas.

Na última semana, nem um dia se passara sem que alguma coisa de David aparecesse na sua porta. A borda da fonte sempre tinha novos objetos em exibição. Hud estava prestes a perder a cabeça.

— Mac, a gente não pode continuar assim. Sei que você gosta do David. Eu gosto do David. Mas não vai dar certo.

O gato nem se deu ao trabalho de soltar um daqueles miados que dizia "aham". Estava ocupado demais brincando com seu rato. Desde que ele saíra de baixo da cama, estava todo animadinho. E voltara a bancar o gatuno. Jamie tinha certeza, apesar de ainda não ter pegado Mac no flagra. Os roubos haviam parado enquanto ele estava doente, mas foi só ele melhorar que voltaram a ocorrer.

Ela mandou uma mensagem para David. *Você está em casa? Apareceram mais umas coisas suas aqui, incluindo a mochila de prótons. Só vou deixá-la na fonte quando você estiver a caminho. Sei que ela é especial para você.*

Jamie se lembrava da história que David contara sobre Clarissa ter substituído a mochila de prótons que seu irmão quebrou quando os dois eram garotos.

Estou saindo agora. Obrigado. Também tenho umas coisas para deixar lá, respondeu ele.

Ela colocou tudo numa sacola, escreveu o nome de David e seguiu para a fonte. Hud estava conversando com uma de suas vizinhas, e Jamie ficou feliz por ter conseguido escapar de pelo menos um interrogatório, voltando correndo para casa. Ela ainda não se sentia pronta para encontrar com David, e ele também não parecia estar a fim.

Jamie voltou para a cozinha e para o notebook. Tinha conseguido convencer o dono do Museu de Tecnologia Jurássica a ser fotografado, e estava testando filtros diferentes, tentando decidir qual combinava mais com a personalidade dele. Mac pulou de uma das cadeiras para o chão, bufando, e foi embora como se ela não existisse.

Jamie não se incomodava com o mau humor de Mac. Era bom demais vê-lo andando pela casa. Ele ainda estava muito magro, mas o tanto de sardinhas que andava comendo já tinha reposto quase o todo o peso anterior. Ela ficara com tanto medo de perdê-lo.

Pela respiração de Jamie, Mac sabia que ela fingia que estava dormindo. E também percebeu quando parou de fingir. Ele correu para a chaminé e subiu. Então se sentou no telhado, sem saber qual deveria ser seu próximo passo. O que vinha fazendo não estava funcionando.

Jamie e David pegavam seus presentes e os deixavam na fonte. Ele estava começando a acreditar que os dois eram tão babacões quanto o babacão. Mac sabia que eles deviam ser companheiros de bando; por que eles tinham tanta dificuldade em entender isso?

Espere um pouco, o babacão. David amava o babacão. Mac não entendia por quê. Tudo que o cachorro fazia era babar e latir e mijar nas coisas. Mas David o amava da mesma forma que Jamie amava Mac.

Catioro era companheiro de bando de David. Isso significava que era mais importante para o humano do que qualquer outra coisa.

Agora o gato sabia o que precisava fazer. Ele pulou do telhado para os arbustos e então para o chão, e foi correndo para a casa de David. A sorte estava do seu lado, porque o babacão fazia hora no quintal. Mac destrancou o portão e o abriu.

Hora da parte boa. Ele correu até Catioro e — *pá! pá! pá!* — acertou seu rabo com a pata. O babacão se virou e latiu. Mac saiu em disparada — como se tivesse medo daquela coisa enorme e desajeitada. Até parece!

Ele correu na direção da própria casa, mas não rápido demais. Não queria que o babacão o perdesse de vista. Quando chegou ao quintal, soltou seu miado mais alto. Isso fez o cachorro latir. E também fez Jamie ir correndo até a porta.

— Mac! Catioro! — gritou ela. — Entrem aqui. Mac, sardinhas! Catioro, comida!

O gato não precisou ser chamado duas vezes. Mac passou correndo pela porta. O cão foi atrás. Mac escapuliu para o seu esconderijo embaixo da cama. Talvez tivesse provocado demais o vira-lata. Não seria de admirar se ele achasse que Mac era a comida!

Jamie fechou a porta do quarto, e o gato ouviu o cachorro levar uma bronca. Rá!

Mac fez o que pôde. Agora teria de esperar para ver se o plano daria certo. Se não desse, pensaria em outra coisa. MacGyver não desistia nunca.

No começo, David achou que o barulho fosse seu despertador, mas então percebeu que era o celular. Deu uma olhada na hora. Já passava de uma da manhã. Então pegou o celular. Era Jamie. Ele hesitou, mas só por um segundo, e atendeu.

— Seu cachorro está aqui — disse ela.

— O quê?

— Ele estava latindo na frente da minha casa, então eu o trouxe para dentro.

— O portão estava trancado.

— Bem, eu não sei o que aconteceu, mas ele está aqui — disse Jamie. Sua voz parecia irritada.

— Certo, tudo bem, estou indo aí — respondeu ele.

David desligou e se vestiu. Então calçou os tênis, sem se preocupar com as meias. Quando saiu, viu o portão balançando ao vento. Ele sempre se certificava de que o tinha trancado. Mas andava distraído ultimamente. Errando receitas no trabalho. Até queimara duas dúzias de cupcakes.

Conforme se aproximava da casa de Jamie, seu peito foi apertando. Só precisaria falar com ela por um minuto. Não precisava entrar em pânico. Porém, quando finalmente bateu à porta, David estava lutando para respirar. Suas costelas pareciam apertar seus pulmões.

— Parece que Catioro aprendeu com Mac. Os dois estavam na rua e... — começou Jamie, ao abrir a porta. Mas então se interrompeu e o encarou. — Você está bem?

— Sim. Só não acordei direito ainda — conseguiu dizer David, ofegante. Ele precisava voltar para casa. Quando voltasse, tudo ficaria bem. Catioro veio correndo em sua direção. David conseguiu se segurar no batente antes de o cachorro pular em cima dele. — Vamos, garoto.

Ele tinha se esquecido de trazer a coleira, mas Catioro o seguiria. Então se virou para ir embora.

Jamie agarrou seu braço e o puxou para dentro. E fechou a porta.

— David, você está hiperventilando — disse ela, falando devagar e com calma. — Veja se consegue prender a respiração um pouco.

Ele balançou a cabeça.

— Mas eu já estou sem ar.

— Você está respirando rápido e forte demais — explicou ela, sem soltar seu braço. — Está puxando muito ar. Se prender a respiração, vai se sentir melhor. Imite o que eu faço.

Jamie inspirou e olhou David nos olhos.

Ele conseguiu prender a respiração com ela, embora isso tenha acelerado ainda mais seu coração e as batidas soassem altas aos seus ouvidos.

— Tudo bem — disse Jamie, finalmente. — Respire. Não respire fundo, apenas respire normalmente.

Catioro ganiu e deu uma patada na perna do dono.

— Está tudo bem, cara. Está tudo bem.

David seguiu as instruções de Jamie e fez carinho na cabeça do cachorro.

— Melhor? — perguntou Jamie.

— Melhor — respondeu ele.

— Ataque de pânico?

— É.

— Por que não se senta — convidou ela. — Ou estar aqui faz você se sentir pior?

Agora que estava mais calmo, a necessidade urgente de voltar para casa tinha ido embora. Suas pernas estavam bambas, e ele se sentia exausto. Então deixou que Jamie o guiasse até o sofá.

— Vou pegar um copo de água.

Catioro pulou ao seu lado no sofá; Mac escalou o encosto e bateu com a cabeça em David.

— Eu estou bem, gente — disse ele.

Seu coração já batia mais devagar.

— Aqui — disse Jamie ao voltar para a sala com a água.

Ela lhe passou a bebida e se sentou na poltrona diante do sofá.

A mão de David tremeu enquanto levava o copo à boca, mas ele conseguiu beber um pouco.

— Desculpe. Só preciso de mais uns minutos, e aí...

— Não seja bobo — disse ela.

Ele encostou a cabeça no sofá para tentar se recompor. Quando se sentiu melhor e se endireitou, viu que Jamie o encarava, seus olhos cheios de preocupação.

— Foi assim que você se sentiu naquela noite?

— Foi — respondeu David.

— Você devia ter me acordado — disse ela. — Mas acho que isso só teria piorado as coisas.

— É provável — admitiu ele. — Eu até marquei uma consulta. Com um terapeuta. Lucy me convenceu. — Depois de ter lhe pedido mil desculpas por ter forçado a barra com o Tinder e por estar bêbada quando ele contou o que tinha acontecido depois de ter transado com Jamie.

Ela assentiu com a cabeça, mas não falou nada. Talvez não soubesse o que dizer. Existe algo a dizer para alguém que vai começar a fazer terapia? David não acreditava que tinha chegado a esse ponto. Ele nunca via problema nenhum quando as pessoas lhe contavam que iam ao psicólogo, mas, no fundo, achava que jamais precisaria de algo assim, que era esperto o suficiente para resolver os próprios problemas. Mas esse obviamente não era o caso.

— Não quero ter um ataque de pânico sempre que começar a gostar de uma mulher — continuou David. Ela não disse nada. — Do jeito que gosto de você. — Os olhos de Jamie se arregalaram, mas ela continuou calada. — Acho que surtei porque a gente estava ficando íntimo demais, não foi só porque transamos. — Ele soltou uma risada engasgada. — Estou falando como se já estivesse na terapia.

Mac pulou no seu colo. Isso deixou o gato mais próximo de Catioro, mas os dois não começaram a se encarar de novo. Só se encostaram mais em David.

— Pelo menos uma sessão de terapia animal você está tendo — comentou Jamie. — Já está bem tarde. Quer dormir aqui hoje? No sofá, claro — acrescentou ela, rápido.

— Quero. Obrigado — disse David.

— Vou pegar um travesseiro e uma coberta.

Jamie seguiu para o quarto.

David se sentia exausto, mas não sentia mais falta de ar, nem achava que seu coração fosse explodir. Ele tirou os tênis e se estirou no sofá, forçando os animais a mudarem de posição; Mac se deitou em sua barriga, e Catioro se acomodou aos seus pés. Ele fechou os olhos e caiu no sono quase que imediatamente. Quase não sentiu quando Jamie o cobriu com o cobertor.

Jamie olhou para o relógio. Eram quase dez horas, e David continuava dormindo. Ela ligou para a confeitaria e avisou que ele estava doente. Esperava que ele não se importasse. Ele parecia estar precisando muito de um descanso.

Quando recebeu o e-mail de David falando sobre o ataque de pânico, ela compreendeu — em tese. Mas vê-lo aquela noite a fez entender de verdade por que David fora embora daquela forma. Ele devia ter pensado que estava morrendo. É até de admirar que ele a tenha levado ao cinema no dia seguinte. Isso poderia ter causado um novo ataque, talvez tenha sido por pouco. E isso também explicaria por que ele afastara a mão da dela no teatro. O toque de Jamie deve ter causado outra onda de ansiedade nele.

Mac soltou um miado, distraindo-a de seus devaneios. O gato estava sentado no peitoril de uma das janelas da sala, encarando o pátio.

— Shhh!

Jamie correu até ele. Mac miou de novo. Ela olhou para David. Ele continuava dormindo, com Catioro acordado aos seus pés, vigiando o dono.

— O que houve? — sussurrou ela para o gato.

Mac começou a arranhar a tela. Jamie bateu nas suas patas e em seguida olhou para o pátio em busca do motivo para tanto incômodo. Ela esperava encontrar um esquilo ou outro gato, mas tudo que viu foi Sheila, a carteira, atravessando o pátio, e Hud em seu lugar de sempre na fonte.

— Não tem nada lá fora — disse ela a MacGyver.

O gato pulou no chão e correu para a porta, miando de novo, querendo sair. Como se ela simplesmente fosse abrir a porta e deixá-lo sair.

Ele andou para lá e para cá, então disparou pela sala e se enfiou na chaminé!

Jamie saiu correndo de casa. Ela observou o telhado. Será que Mac conseguiria sair? Ou tinha ficado preso? Não, lá estava ele, trotando pelo telhado. Então pulou nos arbustos e seguiu atrás de Sheila. Antes mesmo que Jamie conseguisse abrir a boca para chamá-lo, Mac se jogou na bolsa dela e arrancou um dos chaveiros. Então, sem hesitar nem por um segundo, foi até Hud e largou o chaveiro aos seus pés.

— Eu não tenho nada a ver com isso! — exclamou Jamie, erguendo as mãos enquanto o vizinho a encarava.

Hud se abaixou na direção do chaveiro.

— Eu pego! — gritou Sheila, correndo até ele.

O detetive foi mais rápido, analisando o peixe prateado que pendia da corrente.

— A equipe inteira ganhou um desses quando o primeiro episódio do *Peixe do dia* foi comprado por uma emissora. Foram feitos sob encomenda.

Ele tirou os óculos escuros e encarou Sheila.

— Comprei no eBay — admitiu ela. Suas bochechas estavam vermelhas. Seu pescoço também. E a ponta de suas orelhas.

— Você é fã do seriado? — Hud não conseguiu esconder seu entusiasmo.

— Já vi todos os episódios um milhão de vezes — admitiu Sheila, olhando para o chão em vez de para ele.

Ela gosta de Hud, percebeu Jamie. *Ela gosta de Hud. Foi por isso que sabia todas as pontas que ele fez na televisão, mas não conseguiu responder uma pergunta sobre seriados naquele dia no bar.*

— Qual é o seu favorito?

Hud estendeu a mão e ergueu o queixo de Sheila, fazendo-a olhar para ele.

Então logo percebeu que era melhor deixar os pombinhos a sós. Ela pegou Mac no colo. Ele não reclamou. Então voltaram para casa. David estava sentado, calçando os sapatos.

— Preciso ir para o trabalho.

Ela balançou a cabeça.

— Liguei para lá e disse que você estava doente. Espero que não se importe.

— Obrigado.

Jamie não sabia o que dizer agora que ele estava bem.

— Ah! Hud vai ter que aceitar que meu gato estava por trás dos roubos no Conto de Fadas. Mac acabou de roubar algo na frente dele. E eu não estava fazendo sinais nem dando sardinhas como incentivo. E também descobri como ele estava escapando.

Ela apontou para a chaminé.

David olhou para MacGyver.

— Impressionante.

Jamie também fitou o gato.

— Para mim, é outra coisa.

Ele se levantou.

— Quer tomar café?

— Eu... não sei — respondeu Jamie. — Acho que preciso de um tempo antes de voltarmos ao normal. Sei que concordei cem por cento com aquela história de amizade colorida, mas eu estava me enganando. Nós fingimos bem demais que éramos um casal. Parecia ser de verdade.

David concordou com a cabeça.

— Também acho. Não quero uma amizade colorida. Quero uma amizade com a possibilidade de virar algo mais sério quando eu resolver minhas questões.

— Ah. Bom. Hum.

Jamie não esperava por essa. Mas era exatamente isso que queria. Mesmo sendo o Meu Ano. Os homens não a impediriam de perseguir seus sonhos. O problema tinha sido apenas os homens com quem se relacionara no passado. Eles e a forma como ela fazia das tripas coração para agradá-los. Mas não foi isso que aconteceu com David, porque os dois viraram amigos primeiro. E porque ele jamais concordaria com isso.

Ela o encarou por um tempo, depois assentiu com a cabeça.

— Eu estava pensando em ir ao Roscoe's Chicken and Waffles.

— Outro lugar em Los Angeles que sempre quis ir, mas nunca fui — disse David.

Mac começou a ronronar.

UM ANO DEPOIS

A campainha tocou, e Jamie correu para atender.

— Feliz dia da mudança! — exclamou Lucy, entregando um capacho que dizia LAR É ONDE OS ANIMAIS DE ESTIMAÇÃO ESTÃO.

Jamie deu um abraço nela. Virar amiga de Adam e Lucy foi uma das melhores partes do seu namoro com David.

— Já vou colocar aqui na porta — anunciou ela. — Vão indo para o quintal. David está acendendo a churrasqueira.

Assim que ela acabou de arrumar o capacho na porta redonda de hobbit, Ruby, junto a Riley, Addison e sua mãe — e, é claro, Zachary — chegaram. Zachary e Addison não se desgrudavam. Fazia pouco mais de um ano que os dois namoravam, e estavam escrevendo uma história em quadrinhos juntos. E não tinham brigado nem uma vez.

Catioro foi correndo na direção da porta, e quase não deu tempo de Jamie fechá-la, evitando que ele fugisse para cumprimentar, e provavelmente derrubar, os convidados.

— Você está maravilhosa, Riley — disse Jamie, abaixando para analisar todos os detalhes do traje de vaqueira fúcsia da garotinha, que Ruby passara meses confeccionado.

— Estou!

Riley deu uma voltinha, e todos riram.

— Certo, vou abrir a porta agora. Preparem-se para as boas-vindas do Catioro — disse Jamie, deixando-os entrar na casa, onde foram todos lambidos com entusiasmo.

— Ele beija melhor que você, Zach — brincou Addison, mas seu tom era brando e carinhoso.

— Mais língua. Entendi — respondeu o garoto.

— Vou fingir que não escutei isso — disse a mãe de Addison.

Ruby passou um braço ao redor da cintura de Jamie enquanto o grupo atravessava a casa a caminho do quintal.

— Estou tão feliz. Eu sempre soube que você e o David eram perfeitos um para o outro.

— Tanto Marie quanto Helen querem levar o crédito por ter juntado a gente. Estão discutindo isso lá fora. Nessie é a juíza. Elas conseguiram se esquecer completamente do dentista e do afilhado. Inclusive também alegam, sabe-se lá como, que foi por causa delas que Hud e Sheila se apaixonaram, apesar disso ter sido claramente obra do Mac.

— Foi Mac mesmo que uniu os dois. Mas acho que a Helen tem um pouco de razão sobre ter juntado você e o David — respondeu Ruby. Jamie a encarou. — Bem, se não fosse pelo afilhado, você não teria ido parar no bar onde encontrou David — explicou ela. — Então acho que a Helen merece um pouco de crédito. Mas não diga a Marie que eu falei isso.

Jamie desviou para a cozinha.

— Tenho que te mostrar uma coisa. Todo mundo vai ver daqui a pouco mesmo, mas não vou aguentar esperar. — Ela abriu a tampa de uma caixa de bolo grande. — Olha o que o David fez. — O bolo, com recheio de mirtilo, obviamente, exibia uma réplica perfeita da capa do livro de Jamie na cobertura. — Dá para acreditar que minhas fotos vão ser publicadas?

— É difícil mesmo — respondeu Ruby. — Eu não achei que você fosse conseguir terminar o livro com um cara carente, grudento e controlador como David por perto.

— Engraçadinha. Muito engraçada, você — disse Jamie. — Vem. É melhor a gente ir logo para o quintal. — Ela olhou para trás. — Você não, Mac. Seu lugar é dentro de casa. A chaminé está fechada.

Mac encarou a garotinha, Riley, até ela se aproximar e abrir a porta de vidro que dava no quintal. Quem precisava de uma chaminé? Havia várias formas de sair de casa quando se era MacGyver.

O gato se aproximou da churrasqueira, inalando o cheiro da carne assada e os aromas de gente feliz, especialmente os de Jamie e David. A ponta do seu rabo balançou. Ele fizera um bom trabalho. Mac respirou fundo de novo, usando a língua para examinar o ar. Havia pessoas por perto que precisavam de sua ajuda. Começaria a seguir o rastro delas naquela noite.

Mac pulou na mesa ao lado da churrasqueira. Havia um prato de hambúrgueres tostados sobre ela. Ele miou, e Catioro foi correndo até ele. Mac derrubou um dos hambúrgueres para ele. Talvez precisasse de força bruta em algumas de suas missões. O babacão poderia ajudá-lo com isso. MacGyver tinha cérebro suficiente para pensar pelos dois.

Este livro foi composto na tipografia ITC Souvenir Std, em corpo 11/16, e impresso em papel off-white no Sistema Cameron da Divisão Gráfica da Distribuidora Record.